마법서생

魔法書生

장담 퓨전 新무협 판타지 소설

마법서생 3

장담 퓨전 신무협 소설

초판 1쇄 찍은 날 § 2007년 1월 8일
초판 1쇄 펴낸 날 § 2007년 1월 18일

지은이 § 장담
펴낸이 § 서경석

편집장 § 문혜영
편집책임 § 서지현
편집 § 심재영

펴낸곳 § 도서출판 청어람
등록번호 § 제1081-1-89호
등록일자 § 1999. 5. 31
어람번호 § 제2-1099호

주소 § 경기도 부천시 원미구 심곡1동 350-1 남성B/D 3F (우) 420-011
전화 § 032-656-4452 팩스 § 032-656-4453
http://www.chungeoram.com
E-mail § eoram99@chollian.net

ISBN 978-89-251-0440-9 04810
ISBN 89-251-0437-7 (세트)

魔法書生

마법서생

3

장담 퓨전 新무협 판타지 소설

난운강호 [亂雲江湖]

Fusion Fantastic Story

청어람
판

목차

세 번째 서(序)

어느 해 여름.

감숙(甘肅)의 오지에 혈풍이 불었다.

사냥을 나온 성주의 아들이 원주민의 독침에 죽었다는 게 이유였다.

피비린내가 인간의 발길을 거부하던 깊숙한 계곡까지 덮어버린 혈풍은, 수만 장족(臧族)의 피를 대지에 바치고 나서도 그칠 줄을 몰랐다.

피의 계절.

발끝에서 머리끝까지 온통 피를 뒤집어쓴 군병(軍兵)들은 겨울이 오기 전까지 원주민들을 추격해 목을 따고 귀를 잘라

냈다.

겁간, 약탈, 방화는 기본이었고, 심한 곳은 개새끼 한 마리 남기지 않고 부족 전체가 씨몰살을 당해야만 했다.

모두가 제정신이 아니었다.

광기!

피에 미쳐 버린 것이다.

와중에 한 장수가 납달격산(拉達格山)에서 일천에 달하는 원주민들이 숨어 있는 동굴을 찾아냈다. 그러나 처음부터 장족 말살 작전에 회의를 느끼고 있던 그 장수는, 원주민들을 죽이지 않고 못 본 척 방향을 틀어 산을 내려가 버렸다.

"처음부터 잘못된 일. 더 이상 피를 흘릴 이유가 어디 있을까. 후우, 나 하나 사죄한다고 무슨 소용이 있겠소마는, 모든 중원인들을 대신해 그대들에게 용서를 빌겠소."

일 년이 지난 후, 장족 하나가 장안에 있는 그 장수의 집을 찾아왔다.

그는 은혜에 보답키 위한 원주민들의 마음이라며 하나의 상자를 전해주었다. 바로 그들이 숨어 있던 동굴의 지하 수백 장 깊숙한 곳에서 발견한 상자라고 했다.

신성한 기운이 스며 있는 듯해서 부족의 보물로 삼으려 했으나, 부족의 제사장이 말하길, 상자 안에 든 물건들의 신기(神氣)로 인해 장수가 되돌아간 것 같으니 그 물건들을 장수에게 가져다주라 했다는 것이다.

　장수 이청한은 인의(仁義)의 마음이 전해지기를 바라며, 죽기 직전 원주민들에 대한 이야기와 함께 그 물건을 자식에게 전해주었다.
　그러나 그의 자식인 이덕숭은 인의를 얻는 것보다 권력을 얻는 것을 더 바랐다.
　낙엽이 붉게 물든 어느 가을 날, 그는 북경에서 한때 동문수학했던 친구를 만나기 위해 길을 떠났다.
　이덕숭은 친구를 만나자 넌지시 그 물건들을 보여주며 권력을 얻을 수 있는 정도의 가치가 있는지를 물었다.
　친구는 그 물건의 가치를 한 번 알아보겠다며, 물건 중 하나를 가지고 누군가를 만나러 갔다.
　그리고 며칠이 지나 첫눈이 내리던 날, 그 친구는 물음에 대한 대답으로 차디찬 검을 이덕숭의 목구멍에 집어넣었다.
　"보물을 가진 것이 죄가 아니라, 봐서는 안 될 것을 본 것이 죄라네, 친구."

　　　　　＊　　　　　＊　　　　　＊

　삼십 년 만이었다. 장족의 한과 원념이 서리고 희망이 싹튼 납달격산(拉達格山)의 동굴로 한 사람이 들어섰다.

세 번째 서(序) 9

누더기 옷을 입은 그는 좌우를 둘러보더니, 지리를 잘 아는 것마냥 망설이지 않고 동굴 안으로 걸음을 옮겼다.

어둠은 결코 그의 걸음을 멈추게 하지 못했다. 그는 조금도 머뭇거림이 없이 안으로 안으로 한없이 걸어 들어갔다.

그러다 어느 순간 그가 걸음을 멈추었다.

"이.곳.인.가?"

쇠를 깎는 듯한 그르렁거리는 목소리가 그의 입에서 흘러나왔다.

앞에는 수직으로 뚫린 동굴이 악마의 입처럼 입을 쩍 벌리고 있었다.

콰아아아아!

깊이를 알 수 없는 그곳에서 찬바람이 용틀임하며 올라왔다. 뼛골이 시릴 정도로 차가운 바람이었다.

하지만 그는 아무런 표정 변화도 없이 수직 동굴을 응시하더니, 갑자기 악마의 입속을 향해 몸을 날렸다.

―원한다면 끝까지 가주마!

第 一 章
무제(無題)의 서(書), 깨어난 전설(傳說)

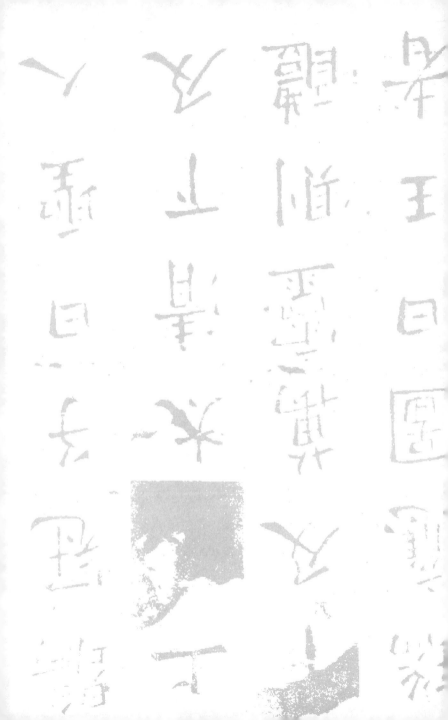

1

　황궁을 나선 것은 유시 초였다.

　가져온 것이 없으니 챙길 것도 없었다. 그럼에도 두 시진이나 걸린 것은 순전히 두충 때문이었다.

　두충은 뭐가 그리도 챙길 것이 많은지 한 보따리나 들고 나왔다. 그나마 금의위라는 신분과 평소 수문위사들과 친분이 두터웠던 두충이었기에 별다른 검사를 받지 않은 것이 다행이었다.

　"그게 다 뭐냐?"

　황궁을 벗어나 고가장으로 가는 도중 정광이 물었다. 두충은 힐끔 정광을 돌아보고 시무룩하니 말했다.

"신경 끄슈, 도장님하고는 아무 상관 없는 물건들이니까."

"혹시 책도 있냐?"

움찔, 두충이 고개를 돌리고 딴청을 피웠다.

"있지? 그렇지?"

"있기야 있지만, 도장님이 볼 만한 책은 아니라니까요."

그는 알고 있었다. 정광이 어떤 종류의 책을 좋아하는지. 그렇기에 절대 자신의 책을 보여주고 싶지가 않았다. 보여주면 분명 빼앗아갈 테니까.

두충이 하도 강력하게 아니라고 하자 정광은 의심을 하면서도 어쩔 수가 없었다.

'분명 뭔가가 있어, 저놈. 흐흐흐, 이놈, 어디 나중에 보자.'

앞서 걷던 진용은 두 사람의 대화를 들으며 왠지 자신이 한심스럽게 느껴졌다. 과연 저 두 사람을 데리고 험난한 강호를 어떻게 돌아다녀야 할지, 생각만 해도 머리가 지끈거렸다.

'그냥 확, 혼자 가버려?'

오죽하면 그런 생각이 들 정도였다.

하지만 그래도 어쩌랴, 아직 정광과 풀어야 할 숙제도 있고, 연락을 위해선 두충도 필요한데.

"후, 두 위사, 그 보따리 계속 가지고 다닐 겁니까?"

두충이 멀뚱한 표정으로 답했다.

"당연하지요."

당연하단다. 자기 몸집의 반쯤 될 것 같은 보따리를 계속 들고 다니는 일이.

"대체 뭐가 든 겁니까?"

"그냥, 이것저것……. 옷도 있고 제가 필요로 하는 물건도 있습지요. 어쨌든 이것을 놓고 다닐 수는 없습니다."

"전부 다요?"

"뭐, 다는 아니지만……."

"그럼 꼭 필요한 것만 가지고 다니세요. 먼 길을 가야 할 텐데 그걸 어떻게 들고 다니려고 그럽니까?"

두충이 살짝 일그러진 얼굴로 진용을 바라보았다. 그러더니 봇물이 터진 듯 참고 참았던 말을 한꺼번에 쏟아냈다.

"천호장님이나 정광 도장님이야 무공이 강하니 강호에 나가도 걱정이 없겠지만, 어디 저야 그럽니까? 무공은 잘해야 삼류의 수준을 겨우 벗어날 정도고, 그렇다고 신분이 높은 것도 아닌데 어떡합니까? 강호에 나가면 언제 죽을지 모르는 가련한 청춘, 가진 재주라도 총동원해야 목숨이라도 붙어서 돌아오죠!"

그게 보따리하고 무슨 상관인데?

정광은 별 웃기지도 않는 이야기 다 들어본다는 눈빛으로 두충을 꼬나보았다. 그러나 진용은 무엇 때문인지 심각한 표정을 지으며 걸음마저 멈추었다.

"그러고 보니… 여태 제가 두 위사에 대해 아는 것이 거의 없었군요. 거참······."

한 달 동안 함께 황궁 생활을 했으면서도 아는 게 없다.

그저 두충이 말 많고 여기저기 기웃거리길 잘해서 보고 들은 게 많다는 것. 그 정도뿐이다.

우스운 일이 아닌가. 아무리 관심이 다른 곳에 가 있었다고 해도, 단 하나 있는 수하에 대해 그토록 무관심했다니.

"내 잘못이 크군요. 미안합니다, 두 위사."

"아, 아니··· 뭐, 그렇게까지는······. 굳이 천호장님께서······."

이상하게 흐르는 상황에 두충은 땀을 삐질 흘렸다.

"앞으로는 신경을 좀 더 쓰도록 하지요. 그래도 앞으로 험한 길을 함께 가야 할 사이 아닙니까."

"저도 좀 더 신경을······."

그때 정광이 나서더니 안절부절못하는 두충의 어깨를 두드렸다.

"나도 미안하다. 뭐라고 할 줄만 알았지 거기까지는 미처 신경을 쓰지 못했어. 그래도 어쩌겠냐, 네가 이해해야지. 그동안 워낙 많은 일이 일어났잖냐."

"물론 이해······."

정광마저 나직한 목소리로 위로하며 어깨를 토닥거리자 두충은 눈물이 날 것만 같았다.

"앞으로는 함부로 때리지 않으마. 내가 뭐 네가 미워서 때

렸겠냐?"

"도장님……."

"그래, 그래. 이해해 준다니 고맙다."

그러더니 은근한 목소리로 묻는 정광.

"그럼, 이제 그 보따리 속에 뭐가 들었는지 말해봐, 응? 내가 뭐 말한다고 해서 뺏어가겠냐? 안 그래? 뭐.냐.니.까?"

마지막 말은 거의 협박조다.

순간 두충의 그렁그렁한 눈에 커다랗게 매달려 있던 눈물이 쏙 들어가 버렸다. 배신감에 온몸을 부르르 떤 두충은 벌겋게 충혈된 눈으로 정광을 쏘아보았다.

물론 당연히 기죽을 정광이 아니었다.

"눈깔 안 내려?"

2

정광을 오른쪽에, 두충을 왼쪽에 거느린(?) 진용이 고가장에 도착하자 뜻밖의 손님이 기다리고 있었다.

"고 형!"

"아니, 하 형이 웬일이십니까?"

하군상이었다. 그는 진용을 보자 마치 십 년 만에 만난 친구를 본 표정으로 벌떡 일어섰다.

"생각보다 일찍 들어오셨군요."

"예, 한데 무슨 일로 여기까지……?"

"하하! 그야 고 형이 보고 싶어서 왔지요."

꼭 그런 이유가 아닌 것 같았지만 진용은 아무것도 묻지 않고 빙그레 웃으며 말했다.

"일단 안으로 들어가죠."

유모로 하여금 두충에게 방을 하나 내어주라 하고 안으로 들어가자 하군상이 조금 심각한 표정으로 입을 열었다.

"바쁘시지 않다면 내일 저희 상방에 와줄 수 있으십니까?"

"무슨 일로……?"

"향 매가 만났으면 합니다."

"초 소저가요?"

초연향이 하군상을 직접 보냈다는 것은 그만큼 비밀을 요하는 일이라는 말.

어차피 북경을 떠나기 전에 만나봐야 할 사람이었으니 어쩌면 잘된 일일지도 몰랐다.

"아침에 가면 됩니까?"

"예, 고 형. 내일 진시 초쯤 오십시오. 제가 그때쯤 문 앞에서 기다리고 있겠습니다."

"알겠습니다. 그 시간쯤 가죠."

무엇 때문에 보자고 하는 걸까. 그러나 그 이유는 둘째 치고, 진용은 초연향을 생각하자 가슴이 뛰었다.

'그냥 지금 가서 만나볼까? 아냐, 초 소저가 좋아하지 않을

지도 모르는데…….'

"무엇 때문인지는 모르십니까?"

하군상이 입술을 비틀며 대답했다.

"보고 싶은데 안 오시니까 화났나 보죠 뭐."

"예?"

"하하하! 놀라시기는. 그렇게 자주 좀 찾아오시지 그랬습니까?"

"나원, 하 형도…….""

"어이구, 이럴 게 아니고 가봐야겠습니다. 빨리 가서 향 매에게 소식을 전해야지요. 낭군님이 내일 오신다고 말입니다."

"하 형!"

"하하, 그럼 저는 이만 가보겠습니다."

진용은 하군상을 떠나보내고 곧바로 방에 들어가 한참 동안 초연향에 대해 생각하느라 방을 나서지 않았다.

"후, 내가 왜 이러지? 그런데 대체 무엇 때문에 그러는 걸까? 하군상에게 알리지 않았을 정도면 결코 가벼운 이야기는 아닐 것 같은데……. 뭐, 내일 가보면 알겠지."

진용이 궁금함을 가슴속에 구겨 넣고 있는데 밖에서 옅은 신음 소리가 났다.

"으으으…….""

"응?"

집 안에 있는 사람이라고 해봐야 자신까지 네 명, 그러니 밖에서 나는 신음 소리의 주인을 짐작하지 못할 그가 아니었다.

'두 위사가 왜 그러지?'

진용은 방을 나섰다. 그러자 희한한 광경이 눈에 들어왔다.

묘한 자세로 서 있는 두충, 그런 두충의 온몸에선 땀이 비 오듯 쏟아지고 있었는데, 그 옆에선 정광이 엄한 눈길로 두충의 자세를 일일이 수정해 주고 있었다.

진용은 눈을 휘둥그렇게 뜨고 아연한 표정을 지었다.

두충의 자세는 자신이 알고 있는 자세다. 천하의 그 누가 자신만큼 저 자세를 잘 알까, 세르탄을 제외한다면.

'얼래? 뭐야, 신수백타를 왜 저놈이……?'

아니나 다를까, 세르탄도 두충의 자세를 알아보고 어이가 없다는 듯 소리친다.

"지금 뭐 하는 겁니까?"

진용이 묻자 정광이 답했다.

"이 녀석의 무공이 너무 약한 것 같아서 한 수 가르쳐 주고 있는 중이네."

한 수 가르쳐 준다고?

"그런데 왜 하필 신수백타입니까?"

"고 천호의 무공을 내가 알고 있다고 하니까 가르쳐 달라고 하더군. 그래서 기초만이라도 가르쳐 주려고 했던 것이지."

그게 아니겠지. 도장님이 꼬셨겠지.

'내가 고 천호의 무공을 알고 있는데 배워볼 텐가?' 하면서. 뻔히 보이는 이유 때문에.

진용이 피식 웃으며 말했다.

"그만 해요, 두 위사. 그거 잘못 배우면 큰일 납니다. 고통이 너무 심한 데다, 잘못하면 몸이 상할 수도 있어요."

이를 악문 채 악착같이 자세를 취하고 있던 두충은 반신반의하는 표정으로 비비 꼬았던 자세를 풀었다.

"헥, 헥! 정말입니까, 천호장님?"

"지독한 고통 때문에 정광 도장님도 포기한 무공이지요."

순간 두충의 얼굴이 험악하게 일그러졌다.

"그럼… 자신도 포기한 무공을 나에게?"

"나는 잘못없다. 네가 가르쳐 달라고 했으니 가르쳐 준 것뿐이야."

말이야 틀린 말이 아니다. 그러나 정광이 그 말을 꺼내지 않았다면 자신이 어찌 배우려 했을까.

뭐? 심심한데 고 천호의 동작을 몇 개 배워보라고?

온몸이 쑤셨다. 아무래도 며칠간은 고생을 해야만 할 것 같다.

그제야 어렴풋이, 아니, 확실히 정광이 왜 쉬고 있는 자신에게 와 진용의 무공에 대해 말했는지 알 수 있었다.

정광은 자신을 고통의 지옥에 빠뜨리고 싶었던 것이다. 순전히 책을 보여주지 않았다는 이유로.

두충은 불길이 이는 눈으로 정광을 노려보고는 힘든 걸음을 옮겨 방으로 향했다.

'두고 보자, 미친 말코!'

3

정광과 두충의 구시렁거리는 소리도 사라진 야심한 밤, 진용은 아버지의 침상 옆에 서서 앞쪽을 응시했다. 손에는 오행을 뜻하는 다섯 개의 줄 중 토에 해당하는 줄이 잡혀 있었다.

지하 서고에서 찾아야 할 물건도 있는 데다, 내일이면 기약 없는 길을 떠나야 하기에 오늘 지하 서고의 봉쇄를 풀기로 결심한 것이다.

쿠르르르릉!

나직이 울리는 소리, 순간적으로 진용의 눈빛이 잘게 흔들렸다.

지하 서고의 봉인이 풀리자 다섯 단계에 걸쳐 막혀 있던 거대한 석판이 하나둘 열리고 있었다.

정광과 두충에게 미리 말해두었기에 들어오는 사람은 없

었지만, 진용은 혹시나 하는 마음으로 방 안 전체를 자신의 기로 감싸 버렸다. 그리고 내력을 극한으로 끌어올려 진동조차 짓눌러 버렸다.

그러자 온몸으로 전해지는 미세한 진동음.

가슴을 뒤흔들며 반가워하는 지하 서고의 울음소리에 진용의 눈엔 눈물이 맺혔다.

이 진동을 혼자서 느껴야 한다는 것에 진용은 너무도 가슴이 아팠다.

아버지가 곁에 있었다면 얼마나 좋았을까.

지난 일을 이야기하며 앞장선 아버지를 따라 지하 서고에 내려가고 싶었는데…… 그랬는데……. 혼자서 내려가야 하다니…….

구구구구…….

반 각이 지나지 않아 진동이 잦아들더니 봉쇄된 지하 서고가 시커먼 입을 벌렸다.

화악!

손가락에서 튕겨진 불꽃이 유등잔에 떨어지자 불꽃이 피어오른다. 십 년이 지났는데도 아직 기름이 남아 있었나 보다.

바닥에 내려서자 곰팡이 냄새와 은은한 향내가 섞인 시큼한 냄새가 코를 찌른다.

진용은 그 자리에 서서 지하 서고를 천천히 둘러보았다.

머릿속의 세르탄도 감회가 새로운지 떨리는 목소리로 입을 열었다.

'시르, 이게 얼마 만이지?'

'왜, 고향에 돌아온 것 같아?'

'응.'

진용은 세르탄의 말에 우울함을 털어내고 서가에 꽂힌 책들을 둘러보았다.

먼지가 수북이 쌓인 책들은 십 년 전이나 지금이나 똑같은 곳에 똑같은 모습으로 꽂혀 있었다. 세르탄이 말했다.

'실피나를 불러서 먼지 좀 치우라고 해봐.'

'실피나? 정령이 그런 것도 할 줄 알아?'

'물론이지!'

자신에 찬 세르탄의 말에 진용은 나직한 목소리로 실피나를 불러냈다.

"실피나."

그런데 아무런 반응이 없다.

"실피나!"

조금 큰 목소리로 불러봤다.

─불렀… 어?

잠이 덜 깬 목소리로 대답하며 실피나가 기어나왔다.

─주인아, 여긴 어디야? 왜 부른 거야?

"우리 집. 먼지가 너무 많아서 청소 좀 하려고. 바람으로 먼지 좀 모아봐."

―…….

실피나가 입을 다문 채 그 큰 눈을 멀뚱하니 뜨고서 진용을 바라보았다.

"왜? 할 줄 몰라?"

―할 줄은 아는데…….

"그럼 해봐."

―실피나는 더러운 것 싫은데…….

정령이라서 그런지 더러운 것은 싫은가 보다. 진용도 그 점은 이해가 갔다. 한데 세르탄이 말도 안 된다는 듯 코웃음 친다.

'참나! 더러운 것 싫다는 정령은 첨 보네. 도대체 무슨 정령이 저래?

'그럼 정령이 더러운 것을 따지지 않는단 말이야?

'당연하지. 그런 정령이 어디 있어?

그 말에 진용은 다시 실피나에게 명령을 내렸다.

"실피나, 일단 먼지라도 치워봐."

마지못한 듯한 목소리로 실피나가 조그맣게 대답했다.

―알았어, 주인이 시키니까 해야지 뭐.

휘리리리…….

실피나가 가볍게 손을 젓자 잔잔한 바람이 일기 시작했다.

순간 바닥에 있던 먼지들이 실피나의 손짓을 따라 서고의 중앙으로 뭉치기 시작하더니, 순식간에 주먹만 한 먼지 덩어리가 만들어졌다.

'쓸 만한데? 진작 알았으면 좋았을걸.'

실피나의 새로운 용도(?)에 진용은 만족한 표정을 지으며 십장생이 새겨져 있는 벽으로 다가갔다. 그리고 거북이의 머리를 붙잡고 왼쪽으로 돌렸다.

드르륵, 기관이 움직이더니 벽에서 석함이 빠져나왔다.

그때였다. 뒤에서 들리는 심상치 않은 소리.

진용은 급히 고개를 돌려보았다.

순간, 눈앞에서 벌어진 광경에 진용의 눈이 홉떠졌다.

휘리리링! 콰아아아아!

갑자기 거세진 바람에 사방에 있던 먼지가 회오리를 일으키며 가운데로 몰려드는 것이 아닌가.

그뿐이 아니다.

우당탕탕!

잠깐 넋을 잃은 사이 서가에 꽂혀 있던 책자들마저 회오리에 휘말려든다. 수백 권의 책자들이 서고의 가운데로 뭉친 것은 한순간이었다.

미처 어찌할 사이도 없이 난리가 나버렸다.

실피나가 당황한 듯 어쩔 줄 몰라 소리쳤다.

—어머, 어머! 너무 세게 했나 봐! 이걸 어째, 이걸 어째.

미칠 노릇이다.

"실피나! 뭐 하는 거야!"

진용이 소리쳐도 소용이 없었다. 실피나는 계속 '어머, 어머'만 반복해 댔다.

"그만! 멈춰!"

멈추라는 소리가 떨어지고 나서야 실피나가 손짓을 멈추었다.

후두둑…… 털썩, 털썩…….

바람이 멈춘 지하 서고에서는 허공에 떠 있던 책 떨어지는 소리만이 들린다.

거센 바람에 유등잔의 불마저 꺼진 데다, 지하 서고를 가득 메운 뿌연 먼지 때문에 앞이 보이지 않았다.

진용은 숨을 멈추고 제자리에 서서 멍하니 앞을 바라보았다. 그러다 짧은 시동어를 외쳤다.

"광(光:라이트)!"

먼지 때문에 희미하긴 했지만 어슴푸레 서고의 광경이 눈에 들어왔다.

맙소사! 난리도 이런 난리가 없다. 태풍이 휩쓸고 지나간 자리 한가운데 서 있는 것만 같았다.

서로 뒤엉킨 채 수북이 쌓인 책들을 보는 진용의 눈이 거세게 흔들렸다.

아버지의 책들이 찢어지고 구겨져서 뭐가 뭔지도 모르게 뭉쳐 있다.

그나마 아버지가 가장 귀하게 여기던 책과 고대의 자료들은 따로 목함 속에 넣어져 있어 바람에 휘말리지 않았지만, 눈앞에 있는 책들도 결코 아무 데서나 쉽게 볼 수 있는 책들이 아니다.

대체 이게 무슨 난리란 말인가!

"실피나! 먼지를 치우라고 했지 누가 난리를 피우라고 했어?!"

진용은 어이가 없어 질책이 담긴 눈으로 실피나를 노려보았다. 하지만 더 이상 뭐라 하지는 못했다.

―실피나는…… 주인이 시키는 대로 청소를 했는데……. 힝!

커다란 눈에서 금방이라도 눈물이 떨어질 것만 같은 실피나를 보니 그저 한숨만 나올 뿐이다.

'세상에, 정령이 우네. 뭐 저런 정령이…….'

대신 자기 잘못도 모르고 중얼거리는 세르탄에게 모든 화살을 쏟아 부었다.

'세르탄! 다시는, 다시는 실피나에게 뭐 시키라고 하지 마! 알았어!'

'내가 뭘? 만날 나만 뭐라고 해……. 씨이…….'

끄응!

진용은 대책없는 정령에 곧잘 대드는 마계의 말썽꾸러기를 머릿속에 이고 사는 자신이 한심하기만 했다.

그래도 어쩔 건가. 머릿속에서 빼낼 수도 없는 것을.

진용은 억지로 천단심법을 끌어올렸다. 순전히 들끓는 화를 가라앉히기 위해서였다.

얼마나 지났을까. 그렇게나마 마음을 달랜 진용은 다시 수북이 쌓인 책더미를 바라보았다.

보면 볼수록 한숨만 나온다. 하지만 이제는 어쩔 수 없었다. 어차피 벌어진 일.

'어휴…….'

진용은 서고의 가운데 수북이 쌓인 책더미로 다가갔다. 그리고 다시 유등잔에 불을 붙이고 쪼그리고 앉아 책들을 정리하기 시작했다.

엉킨 바람에 구겨진 책자는 많았지만, 천만다행으로 찢어진 책자는 그리 많지 않았다.

"휴우, 다행이다."

안도의 숨을 내쉬며 가슴을 쓸어내리던 진용은 문득 드는 생각에 옆을 바라보았다.

실피나가 물끄러미 책을 정리하고 있는 자신을 바라보고 있었다. 조금 전의 우는 듯한 모습은, 언제 그랬냐는 듯 싹 달아나 눈곱만큼도 남아 있지 않았다. 그저 세상만사 태평한 모습. 얄미워 보일 정도다.

'그래, 다 내 잘못이다, 내 잘못. 어휴, 정말…….'

진용은 속으로 한숨을 내쉬며 책을 정리하다 말고 실피나에게 물었다. 생각해 보니 궁금한 것이 한두 가지가 아니었다.

"실피나, 실피나는 중급 정령이라며?"

끄덕끄덕.

"중급 정령은 말을 못한다는데 실피나는 어떻게 말을 할 수 있지?"

실피나가 머뭇거리더니 마지못한 듯 대답했다.

—혼돈의 열매를 먹은 전 주인이 실피나에게 자기 능력의 일부를 심어놓고 죽었는데, 그 바람에 실피나는 감정이 생겼거든. 그런데 감정이 생기니까 정령의 세계에서 받아주지 않잖아. 치이, 언니들이 자기들보다 힘이 세졌다고 질투하는 걸 거야 아마. 하여튼 그 이후로 돌아가지도 못하고 오랫동안 떠돌아 다녔어, 친구하고. 주인을 만나기 전까지.

진용은 그 말이 뜻하는 바가 뭔지 알 길이 없었다. 하지만 세르탄은 그 말을 듣고 놀라 소리쳤다.

'호, 혼돈의 열매라고?!'

'그게 뭔데 그리 놀라는 거지?'

'그건…… 한마디로 이쪽 세상에서 말하면, 뭐랄까……. 선단(仙丹)? 성약(聖藥)? 아무튼 그런 거야. 인간이 혼돈의 열매를 먹으면 이미 인간이라고 볼 수가 없어. 물론 먹고 나서 살아 있을 수만 있다면. 하지만 마족이나 천족이 먹으면 그야말로 엄청난 공능을 얻을 수 있지. 그러고 보니…… 아깝

다, 쩝.'

침을 삼키는 세르탄이 한심하기는 했지만 진용은 굳이 뭐라 하지 않았다. 침 삼킨다고 어디서 혼돈의 열매인가 뭔가가 뚝 떨어질 것도 아니니까.

'실피나의 전 주인은 살아 있었으니까 실피나에게 마나를 전해줬을 것 아냐?'

'그러게. 인간이 그걸 먹으면 미치는 것은 둘째 문제고, 전신이 터져서 죽어버릴 텐데…… 대체 어떤 인간이 그걸 먹고 살아난 거지?'

세르탄의 말을 대충 정리한 진용은 다시 실피나에게 물었다.

"전 주인은 누구였어, 실피나?"

─하르비나. 혼돈의 마녀 하르비나가 전 주인이야.

진용은 당연히 그 이름이 뜻하는 바를 알 수 없었다. 그리고 세르탄도 그 이름은 처음 들어보는 이름인지 아무런 반응을 보이지 않았다.

어쨌든 실피나에 대해 새로운 사실을 알자 진용은 실피나가 새롭게 보였다. 게다가 감정이 생겼다는 이유 때문에 정령의 세계로 돌아가지도 못하는 실피나가 조금은 불쌍하기도 했다.

"들어가 쉬어, 실피나."

─응, 그럼 나 간다. 열심히 치워, 주인아!

윽! 들어가라면 그냥 들어갈 것이지, 일은 자기가 다 저질러 놓고, 뭐? 열심히 치워?

'케케케…….'

'세르탄! 지금은 바쁘니 참는다. 조용해!'

뒤통수를 내갈기고 싶은 마음을 꾹 참고, 진용은 근 반 시진에 걸쳐 꼼꼼히 분리한 책자를 본래의 자리에 꽂아 넣었다.

반쯤 집어넣고 다시 한 권의 책을 집어 들었을 때였다.

"응? 이건 뭐지?"

처음 보는 책 한 권이 손에 잡혔다.

겉장과 속장의 색깔이 확연히 차이가 나는 책이었다. 아무래도 많은 부분이 유실되어서 새롭게 제본한 책 같았다. 이상한 점이라면 제목이 적혀 있어야 할 곳에 이(二)라는 단순한 번호만 매겨져 있다는 것이다.

진용은 이(二) 자가 적힌 책자의 표지를 넘겨보았다. 그러자 아버지의 숨결이 느껴지는 글씨가 한눈에 들어왔다.

"무슨 책인데 다시 제본을 하신 거지?"

의아하면서도 반가웠다. 눈물이 나올 정도로. 하지만 진용은 한 장을 넘기기도 전에 놀란 눈을 크게 떠야만 했다.

"뭐야? 설마 무공서?"

호기심 가득한 마음으로 첫 번째 장을 넘겨보았다.

이 무서(武書)는 나 고중헌이 호남 악록산의 악록서원에 들렀다가 우연히 얻은 책 중의 하나로, 한(漢)대의 호족 무덤에서 발견되었다고 하니 적어도 한(漢) 이전에 만들어진 것으로 유추하는 바이다. 앞장이 많이 뜯겨져 있어 이 책의 제목을 알 수 없는 것이 안타깝기 그지없으나, 적혀 있는 글씨의 필체에서 느껴지는 힘만으로도 나는 감탄하지 않을 수 없었다. 아무래도 예사 무인이 남긴 것 같지가 않아, 희미해져서 읽기가 힘든 부분을 보완해 이곳에 남긴다.

적힌 그대로 제목은 따로 없었다. 그러나 분명 무서였다.

대충 넘겨보자 도해인지 뭔지 몰라도 난해한 선이 복잡하게 그어져 있었다.

진용은 언뜻 뇌리를 스치는 생각에 일단 무제(無題)의 무공서를 한쪽에 내려놓았다. 그리고 조심스럽게 자신이 분리해 놓은 책들을 더 자세히 살피며 책을 하나씩 서가에 꽂아 넣었다.

그러던 중 마침내 처음에 찾은 책과 비슷한 책 두 권을 더 찾아냈다.

일(一)과 삼(三)이 적힌 책자였다. 역시나 표지에 숫자만 적히고, 상당 부분이 삭아서 떨어져 나가 있었다.

그 이후로 그 책들이 꽂혀 있었던 것으로 추정되는 곳을 살펴봤지만 더 이상은 찾을 수가 없었다. 아마도 아버지가 얻은 책은 모두 세 권인 듯했다.

진용은 일단 책 정리가 끝나자 숫자가 적힌 세 권의 책 중 일 자가 적힌 책부터 펼쳐 보았다.

두 장을 넘기자 책의 본 내용이 시작되었다.

……벽공(碧公)을 만나 그렇게 헤어졌다. 그러나 아쉬움은 없었다. 비록 공부를 깊이 있게 나눠보지는 못했으나, 나의 배움이 그에 비하여 뒤떨어지지 않음을 느낄 수 있었기 때문이다. 아마 벽공도 그걸 인정했기에 아무런 말 없이 돌아섰을 것이다. 다만 한 가지 미련이 있다면 그가 철수의 주인과 손을 나눈 결과에 대해 듣지 못했다는 것이다.

…(중략)…….

믿을 수 없는 소문이 들린다. 북천의 하늘이 누군가에게 쓰러졌다고 한다. 천하에 적수를 찾을 수 없다는 그가 삼십 수를 채 나누지 못하고 쓰러졌다니……. 비록 늙은 나이지만 호승심이 솟구친다. 그를 찾아가 손을 나누어보고 싶다.

…….

더 이상 참을 수가 없다. 모든 것을 자식에게 맡기고 떠나기로 했다. 그를 찾아서…….

…(후략)…….

첫 번째 책은 단순히 일기 형식으로 쓰여 있었다. 이십여 장이 전부인 책의 중간중간에 아버지가 따로 주석을 달아놓은 글이 보였다. 반가운 마음과 호기심에 끝까지 읽어보았지만 그럼에도 책을 쓴 사람의 이름은 나오지 않았다. 참으로 아쉬운 일이었다.

그러나 아직 두 권의 책이 남아 있으니 완전히 실망할 단계는 아니었다.

두 번째 책을 펴 들고 역시 두 장을 넘기자 좀 전에 대충 보았던 것과 비슷한 이해하기 힘든 도해가 보였다.

점과 선으로 이루어진 도해는 마치 어린아이가 낙서를 해 놓은 것만 같았다. 그러나 진용은 그것이 결코 어린아이의 낙서가 아니라는 것을 느낌으로 알 수 있었다.

"장법인가?"

선은 두 가지를 나타내고 있는 듯했다. 굵은 선은 투로이고, 가는 선은 기의 흐름인 것 같았다. 그리고 중간에 찍힌 점은 기가 최고조에 도달한 곳으로, 타격점인 듯 보였다.

다시 한 장을 넘겨보았다. 그림이 있는 뒷장에는 구결로 보이는 글이 잔뜩 쓰여 있었다.

그림 하나에 구결 한 장이 아니었다. 어떤 곳은 그림 하나에 세 장, 네 장의 구결이 적혀 있는 곳도 있었고, 아예 없는 곳도 있었다.

일곱 개의 그림, 열두 장의 구결. 그것이 책자의 모든 것이었다.

그나마도 구결은 진용이 알지 못하는 글로 쓰인 데다, 군데

군데 알아보기 힘들 정도로 훼손된 곳도 보였다. 아쉬운 일이었다.

진용은 세 번째 그림까지만 훑어보고 책을 덮어버렸다. 어느 정도의 가치가 있을지 알 수는 없으나, 무서인 것이 확인된 이상 시간을 두고 자세히 살펴보기 위함이었다.

세 번째 책을 펴든 진용은 조금 실망한 표정을 지었다.

아버지가 새롭게 제본하며 남긴 서문에 의하면, 앞서 읽은 책의 저자와 세 번째 책의 저자가 다르다는 것이었다. 그리고 이 책의 재질은 양피였다. 겨우 다섯 장의 양피.

그러나 아버지는 오히려 이 책에 대해 더 이해하기 어려운 글을 남겨놓았다.

믿을 수 없는 내용이나 눈이 떨어지지 않으니 참으로 난감한 글이다. 한편으로는 천 년도 더 전의 허황된 이야기에 마음이 흔들리는 내 자신이 우습기는 하지만, 영기가 서린 글씨에 차마 버리지는 못하고 이곳에 남긴다.

진용은 서문을 넘기고 본 내용을 읽어갔다.

하늘은 하늘이 아니고, 땅은 땅이 아니다. 그러나 우매한 인간들이 하늘만이 하늘인 줄 알고, 자신들이 딛고 선 땅만이 땅인 줄 아는구나. 에헤라, 세상 밖에 세상이 있음을 내가 말한들 누가 믿을 건가.

……(중략)…….

그저 혼자서 미친 척 세상을 떠돌다 죽으면 그만이련만, 아는
게 죄라고 공연히 삼계(三界)를 알아 쓸데없는 인연을 남겨놨구
나. 어찌할고, 어찌할고. 내 죄를 어찌할고.

……(중략)…….

삼대를 이어가기도 전에 우려하던 일이 벌어지는구나. 동생
이 형을 죽이고, 조카가 숙부를 죽였다. 신심(神心)에 피가 더해
졌으니 이제는 혈신(血神)만이 남았도다.

오! 이 모든 업을 짊어져야 할 나이거늘, 그러할 힘이 없으니
죽음으로서 마지막 방도를 취하노라.

…….

죽음으로서 혈신의 힘을 둘로 갈라놓았다. 다시 합쳐지지 않
기만을 바랄 뿐…….

…….

죄 많은 망오(忘吾)가 남기노니……

인연이 닿은 자여! 하늘은 하늘이 아니고, 땅은 땅이 아님을
알아 혈신의 저주를 풀기 바라노라.

진용은 멍하니 다섯 장의 양피지를 읽고 또 읽어보았다.

다름이 아니었다. 뭔가가 눈에 밟혀 머릿속에서 떠나지를
않고 있었다.

평범하지 않은 사람이 쓴 평범하지 않은 글.

그가 남긴 인연은 뭐고 혁신은 또 뭐란 말인가.

게다가 하늘은 하늘이 아니고 땅은 땅이 아닌 것을 알면 저 주를 풀 수 있다니, 그것은 또 무슨 뜻을 담은 말인지…….

진용은 책을 덮고 한참을 생각했지만 글이 너무 단편적이어서 당장은 아무것도 알아낼 수가 없었다.

"풀어지지 않는 글을 붙잡고 씨름할 필요는 없겠지. 더구나 천 년 전의 글인데. 어쨌든 이것은 나중에 다시 생각해 보고……."

일단 책을 내려놓은 진용은 석함이 있는 곳으로 다가갔다. 그리고 석함 속에서 울퉁불퉁하게 생긴 두 자 길이의 시커먼 지팡이 하나를 꺼내 들었다.

바로 제나가 썼던 것으로 추정되는 지팡이. 자신이 이곳에 들어온 목적 두 가지 중 하나가 이 지팡이를 챙기기 위해서였다.

"흠, 이것이 있어야 마법을 제대로 펼칠 수 있단 말이지? 근데 너무 못생겼네."

'아마 마법이 걸려 있어서 일 거야. 너무 화려하면 괜히 욕심내는 놈들만 생기니까, 마법으로 본모습을 감춘 거지.'

틀린 말이 아니었다.

"하긴, 견물생심이라 했으니까."

시험 삼아 가볍게 지팡이에 내력을 흘려 넣어봤다.

우우웅!

지팡이가 즉시 반응을 한다. 끝에 매달린 둥근 구슬이 은은한 빛을 뿜어낸다. 당장이라도 자신을 사용하라며 재촉하는 것만 같다.

"호! 좋은데?"

기분이 좋아진 진용은 지팡이를 옆구리에 꽂고서 한쪽에 놓아둔 세 권의 책을 집어 들었다. 가지고 나갈까 말까 잠시 망설였지만 망설임의 시간은 그리 길지 않았다.

진용은 책자 중 일권과 삼권을 석함 속에 집어넣고서 석함을 본래대로 벽에 밀어 넣었다. 그리고 무공서로 추정되는 이권만 품속에 넣고 천천히 고대 문서가 쌓인 칸을 훑어보기 시작했다.

자신의 두 번째 목적, 태산의 석벽에서 본 글씨를 해독할 수 있는 책이 있나 찾아보기 위함이었다.

그렇게 근 한 시진에 걸쳐 찾은 책은 다섯 권, 그중 세 권은 원문을 그대로 옮겨놓은 것이었기에 그리 소용이 없었다. 그러나 두 권은 제법 도움이 될 듯했다. 두 권 모두 아버지가 주석을 달아 새롭게 적어놓은 책자였던 것이다.

비록 원문이 석벽의 글씨와 많이 다르다는 게 문제긴 했지만, 아쉬운 대로 그것만 제대로 파고들어도 석벽의 문자를 조금은 해독할 수 있을 것 같다는 생각이 들었다.

진용은 지팡이와 세 권의 책자를 갈무리하고는 나가기 전에 한 번 더 지하 서고를 둘러봤다.

그러기를 얼마, 구석구석을 눈에 새기듯이 둘러본 진용은 아쉬운 마음을 떨치고 지하 서고를 빠져나왔다.

그리고 유등불이 꺼져 컴컴해진 지하 서고를 바라보며 천천히 다섯 개의 줄을 한꺼번에 잡아당겼다.

쿠르르르…….

지하 서실이 두 번째로 봉쇄되는 소리에 진용의 눈가가 가늘게 떨렸다.

'오늘은 혼자 왔지만 다음에는 반드시…….'

2

진용은 싸늘하게 식어 있는 차를 따라 한 모금 들이켰다. 그리고 품에서 세 권의 책을 꺼내 들고는 그중 무공서라 생각한 책을 탁자 위에 펼쳤다.

책을 펼치자 첫눈에 복잡하게 어우러진 선과 점이 보였다. 진용은 일단 첫 번째 그림부터 천천히, 자세히 살펴보기 시작했다.

사실 그림이라고 해봐야 일곱 개에 불과했기에 처음에는 시간이 그리 많이 걸리지는 않을 거라 생각했다. 하지만 그것은 오만이 부른 오판이었다. 진용이 그것을 아는 데는 그리 많은 시간이 필요치 않았다.

우습게도 첫 번째 그림에서부터 막혀 버린 것이다.

이유는 단 하나였다. 그림이 살아서 움직이고 있었다.

서실 안에서 대충 살펴봤을 때는 분명 고정되어 있던 그림이었다. 그러나 그 흐름을 정확히 파악하기 위해 신경을 곤두세우자 그때부터 선과 점은 진용을 비웃듯이 움직이기 시작했다.

물론 실제로 움직이는 것은 아니다. 집중하지 않고 그냥 보면 움직이지 않고 그대로다. 그러나 집중해서 보면 거짓말처럼 움직인다. 아니, 움직이는 것처럼 보인다. 선의 강약이 달라져 보이고, 점의 위치가 바뀌는 듯했다.

"뭐, 뭐야? 이거?"

'시르, 그림이 미쳤다!'

세르탄이 말도 되지 않는 소리를 지껄였다. 그럼에도 진용은 뭐라 할 수가 없었다. 자신의 눈에도 그렇게 보이는데 뭐라 할 것인가.

그렇게 첫 번째 그림을 뚫어지게 바라보던 진용이 고개를 쳐든 것은 책을 펴든 지 이각이 지나서였다.

고개를 쳐든 진용은 한참을 멍하니 앉아 있다가 갑자기 풀썩 헛웃음을 흘렸다.

"하늘 밖에 하늘이라더니……."

처음에는 단순히 장법이 아닐까 생각했다. 그러나 이제는 뭐가 뭔지 자신할 수가 없다. 분명 장법 같은데 꼭 그것만이 아닌 듯했다.

분명한 것은 하나, 일곱 개의 그림을 모두 이해하려면 상당히 많은 시간이 걸려야만 할 것 같다는 것이다.

"그래도 기분은 그리 나쁘지 않군. 횡재를 한 기분이야. 실피나에게 상이라도 주고 싶군."

'흥! 그 말썽꾸러기에게 상은 무슨!'

세르탄이 뾰로통하게 툴툴거린다.

'세르탄, 너도 상 받고 싶어?'

'…아니.'

'그래 놓고 또 뭐 뺏아갈려고? 헹! 속을 줄 알고?'

진용은 세르탄이 잠잠해지자 두어 번 목을 돌리고는, 천단심법을 운용해 모든 신경을 최고조로 끌어올렸다. 그리고 다시 그림에 눈을 고정시켰다.

그림이 다시 살아서 꿈틀거리기 시작했다.

장을 넘길수록 꿈틀거림은 더욱 심해졌다.

한 시진, 두 시진…….

잠깐인 것만 같았다. 시간이 멈춰 버린 것처럼 느껴졌다.

하지만 자신도 느끼지 못하는 사이, 시간은 무한의 바다를 건너 끝 보이지 않는 바다로 사라져 가고, 희미한 어스름을 밀어내며 동창이 환히 밝아왔다.

그제야 진용은 고개를 들고 길게 숨을 내쉬었다.

"후우……. 대체 이것을 지은 사람이 누군지, 다 보고 나니 더 궁금해지는군."

3

밤새 내렸는지 집 밖 골목길에는 하얀 싸리눈이 소복이 쌓여 있었다.

아침 식사를 마친 후 진용은 유모가 깨끗하게 빨아놓은 서생복을 입고, 머리는 건 대신 하얀 무명끈으로 질끈 묶고서 제나의 지팡이를 옆구리에 차고 집을 나섰다.

정광이 호기심 가득한 눈으로 지팡이를 바라보며 물었다.

"그게 뭔가?"

말해준다고 알 물건도 아니기에 진용은 간단하게 대답했다.

"내 무깁니다."

"무기? 그렇게 웃기게 생긴 무기는 처음 보는군."

실제 용도를 알면 어떤 표정을 지을까? 그 생각을 하니 웃음이 떠오른다.

그때 두충이 정광의 아래를 흘겨보며 말했다.

"그래도 쇠 신발보다야 낫죠 뭐."

"뭐? 내 신발이 어디가 어때서?"

정광이 두충을 노려보며 쌍심지를 켰다. 괴상하게 생긴 지팡이를 감히 자신의 쇠 신발과 비교하는 게 마음에 안 든다는 눈빛이다.

자신의 신발을 최고의 무기로 생각하는 사람에게 무슨 말이 통할까. 괜히 한마디 했다가 맞지나 않으면 다행일 것 같은 생각에, 결국 두충은 정광의 눈빛을 피해 슬쩍 고개를 돌려 버렸다.

그 모습에 진용은 피식 웃으며 문 앞까지 따라 나온 유모를 향해 말했다.

"임무 때문에 당분간 들어오지 못할지 몰라요, 유모. 그동안 혼자 계시지 말고 시비라도 하나 구해서 같이 있도록 해요."

"에구, 시비는 무슨… 내 걱정 말고 도련님이나 몸조심하고 다녀오세요."

꼭 길가에 내놓은 아이를 걱정하는 말투다. 진용은 보다 더 강하게 말했다.

"유모가 아프면 내 마음도 아프니까 제가 하라는 대로 하세요. 알았죠?"

'그리고 돌아올 때는 아버지하고 함께 돌아오도록 할게요.'

지금 떠나면 언제 돌아올지 모른다. 한 달이 될지 두 달이 될지 일 년이 될지 아니면 몇 년이 될지…….

진용은 웃는 얼굴로 유모를 한 번 더 바라보고는 몸을 돌렸다. 미련을 남기지 않기 위해서 단호하게.

아니, 솔직히 말해서 유모의 눈에 맺힌 눈물을 더 볼 자신이 없어서…….

세 사람은 싸리눈이 하얗게 쌓인 길을 따라 내성으로 들어섰다. 그리고 일각여, 대로를 따라 남문 쪽으로 내려가자 저 멀리 많은 사람들이 드나들고 있는 구룡상방이 보이기 시작했다.

멀리서 보기에도 구룡상방의 정문과 장원의 건물들은 여전히 그 위용을 자랑하고 있었다.

그러나 진용의 눈에 비친 구룡상방의 모든 것은 전날에 비해 그 거대함이 가슴으로 다가오지 않았다.

문득 드는 씁쓸함에 진용은 하마터면 웃음이 나올 뻔했다.

자금성의 성문을 얼마간 봐왔다고, 황궁의 거대한 궁전들을 보름 남짓 들락거렸다고 구룡상방의 거대한 장원이 눈에 와 닿지 않다니. 자신의 마음이 간교함만 같은 것이다.

'나도 다른 사람이나 다를 바가 하나도 없군, 훗!'

씁쓸한 고소를 입에 달고 정문으로 다가가자 하군상이 보였다.

그는 정문 안에서 하늘빛 청삼을 입은 삼십 초반의 키가 큰 장한과 이야기를 나누고 있었다. 구룡상방주의 아들이라는 그가 쩔쩔매며 이야기를 나누는 것으로 봐서 그 청삼인의 지위가 보통이 아닌 듯했다.

'누구지?'

때마침 고개를 들던 하군상이 진용 일행을 발견했다. 그는 청삼인에게 뭐라 몇 마디를 더 듣고 난 후에야 진용에게 다가왔다.

"오셨군요."

"예, 너무 늦지나 않았는지 모르겠습니다."

"아닙니다. 늦기는요. 마침 출타하시려는 형님과 이야기를 나누고 있었습니다. 들어가시죠."

형님이라면 둘째인 하군명을 말함일 것이다. 첫째인 하군석은 키가 작다고 알려져 있으니 하군상보다 키가 큰 청삼인이 첫째 하군석일 리는 없었다.

한데 단순한 이야기가 아니었던 듯하다. 표정이 그리 밝지 못하다. 목소리에 힘이 없다. 자괴감마저 실린 채.

'뭔가 좋지 못한 이야기를 들었던 모양이군.'

진용이 정문을 들어서려는데 마침 정문을 나서던 하군명의 눈이 진용을 향했다. 조금은 얕보는 눈빛.

구룡상방에서 하루를 보냈을 적에는 서로 마주친 적이 없었기에, 하군명은 진용을 알지 못했다.

눈이 마주치자 하군명이 하군상에게 물었다.

"손님과 약속이 되어 있다더니, 이사람들이냐?"

"예, 형님."

하군명은 다시 한 번 두충과 진용과 정광을 차례대로 흘겨보고는 하군상에게 말했다.

"건달만 사귀는 줄 알았더니, 서생이나 도사들도 사귀는 모양이구나. 비루해 보여 그렇지, 그래도 날건달보다는 나은 것 같아 안심이긴 하다만."

건달? 비루해 보여?

두충과 정광이 발끈하려는 것을 진용이 손을 들어 제지했다. 대신 싸늘한 눈으로 하군명을 쳐다보았다.

'초 소저를 봐서 한 번은 참지.'

하군명의 말에 당황한 표정을 짓던 하군상은 무슨 생각이 들었는지 묘한 표정으로 자그맣게 입을 열었다.

"형님만 알고 계십시오. 이분들은 금의위의 백.호.장.들이십니다, 형.님!"

순간 진용과 정광을 향해 한마디 더 하려던 하군명의 눈이 크게 뜨였다.

"금의위 백호장?"

금의위라면 아무리 말단이라도 함부로 할 수 없는 사람들이다. 아니, 함부로 하기는커녕 조심해서 대해야 할 사람들이다. 한데 말썽만 피우는 걸로 알고 있던 하군상이 그런 금의위의 일반 위사도 아닌 백호장과 친분이 있다니.

믿을 수 없는 말이다. 그러나 거짓 또한 아닐 것이다. 그런 거짓말의 후환이 어떤 것인지 모를 하군상이 아니니까.

그때다. 하군상의 말이 사실일지 모른다는 생각이 들자 하군명은 문득 자신이 조금 전에 한 말이 떠올랐다. 비루……
날건달…….

순간 등골이 서늘해졌다.

'이, 이런……. 진짜 금의위 백호장이면 내가 큰 실수
를…….'

하군명은 당황한 눈으로 진용을 바라보았다. 진용의 싸늘
한 눈빛에 오금이 저린다. 그런 하군명을 보며 하군상이 넌지
시 입을 열었다.

"안 가십니까? 바쁘시다면서요?"

"음? 아, 가야지."

엉거주춤 돌아서는 하군명에게서 미련없이 고개를 돌린
하군상은 씩 웃으며 진용을 재촉했다.

"들어가시죠, 고 형!"

하지만 그것도 잠시, 정문이 보이지 않는 곳에 당도하자 하
군상은 머리를 긁으며 진용에게 사과를 했다.

"죄송합니다, 고 형. 고 형의 신분을 밝혀서."

"그럴 이유가 있으니 밝힌 것 아니겠습니까?"

"그게… 뭐랄까, 저도 형님에게 자랑을 하고 싶었거든요.
금의위의 백호장과 친구라고 말이죠."

진용은 빙그레 웃었다. 그도 들어서 안다. 하군상이 서자
라는 이유로 형이나 동생들에게 많은 괄시를 받아온 사실을.
그렇기에 하군상의 심정을 어느 정도는 이해할 수 있었다.

그리고 그가 저리 말하는 것으로 봐서는, 자신의 생각대로 조금 전 하군명에게 뭔가 안 좋은 말을 들었던 듯싶었다.

하지만 하군상의 말을 마음에 들어하지 않는 사람이 있었다. 바로 정광이 그랬다.

"이놈은 그냥 위사고, 고 공자는 백호가 아니라 천호장이다, 하가야. 똑바로 알고 말해!"

기분 좋게 걸음을 옮기던 하군상은 눈을 크게 뜨고 걸음을 멈췄다.

"예? 천호장요?"

백호와 천호는 천양지차의 신분이다. 황궁을 상대로 거래를 하는 구룡상방이기에 하군상도 그 차이를 잘 알고 있었다. 천호장이라면, 아버지라 해도 허리를 굽히며 받아들여야 하는 손님인 것이다.

놀람도 잠시, 하군상은 허리를 절도있게 숙이며 입을 열었다.

"괜히 주령이 보면 귀찮아질 수 있으니까 들어가시죠. 고, 천.호.장.님!"

결국 초연향의 거처까지 가는 동안 뒤로 젖혀진 하군상의 어깨에는 뒤로 부러지지 않은 것이 다행일 정도로 힘이 들어갔다. 오죽하면 정광이 괜히 천호장이라는 말을 했다며 후회를 할 정도였다.

"썩을 놈, 꼭 지가 천호장인 것처럼 굴고 있네."

두충은 그런 정광의 뒤통수를 노려보았다.

'씨발, 꼭 위사라고 밝혀야 속이 시원한가? 누가 밴댕이 소갈머리 같은 말코 아니랄까 봐……'

전각의 이층 창문을 가린 휘장 사이에서 여인의 눈이 반짝였다. 멀리서 옥신각신하며 건물을 돌아가는 사람들이 보였다.

'그가 무슨 일로 온 거지? 흠, 금의위에 몸을 담았다고 들었는데……'

하주령이었다. 그녀의 눈에 언뜻 묘한 빛이 떠오르는가 싶더니 순식간에 사라졌다.

찻잔을 앞에 놓은 채 마주 앉은 지 일 다경.

오랜만에 보는 그녀가 하얀 손가락으로 찻잔 가를 만지작거리며 머뭇거리고 있다.

너무도 하얗고 윤이 나서 마치 백옥을 깎아 만든 것 같기만 한 손가락. 문득 만져 보고 싶다는 생각이 마음 한구석에서 주인의 허락도 받지 않고 슬며시 기지개를 켠다.

그걸 느꼈는지 어느 순간 손가락이 움직임을 멈추더니 찻잔의 아래쪽으로 미끄러져 내린다.

진용은 얼굴이 살짝 달아오르는 것만 같아 자신도 모르게 숨을 깊게 들이켰다.

언뜻, 마주 앉은 초연향의 몸에서 싱그럽고도 은은한 풀꽃 향기가 나는 것만 같이 느껴졌다. 앞에 놓인 찻잔 속의 다향보다 더 은은한 그런 향기가…….

궁금함이 일었다. 저 싱그러운 풀꽃 향기는 다향일까, 아니면 저 여인에게서 나는 향기일까? 그것도 아니면 두 가지가 합쳐져서 나는 걸까?

'안아보면 알 수 있을 것 같은데……. 쩝.'

그의 엉큼한 상념은 나직하면서도 맑은 음성에 의해 깨어졌다.

"오랜만이에요."

초연향의 목소리에 진용은 조용히 웃음을 지었다.

"바쁘게 지내다 보니 벌써 이렇게 되었군요."

"그러게요."

그 후로 잠시 말이 끊겼다. 하지만 두 사람의 눈은 여전히 서로를 바라보고 있었다.

한참 만에야 초연향이 다시 말문을 열었다.

"금의위가 되셨다고 들었는데, 생활은 황궁에서 주로 하시나 보죠?"

"꼭 그렇지만은 않았습니다. 그리고 어제부로 황궁을 나왔습니다."

"예?"

"임무를 맡았거든요. 아마 강호에 뛰어들어야 할 것 같습니다."

순간적으로 초연향의 눈이 반짝였다. 그 눈빛을 놓치지 않은 진용이 조용히 입을 열었다.

"저에게 할 말이 있다고 들었습니다. 뭐든 말씀해 보세요."

입술을 지그시 깨문 초연향은 진용을 불러놓고도 그동안 망설였던 말을 조심스럽게 꺼냈다.

"강호로 나가신다면 잘되었는지도 모르겠네요. 실은 한 가지 알아봐 달라고 할 것이 있어서 고 공자를 찾은 거예요."

"강호와 관련된 일입니까?"

"예, 그리고 매우 위험할지도 모를 일이구요."

그 말에 진용이 가벼운 웃음을 지었다.

"위험은 이미 임무를 맡으면서부터 시작되었다고 할 수 있지요. 거기에 조금의 위험이 더해진다고 해서 문제될 것은 없습니다. 일단 말씀을 해보세요. 판단은 그 후에 해도 되니까요."

까짓것 뭐든 말만 해요! 그런 투다.

자신에 찬 진용의 말에 초연향은 마음이 차분히 가라앉았다.

"그럼 말씀드릴게요. 혹시… 천혈교라는 강호의 문파에 대해서 들어보셨나요?"

천혈교?!

순간, 진용의 표정이 굳어졌다.

삼왕과 관계가 있다는 강호 문파의 이름이 천혈교라 하지 않았던가. 자신이 강호에 나가면 가장 관심을 가져야 할 곳!

"천혈교라는 이름을 초 소저는 어디서 들으셨습니까?"

"들은 것이 아니라 봤어요."

들은 것이 아니라 봤다?

"우연히 두 사람이 나누는 이야기를 봤어요. 그리고 그 문제 때문에 고 공자를 뵙자고 한 거예요."

갈수록 태산이다, 이야기를 봤다니.

문득 뇌리를 스치는 생각.

"혹시 입 모양을 보고 안 겁니까?"

초연향이 얼굴을 붉히며 고개를 끄덕였다.

진용의 생각대로였다. 초연향은 자신의 신안으로 누군가가 이야기를 나누는 모습을 보고 그 입 모양만으로 이야기를 알아들은 것이다. 아마 그조차도 남들은 보이지도 않는 거리에서 봤을 것이 자명했다. 경악할 일이었다.

약간은 질렸다는 표정으로 진용이 물었다.

"그 두 사람이 누굽니까? 그리고 그들이 나누었다는 이야기가 대체 뭐기에 초 소저가 그리도 염려를 하시는 겁니까?"

"그들은 바로 대공자와 하 언니예요."

하군석과 하주령. 구룡상방의 쌍두마차. 그 두 사람이 대체 무슨 이야기를 나누었기에……

"그분들은 천혈교라는 문파와 비밀 거래를 하기로 결심한 것 같아요."

일순간 진용은 깊게 침잠된 눈을 내리깔고 초연향의 말에 귀를 기울였다.

"이틀 전에 정체불명의 강호인 두 명이 이곳을 방문한 후에 결정된 일이에요."

"그게 무슨 문제될 거라도 있습니까? 다른 상방이나 상단들도 사마외도와 관계를 가진 곳이 많은 것으로 알고 있습니다만. 백마성과 만금전장의 관계만 해도 그렇고……."

"물론 그건 고 공자의 말이 옳아요. 문제는 강호에 알려지지도 않은 곳과의 거래 금액이 상상을 초월할 정도로 크다는 것이죠. 그것은 그만큼 천혈교라는 문파의 규모가 크거나, 아니면 천혈교가 하려는 일의 규모가 그만큼 크다고 볼 수밖에 없어요. 그것도 일차 거래가 그 정도이니 그 다음은 얼마나 될지……."

"대체 얼마나 되기에……?"

초연향이 입술을 잘근 깨물며 말했다.

"십만 냥이에요."

십만 냥? 큰돈이긴 하지만 구룡상방의 재력을 생각하면 그리 염려할 정도는 아닌데?

진용이 의아해하자 초연향이 말을 이었다.

"황금으로 십만 냥을 그들에게 대주기로 했다고 하더군요."

황금 십만 냥?! 그럼 은자로 이백만 냥이다! 한데 그것이 일차 투자 금액이라고?

눈을 크게 뜬 진용의 입에서 절로 침음성이 흘러나왔다.

"으음, 괴이한 일이군요. 그렇게 엄청난 금액을 투자하고 잘못되었을 경우 그 파장이 만만치 않을 텐데 말입니다."

"제가 염려하는 것도 그 때문이에요. 일이 잘되면 천만금을 벌 수 있겠지만, 일이 잘못되었을 경우 그 파장은 상방 전체에 미칠 수밖에 없어요. 그리되면…… 해룡선단의 어려움 정도는 이들에게 관심거리도 되지 못하고 뒤로 젖혀질 게 뻔하거든요."

당연히 그럴 것이다. 자신들이 어려워지면 남의 어려움은 쳐다보지도 않을 것이다. 그리되면 해룡선단은 무너질 수밖에 없다. 초연향이 걱정하는 것은 바로 그것이었다.

"제가 뭘 해주면 되겠습니까?"

초연향이 눈을 들어 진용을 바라보았다.

"천혈교라는 곳이 그 정도 투자를 할 가치가 있는 곳인지 정확히 알고 싶어요. …미안해요. 이런 부탁을 드려서……."

말은 단순히 그리했지만, 그녀는 천혈교에 대해서 보다 더 많은 것을 알고 싶을 것이다. 그것만이 자신의 불안을 달랠 수 있을 테니까.

진용은 물끄러미 초연향을 바라보고는 나직이 입을 열었다.

"초 소저는 절 얼마나 알고 있다고 생각하십니까?"

초연향의 눈망울이 잘게 떨렸다.

고진용이라는 이름 외에 자신이 이 사람에 대해 알고 있는 것이 무얼까?

무공이 강하다는 것. 북경에 살며 어릴 때 헤어진 아버지를 찾으려 한다는 것. 최근에 금의위가 되었다는 것.

그뿐이다. 자신이 아는 고진용은 모두 본인이 말해준 것뿐이다.

그리고 보다 중요한 사실은 자신과 이 사람은 아무런 관계도 아니라는 것이다. 기껏해야 자신과 함께 교주에서 북경까지 여행하고, 하군상을 통해 두어 번의 소식을 전한 정도가 전부다.

한데도 그런 사람에게 자신은 해룡선단의 어려움을 해소하기 위해 부탁을 하고 있다. 생각해 보니 참 뻔뻔하다. 이 사람이 자신과 무슨 관계라고.

하지만…… 하지만 그럴 수밖에 없다. 유량마저 교주로 돌아간 지금, 그나마 이 사람이 아니면 부탁할 사람조차 없으니……. 솔직히 매달리고 싶은 마음이 들기도 하고…….

"미안해요……."

떨리는 눈으로 진용을 바라보던 그녀는 결국 고개를 숙였다.

고개를 숙인 그녀를 향해 진용이 말했다.

"우선 한 가지, 저는 강합니다. 그리고 더 강해질 것입니다."

그럴 것이다. 이제 겨우 스물에 들어서는 나이에 그토록 강하니 충분히 그럴 수 있을 것이다.

초연향은 숙인 고개를 끄덕였다.

'당신은 충분히 그럴 거예요.'

진용이 말했다.

"그러니 천혈교는 투자할 가치가 없는 곳입니다."

뜬금없는 말에 초연향은 숙였던 고개를 들고 이해할 수 없다는 눈빛으로 진용을 응시했다. 그러자 진용이 무심한 표정으로 말을 이었다.

"얼마 전에 알았습니다만, 천혈교가 삼왕과 깊은 관련이 있는 곳이라 하더군요. 아버지를 이용하고 잡아 가둔 삼왕과 말이죠. 그러니 천혈교는 제가 철저히 무너뜨릴 것입니다. 무슨 수를 쓰던!"

그리고는 놀란 표정의 초연향을 똑바로 쳐다보고는 천천히 입가에 가느다란 웃음을 배어 물었다.

"원래 고씨가 한 고집 합니다. 그러니 믿어도 됩니다. 천혈교는 상대를 잘못 만난 겁니다. 아시겠죠?"

초연향은 자신도 모르게 풀썩 웃음을 지으며 고개를 끄덕였다.

"믿어요. 예, 천혈교는 상대를 잘못 만났으니 무너질 거예요."

"흠, 바로 그겁니다. 그럼 결론은 났군요."

"풋!"

초연향은 눈가에 맺힌 이슬을 털어낼 사이도 없이 웃음을 터뜨렸다.

시원했다. 뭔지 몰라도 진용의 말을 듣는 순간 모든 것이 다 잘될 것만 같았다.

'그래, 미리 걱정할 필요는 없어. 아직은 시간이 있으니까. 고마워요.'

초연향은 결심을 굳힌 듯 밝아진 표정으로 말했다.

"그럼 남은 문제는 천혈교에 대한 투자를 어떻게 막느냐겠 군요."

"초 소저가 나선다면 초 소저의 입장만 곤란해질 겁니다."

"그 정도는 감수해야죠. 다행인 점은 저 말고도 그 일에 관심을 가진 사람이 적지 않다는 거예요. 그 사람들이 나선다면 적어도 시간은 끌 수 있을 거예요."

"시간은 늦출 수 있어도, 투자는 이루어진다고 봐야겠군 요."

"예, 아마도……."

"최악의 경우, 해룡선단이 무사할 수 있는 가능성은 얼마나 됩니까?"

"지금 상황에선 솔직히 힘들어요. 해왕방이 워낙 거세게

세를 키우는 바람에……."

"그럼 해왕방이 더 문제라는 말이 아닙니까? 그러니까 해왕방만 없다면 어려움도 해결된다는 말이 아닌가요?"

"결론은 그래요. 그런데 또 꼭 그렇게 생각할 수만도 없어요."

"무슨……?"

진용이 의아한 표정으로 바라보자 초연향은 해왕방에 대해 알려지지 않은 사실 하나를 진용에게 털어놓았다.

"언제부턴지 해왕방의 뒤를 일양회가 봐주고 있어요. 저희들도 최근에 와서야 안 사실이에요. 그 바람에 조부님이나 아버지가 더 고민하고 있는 거죠."

"일양회(日陽會)?"

진용의 눈이 휘둥그레졌다. 초연향은 진용이 일양회에 대해 듣고 놀랐기 때문이라 생각했다. 하지만 그 생각은 반만 옳았다.

"삼존맹의 세 기둥 중 하나인 일양회가 해왕방의 뒤에 있다고 했습니까?"

"그래요. 해왕방과의 싸움이 더 어려워진 것도 그 때문이에요. 저들은 우리를 칠 수 있지만 우리는 저들을 견제하는 선에서 그쳐야 하거든요. 그래서 구룡상방도 적극적으로 나서지 못하고 미적거리는 것이구요."

"흠, 이거 참. 이것도 인연이라고 해야 하나?"

"예?"

"삼존맹에 대해 부탁을 받은 것이 있거든요. 물론 삼존맹 전체에 대한 것은 아니지만, 어쨌든 그 부탁을 들어주려면 삼존맹과의 마찰을 피할 수 없을 텐데……. 어쨌든 기회가 되면 해왕방과 일양회의 관계에 대해서도 알아봐야겠군요."

어이가 없다는 듯 초연향이 물었다.

"삼존맹과 마찰이라구요? 대체 그 부탁이 뭐기에 그런 거대한 강호 세력과 마찰을 마다하지 않는다는 말인가요?"

잠시 초연향을 바라보던 진용은 마지못한 듯 입을 열었다.

"죽어 마땅한 자가 있습니다. 저를 돌봐준 할아버지의 원수죠. 저는 할아버지의 부탁을 받아 그를 죽이겠다고 했습니다. 십 년이 걸리더라도."

진용의 대답에 초연향이 의아한 표정으로 되물었다.

"그게 누군데 죽어 마땅한 자란 말인가요?"

진용은 지그시 초연향을 바라보다가 나직이 이름 하나를 내뱉었다.

"그의 이름은…… 구양무경입니다. 사람들은 그를 천수무적이라고 부르죠."

"누구요? 설마? 마, 맙소사!"

어리둥절해하던 초연향은 그 이름의 주인을 생각해 내고는 끝내 입을 쩍 벌리고 말을 잊었다.

이 사람은 하늘을 무너뜨리겠다고 하는 것이다.

열 개의 하늘 중 하나를!

그 후로 진용은 초연향과 몇 가지 사소한 것에 대해 이야기를 더 나누었다.

천혈교에 대해서 알아낸 사실은 되는대로 빨리 연락하겠다는 약속을 했다. 그리고 일양회와 해왕방의 관계에 대해서도 나름대로 정보를 모아보겠다고 했다.

진용은 이미 아버지를 찾기 위해서라면 그 어떤 수단도 마다하지 않겠다고 작심했었다. 설령 자신의 지위를 이용하는 한이 있더라도.

그렇기에 자신이 거기에다 조금만 더 신경을 쓴다면 충분히 초연향이 바라는 정보를 얻을 수 있을 거라 생각했던 것이다.

결국 일어설 때까지 진용은 초연향의 손을 잡아보지 못했다.

아쉬운 마음에 손가락이 근질거린다.

'에라, 소심한 놈! 멍청한 놈! 남자란 놈이…….'

진용은 속으로 소심하기만 한 자신을 책하며 고개를 돌렸다. 초연향의 얼굴을 한 번이라도 더 보기 위해서.

"초 소저……."

한데 바로 코앞에 초연향의 모습이 보인다. 깊은 생각에 빠진 모습.

그녀는 미처 자신이 선 것도 모르고 계속 걸음을 옮기고 있다. 그러다 자신의 가슴이 눈앞에 닥치자 그제야 움찔 걸음을 멈추고서 눈을 동그랗게 뜬 채 고개를 처든다.

"예? 왜, 왜요?"

떨리는 목소리로 묻는다.

바로 코앞에서 흘러들어 오는 풀꽃 향기.

머릿속이 몽롱해졌다. 아무것도 보이지 않았다.

진용은 자신도 모르게 손을 뻗었다.

덥석!

"어머! 허억! 읍!"

시간이 멈췄다. 사고도 멈췄다. 세상이 멈춰 버렸다.

손끝에서, 입술 끝에서 시작된 벼락이 발끝으로 치달리고, 머리꼭대기를 뚫고 관통해 버렸다!

'시, 시르…… 무슨 일……?'

진용은 몽롱한 와중에도 초연향 몰래 재빨리 뒤통수를 찍었다.

세르탄도 기절(?)해 버렸다.

이제 두 사람만이 황홀한 기분으로 우주 한가운데를 유영하고 있을 뿐이었다.

한참 만에야 방문이 열렸다. 방을 나서는 진용의 얼굴에선 가벼운 열기가 피어오르고 있었다. 입가에 헤벌쭉 맺힌 웃음이 지워질 줄을 모른다.

정광이 하군상에게 물었다.

"왜 저런 표정이지? 너 혹시 아는 것 있냐?"

하군상이 정광을 쓱 흘겨보고는 말했다.

"도사님이 별 걸 다 알려고 하시네. 그냥 신경 꺼요. 괜히 속 아프다고 하시지 말고."

정광의 눈이 반짝 빛났다.

"혹시… 방 안에서……?"

두충이 고개를 갸웃거리며 혼자서 중얼거렸다.

"입술에 뭐가 묻은 것 같은데…… 뭐 먹고 온 거지?"

붉게 달아오른 두 뺨에 손을 댄 초연향은 눈물을 글썽거리면서도 배시시 웃었다.

"고마워요. 폭풍우 몰아치는 망망대해에서 절대 뒤집히지 않을 배를 만난 것 같아요. 다음에는 더 오래 이야기를 나누었으면……."

마지막 말은 모기 날갯짓 소리보다 작게 흘러나왔다.

"조금 더 해도 됐는데……."

진용은 정문을 십여 장 남겨놓고 걸음을 멈추었다.

하주령이 정문의 입구에 서서 빙긋 웃으며 자신을 바라보고 있었다.

"호호호! 이게 누구신가요? 금의위의 일로 바쁘신 분께서 어쩐 일이신가요?"

웃는 얼굴에 침 못 뱉는다 했던가?

진용도 가볍게 고개를 숙이며 마주 인사를 했다.

"오랜만이군요. 잠깐 볼일이 있어 왔을 뿐입니다. 그럼 다음에 뵙지요."

진용이 더 이상 할 말이 없다는 듯 다시 걸음을 옮기려 하자 하주령이 새침한 표정으로 입술을 삐죽였다. 그녀를 모르는 사람이 보면 안아주고 싶을 정도로 아름다운 모습이었다.

"저 여자는 누굽니까?"

두충이 멍하니 쳐다보다 슬며시 정광에게 물었다. 정광이 이마를 찌푸리며 대답했다.

"이 집 주인 딸. 왜? 관심있냐?"

두충이 힐끔 하주령을 바라보고는 무슨 소리냐는 듯 고개를 저었다.

"관심은 무슨……. 저는 저렇게 대가 센 여자하고는 못삽니다."

"왜? 서방 잡아먹을 여자로 보여서?"

정광의 빈정거림에 하주령의 얼굴에서 웃음이 사라졌다.

하지만 정광의 무위를 잘 아는 그녀는 차마 심한 말은 하지 못하고 싸늘한 눈빛만 쏟아냈다.

"도장님께선 말씀이 심하시군요."

"내가 원래 좀 그렇다오. 거짓말을 못하는 성미라서. 험!"

거짓말을 못한다? 그러니까 자신이 진짜 서방 잡아먹을 여자처럼 보인다?

하늘을 향해 고개를 쳐드는 정광을 쏘아보며 하주령이 살짝 입술을 깨문다. 진용은 이때라는 듯 하주령을 향해 말했다. 그는 더 이상 조금 전의 좋은 기분을 망치고 싶지 않았다.

"그럼 우리는 이만 가겠소. 일이 바빠서……."

하주령의 눈꺼풀이 가늘게 떨렸다.

뭐 이런 인간들이 다 있어? 하는 표정이다.

하지만 그녀도 보통 여인이 아니었다. 그녀는 언제 그랬냐는 듯 굳은 표정을 풀고 진용을 바라보았다.

"제가 잡는다고 머물 분이 아니니 어쩌겠어요. 하지만 언제고 한 번 단둘이 뵙고 싶군요."

아름다운 여인의 은근한 목소리.

진용은 가타부타 대답도 하지 않고 가볍게 다시 고개만 숙이고는 걸음을 옮겼다.

'초 소저에게 허튼짓만 해봐라. 가만 안 둘 테니까.'

'흥! 시건방진 놈!'

하주령의 눈빛이 싸늘하게 빛났다.

그녀는 진용이 정광과 두충을 데리고 구룡상방을 나서자 어정쩡하니 서 있는 하군상을 바라보았다.

"오라버니, 잠깐 저 좀 봐요."

"응? 어, 그래."

보자는 이유야 뻔했다.

무슨 일이 있었는지 알고 싶겠지?

그는 끈적끈적한 진창에 빠진 것 같은 기분이 들었다. 그런 한편으로는 코웃음이 나오려는 것을 가까스로 참아야만 했다.

'네가 어찌할 사람이 아니라는 것을 아직도 모르겠냐? 쯔쯔쯔, 어리석은……'

그때 밖으로 나선 진용 일행에게서 소곤거리는 소리가 들려왔다.

"글쎄, 여자란 얼굴만 이쁘다고 다가 아니라니까요."

"어쭈, 제법인데? 그래도 저 정도 껍데기면 괜찮은 편인데도 홀리지 않다니 말이야."

"솔직히 말해서 제가 도장님보다야 여자에 대해선 더 잘 알고 있잖습니까? 저 여자 말이죠. 얼굴만 이쁘지 눈 보니까 정나미가 떨어지더라고요."

"너도 그러냐? 나는 밥맛도 떨어지던데……"

그리 크지 않은 목소리였다. 그렇다고 듣지 못할 정도는 아니었다. 두 사람의 말에 하주령의 눈에서 새파란 독기가 흘러나왔다. 그녀의 움켜쥔 손이 부들부들 떨렸다.

'죽일 놈들! 두고 봐라! 언젠가는 피눈물을 흘리면서 후회할 날이 있을 테니까!'

하군상은 그런 하주령을 곁눈질하고는 조금 걱정이 되었

다. 누구보다 하주령에 대해 잘 아는 그가 아니던가. 자칫 초연향에게 그 영향이 미칠지도 모르는 일인 것이다.

한데, 왜 이리 속이 다 시원하지?

4

쾅!

거대한 대문이 발길질 한 번에 힘없이 떨어져 나갔다.

안채에서 다섯 명의 심복들을 데리고 거드름을 피우며 걸어나오던 곽호는 이맛살을 와락 구기고는 냅다 소리쳤다.

"웬 놈이 감히……!!"

하지만 그는 자신의 말을 꿀꺽 삼켜야만 했다.

떨어져 나간 문에는 커다란 구멍이 하나 뚫려 있었다. 그리고 조금 전까지 그 문이 달려 있던 곳에서는 도사 하나가 들었던 발을 천천히 내려놓고 있었다.

구멍이 뚫린 대문과 도사의 발.

아무리 머리 쓰는 것을 싫어하는 곽호라 해도 일의 경과를 짐작하는 것은 그리 어렵지 않았다. 더군다나 문밖에는 적어도 이십 명은 되어 보이는 수하들이 하나같이 바닥을 기고 있지를 않은가.

'씨발! 그놈들의 말을 들었어야 했는데…….'

괴한들이 쳐들어왔다는 말을 들었을 때만 해도 대낮부터

미친 소리를 지껄인다며 보고한 수하를 패대기쳐 버렸다. 그러다 똑같은 보고가 연이어 세 번이나 올라오자, 확인하는 차원에서 하는 수 없이 밖으로 나오던 차였다.

한데 거짓이 아니었다. 적은 발길질 한 번에 한 뼘 두께의 대문을 박살 낼 정도로 무식하면서도 강한 놈인 것이다.

'저런 무식한 놈이 온 줄 알았으면 수하들을 시켜 먼저 힘을 빼놓았어야 했을 것을……. 조또!'

곽호는 즉시 말투를 바꿨다.

"귀인께선 무슨 일로 본 장원을 찾아오신 게요?"

자신의 말이 먹혀들어 갔는지 무식하게 보이는 도사가 발을 털며 말했다.

"여기가 흑호라고 불리는 멍청한 호랑이가 사는 집 맞느냐?"

곽호는 속에서 불길이 일었지만 쉽게 발작하지는 않았다. 그의 경험이 속삭이고 있었다.

―대들면 다친다. 세 번 참으면 사람도 살릴 수 있다고 했다. 그리고 그게 너일 수도 있다. 그러니 참아라, 참아.

곽호는 뒷짐을 지고 경험이 이르는 대로 꾹 참고 말했다.

"험, 내가 바로 북경의 검은 호랑이, 흑호라 불리는……."

"이상하네?"

감히 자신의 말을 끊다니!

속이 부글거리지만 그래도 한 번 더 참았다.

"뭐가 말이오?"

그때 도사가 고개를 갸웃거리며 말한다.

"내 눈이 이상한지 호랑이는 안 보이고 시커먼 똥개만 보이거든."

그 말 정도는 곽호도 금방 알아들었다. 조금도 과장하지 않고 귀에서 연기가 솟았다. 최소한 곽호는 그렇게 느꼈다.

"말코가 눈에 껍질이 두어 겹 씌었나 보군! 모두 저놈의 도사를 잡아!"

그 바람에 결국 마지막 한 번을 참지 못하고 한마디 했다. 그리고 그 대가는 결코 그가 바라던 결과로 나타나지 않았다.

휙!

눈앞에 뭐가 번쩍이는 듯하자, 곽호는 반사적으로 허리를 숙였다. 순간, 어느새 다가온 도사의 발이 머리카락을 자르며 스쳐 지나간다. 나풀거리며 떨어지는 머리카락!

'뭐, 뭐야? 발에 칼이라도 숨겨져 있나?'

모골이 송연해진 곽호는 즉시 뒤로 물러서며 수하들에게 소리쳤다.

"뭐 하느냐? 놈을 막⋯⋯!"

하지만 그는 자신의 말을 마저 다할 수가 없었다.

퍽!

"꺼억!"

쇠뭉치가 이마에 틀어박히는 충격을 느낄 사이도 없이, 입을 쩍 벌리고 뒤로 넘어가 버린 것이다.

그러자 옆에서 튀어 나가려던 다섯 명의 장한들은 마치 마법에라도 걸린 것마냥 그 자세 그대로 굳어버렸다.

싸움이라면 이가 갈리도록 해본 자신들이다. 그러기에 느낌만으로도 알 수 있다.

―이 사람들은 강호의 고수들이다! 덤비면 최하 중상이다!

"왜? 너희들도 덤벼보지 그러냐?"

눈에 보이지도 않는 속도로 코앞에 들이닥친 도사가 손에 들린 신발을 흔들며 말한다. 분명 조금 전에 북경의 검은 호랑이 곽호의 이마에 환상처럼 틀어박힌 그 신발이다.

움직이면 자기들 역시 곽호의 신세가 될 것은 뻔한 일. 누구도 움직이지 않고 정광이 흔드는 신발에 시선을 집중했다.

그때 정광의 뒤를 따라 안으로 들어온 진용이 바람처럼 그들을 스쳐 지나가며 말했다.

"저 사람 깨워서 데리고 들어오세요."

"들었지? 너희들이 할래, 아니면 내가 할까?"

다섯이 일제히 외쳤다.

"저희들이 하겠습니다!"

그러자 처음보다는 작아진 보따리를 짊어진 두충이 지나가며 그들의 어깨를 두드렸다.

툭! 툭!

"그래, 빨리빨리 움직여라. 늦으면 미친 도사가 날뛸지 모르니까."

"옙!"

정신을 잃은 곽호를 깨우는 것은 그리 어렵지 않았다.

촤아악!

"푸악!"

추운 겨울에 찬물을 뒤집어쓴 곽호는 한동안 멍하니 주위를 둘러보았다. 자신에게 무슨 일이 일어났는지 모르겠다는 표정으로.

그러다 무슨 생각이 났는지 해쓱해진 얼굴로 옆을 바라보았다.

염라귀 같은 도사가 거기에 있었다. 그리고 그 옆에는 무심한 표정으로 자신을 바라보는 서생과 보따리를 든 젊은 자, 두 사람이 더 있었다.

마치 꿈을 꾸고 있는 것 같다. 꿈이라면 개꿈일 것이다.

'그래! 이건 꿈이다, 개꿈이든 용꿈이든! 꿈이 아니고서야 어찌 이런 일이 일어난단 말인가!'

하지만 꿈속이라 하더라도 일단 눈앞의 문제는 해결하고 봐야 했다. 곽호는 흔들리는 골을 붙잡고 억지로 입을 열었다.

"무슨 일로 이러는 것이오?"

도사가 말했다.

"한 가지 물어볼 것이 있어서 왔는데 말이야."

뭐라고? 이 난리를 피운 것이 기껏 뭘 물어보려고 그랬다고?

"내가 누군지 알고 이런 짓을……!"

"아직 정신이 덜 든 것 같군. 고 공자, 몇 대 더 팰까?"

도사가 옆을 바라보고 말하자 서생이 입을 연다.

"일단 물어나 보세요."

"뭐, 아쉽긴 하지만 고 공자의 생각이 그렇다면……. 이봐, 시켜면 똥개."

곽호는 쉽게 입을 열지 못했다. 시간이 갈수록 꿈이 아닌 것처럼 느껴진다. 꿈이라면 이렇게 이마가 아플 리도 없다.

그때 다시 경험이 속삭였다.

―참으라니까! 참는 자에게 복이 온다니까! 이건 현실이란 말이야!

결국 곽호는 다시 한 번 자신의 참을성을 시험해 보기로 했다.

"뭘 물어보겠다는 거요?"

"흠, 이제야 정신이 좀 드나 보군. 그럼 내 묻지. 너, 백마성 놈들하고 연락할 수 있지?"

곽호는 정광의 물음에 아픔도 잊고 얼굴이 창백하니 굳어 버렸다.

"배, 백마성의 어르신들은 왜 그러시오?"

"묻는 말만 대답해. 할 수 있어, 없어?"

"그, 그건……."

"점박이 놈이 이곳에서 정보를 받았다고 들었는데, 설마 모른다고 잡아떼지는 않겠지?"

"점박이? 그게 누군데 무슨 정보를……?"

"이놈아! 네놈들이 점박이에게 고가장에 대해 알려줬다며?"

"고가…장이요? 헉! 고.가.장!"

무엇 때문인지 곽호의 안색이 새파랗게 질려 버렸다. 그러자 오히려 어리둥절해진 것은 정광이었다.

"얼래? 이놈이 왜 이래?"

"그, 그럼, 도사님이 고가장에서 오신 분입니까요?"

"나? 그렇다고 할 수도 있지. 하지만 고가장의 주인은 저 사람이야."

새파랗게 질렸던 얼굴이 시커멓게 변한 곽호는 진용을 바라보더니 넙죽 엎드렸다.

"삼가 곽호가 고 대인을 뵙습니다!"

마치 황제에게나 함직한 인사다.

머쓱해진 진용은 도대체 무슨 일인지 궁금해졌다. 그러나 곽호가 먼저 그 궁금증을 풀어주었다.

"위당조 어르신께서 말씀하시길, 혹시 고가장의 장주께서 찾아오시거든 극진히 모시라 하셨습니다."

꼭 그 이유 때문만은 아니다.

그는 수하들에게 들어 알고 있는 것이다. 백마성의 불곰 위당조가 고가장의 대문을 부쉈다는 이유로 엄청 두들겨 맞고, 결국은 직접 망치질을 하며 대문을 고쳤다는 사실을.

그러니 그에게 불곰의 손에 망치를 쥐게 만든 주인공, 고가장의 장주는 황제와 별반 다를 바가 없었다.

"저를 말입니까?"

"예, 만일 잘못해서 불똥이 자기에게 튀면 북경서 살 생각을 말라고⋯⋯."

어이가 없어 헛웃음이 나오는 진용이었다.

"일어나세요. 그리고 자세히 말해보세요."

곽호는 즉시 자신이 겪은 이야기를 줄줄줄 읊어댔다.

고가장에 대한 정보를 잘못 전해줬다고 두들겨 맞은 것부터 시작해서, 만일 고가장에 갔던 자신들이 거꾸로 당한 것에 대한 소문이 조금이라도 돌면 흑수회는 씨 몰살을 당할 거라 위당조가 협박한 이야기까지. 마치 준비라도 하고 있었던 것마냥 숨도 쉬지 않고 이야기했다.

그러다 나중에는 이 짓도 못해먹겠다며 서글픈 표정으로 한탄을 하다가 정광에게 또 맞을 뻔했다.

"자식들이 말이야! 남들 등쳐먹는 건달패들이 뭘 잘한 게 있다고 그런 표정이야, 표정이!"

그런 정광을 말린 것은 진용이었다.

"그 정도면 됐습니다, 도장님. 어쨌든 백마성에 소식을 전할 수는 있단 말이군요."

정광이 염라귀라면 진용은 활불이었다. 최소한 곽호에게는 그랬다.

"그렇습니다, 고 대인."

대인이라는 말이 귀에 거슬렸지만 굳이 말리지는 않았다. 보나마나 호칭을 가지고 또 언쟁을 해야 할 테니까.

"그럼 위당주에게 연락을 취해주세요. 제가 좀 보잔다고. 전에 한 말이 있으니 거절은 안 할 겁니다."

"알겠습니다."

"그리고 오늘 일에 대해선 될 수 있으면 많은 사람이 알지 않았으면 좋겠군요."

"당연한 말씀을……. 저희는 결코 시끄럽게 일을 하지 않습니다. 걱정 마십시오."

"그럼 우리는 이만 가보겠습니다. 아! 참. 수하들의 일은 미안하게 되었습니다."

"별말씀을! 그놈들은 모두 튼튼한 놈들이니 곧 멀쩡해질 것입니다. 그건 그렇고, 식사라도……."

잠시 후, 흑호장을 나선 정광은 이빨을 쑤시며 미안한 표정을 지었다.

"그놈 참, 되게 미안하네. 쩝쩝! 이럴 줄 알았으면 좀 살살

때릴 건데……."

등에 멘 보따리가 조금 더 커진 두충은 그런 정광을 꼬나보며 이를 갈았다.

"실컷 먹었으면 됐지, 음식은 왜 싸달라고 한 겁니까? 무거워 죽겠고만."

"이놈아, 그러게 누가 너보고 보따리 짊어지고 다니라고 했냐? 네놈 보따리를 보니까 그런 생각이 든 거지."

'낄낄낄. 어디 고생 좀 해봐라, 이놈.'

第二章

마를 쫓는 자들

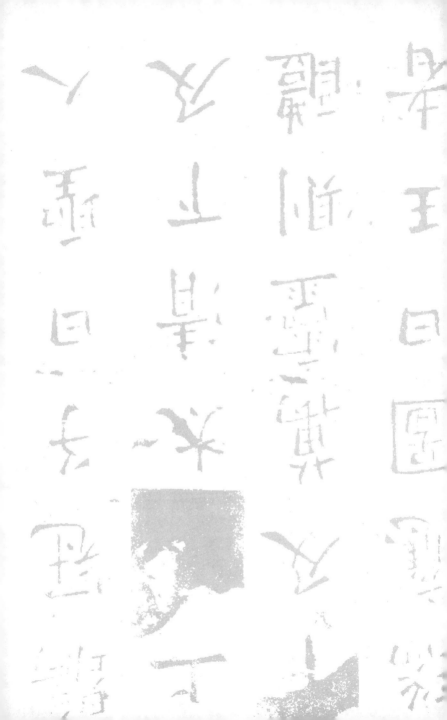

1

후우우웅!!

장성을 넘어 북방에서 밀려오는 삭풍은 비탄의 귀곡성.

전장에서 죽어간 병사들의 울부짖음인가, 자식과 남편을 잃은 이들의 탄식인가.

모랫바람마저 섞인 눈보라는 힘없는 이의 마음마저 닫게 하고, 길을 떠나는 나그네들의 옷깃을 사정없이 잡아챈다.

하북의 한겨울은 그랬다.

그래선지 눈발 날리고 바람이 부는 날에는 길 떠남을 망설이는 게 북경에 사는 사람들이었다. 하지만 목적이 있는 사람들은 어쩔 수 없이 길을 떠나야 했다.

삭풍이 불어오는 십이월 어느 날, 세 사람도 그래서 북경을 떠나가야만 했다.

"젠장!"

북경의 남문을 벗어난 지 한 시진, 몰아치는 삭풍에 두충의 입에서 절로 쌍소리가 튀어나왔다.

두충은 벌써 북경이 그리워졌다. 그리고 그러한 마음은 두충만이 아니었다.

"바람 한번 지랄 맞군."

정광도 손으로 앞을 가리며 하늘에 대고 투덜거렸다.

삼면이 산으로 막힌 분지인 북경과 북경에서 겨우 삼십여 리 떨어진 이곳은 느껴지는 날씨가 천양지차였다. 제아무리 신경이 무던한 정광도 도복 사이를 파고드는 한기와 모랫바람이 기분 좋을 리는 없었다.

"그러게 마차라도 한 대 얻자고 했잖습니까?"

"이놈아, 누가 이럴 거라고 생각이나 했냐?"

"고참 말을 그렇게 우습게 들으니 이 꼴이지요."

"뭐야?"

두 사람의 말다툼을 보고 들은 게 하루 이틀이 아닌 진용이었다. 그러나 오늘만큼은 진용도 은근히 짜증이 났다.

"두 분이 계속 그러시면 저 혼자 갑니다."

찔끔한 정광과 두충은 서로를 한 번 노려보고는 바로 고개를 돌렸다. 그러다 뭘 봤는지 모래가 입속으로 들어가는 것도 잊고 입을 헤벌렸다.

그럴 만도 했다. 어찌 보면 괴이한 광경이었다.

바람이 진용을 비켜가고 있었는데, 그냥 비켜가는 것이 아니었다. 마치 뭔가가 앞을 가리기라도 한 것마냥 둥근 원을 이루며 비켜가고 있었다.

두 사람의 눈빛을 보고서야 진용은 자신의 몸 주위에 몰래 펼쳤던 실드 마법을 최소한의 크기로 줄였다. 피부만 살짝 가릴 정도로.

'이것도 마음대로 못하겠군.'

"놀라운 기막(氣膜:기의 얇은 막)이군."

"말로만 듣던 호신강기 같은데요?"

완전히 틀린 말은 아니었다. 물론 정확한 말도 아니었지만. 그렇다고 '아니, 마법입니다' 하고 일일이 설명해 줄 수도 없는 일.

진용은 못 들은 척 먼 곳에 눈을 두고서 부러운 눈으로 자신을 쳐다보고 있는 두충에게 물었다.

"얼마나 가야 큰 마을이 나옵니까?"

두충이 오 리 정도 떨어진 곳에 있는 얕은 구릉을 가리켰다.

"저쪽 구릉을 넘어 조금만 가면 방산입지요."

"그곳에서 마차를 구할 수 있을까요?"

두충이 반색하며 고개를 끄덕였다.

"물론입니다, 천호장님!"

이번에는 정광도 반대하지 않았다. 사실 마차를 이용하지 않은 가장 큰 이유는 두충 때문이었다. 두충이 보따리 속에 뭐가 들어 있는지 가르쳐 주지 않는 것이 괘씸해서 계속 들고 다니게 하며 고생 좀 시키려 했던 것이다.

그런데 이제는 자신까지 덤터기를 쓴 꼴이 되어버렸다.

"기왕이면 튼튼한 마차로 사자고. 이놈의 바람, 장난이 아니구만."

그때 문득 드는 생각.

'가만? 그런데 마차는 누가 몰지?'

구릉은 잡목만이 군데군데 자라 있어 황량해 보이기까지 했다.

그런 구릉도 북경이 지척이다 보니 관도가 반듯하게 뚫려 있었다. 하지만 삭풍이 부는 지금은 훤하게 뚫린 관도가 그리 반갑지만은 않았다. 더구나 날씨 때문인지 사람도 거의 다니지 않아 관도는 더욱 을씨년스럽게 보였다.

그나마 다행이라면 바람이 방향을 바꿔 구릉을 넘어갈 때쯤에는 바람을 등에 질 수 있었다는 것이다. 그 덕분에 그들은 생각보다 편하게 구릉을 넘어갔다.

그런데 세 사람이 구릉에서 내리막길이 시작되는 곳에 도착했을 때였다.

"어? 저거 마차잖아?"

구릉 아래를 둘러보던 두충이 마차에 한이라도 맺힌 것마냥 난데없이 소리쳤다.

그냥 소리친 것이 아니었다. 삼십여 장 앞, 관도에서 조금 떨어진 공터에 정말로 마차가 한 대 서 있었던 것이다.

"어? 진짜네?"

하지만 마차가 있는 곳을 자세히 바라본 정광은 놀라지 않을 수 없었다.

단순히 마차 때문이 아니었다. 마차 옆에는 얼핏 봐도 네다섯 명은 되어 보이는 사람들이 쓰러져 있었는데, 대부분이 작은 움직임조차 없었다.

"사람이 죽은 것 같은데?"

정광이 이맛살을 찌푸리며 말했다. 이미 두충이 소리쳤을 때부터 그 사실을 인지하고 있던 진용도 굳은 얼굴로 입을 열었다.

"가서 살펴보지요. 무슨 일이 벌어졌는지는 몰라도 북경이 그리 멀지 않은 곳에서 살인이라니, 심상치 않은 일 같습니다."

"흠, 그렇게 하세. 그래도 명색이 금의위인데 나 몰라라 할 수는 없지."

진용과 정광이 마차 쪽으로 걸음을 옮기자 두충도 호기심이 가득한 표정으로 두 사람을 따라갔다.

위에서 볼 때는 잘 보였었는데, 아래로 내려가자 생각 외로 마차가 잘 보이지 않았다. 뭉쳐서 자란 잡목과 마른 넝쿨이 교묘하게 마차가 있는 공터를 가리고 있었던 것이다.

뭉쳐진 잡목을 돌아 마차가 있는 곳으로 다가갔다. 마차의 한쪽 벽이 뜯겨져 나간 것이 보였다. 그러나 매어 있어야 할 말은 보이지 않았다.

미리 떼어내서 풀어준 것이 아니라면 살인을 저지른 자가 타고 갔든지, 아니면 살아서 도망친 누군가가 타고 갔을지 모를 일이었다.

천천히 주위를 훑어보았다.

죽은 사람은 모두 다섯. 중년인이 하나, 젊은 청년이 셋, 그리고 여인이 하나였다. 여기저기 무기가 떨어져 있는 것으로 봐서 이들 모두가 무인들인 듯했다.

그런데 너무 깨끗하다. 적어도 다섯 사람이 죽었을 정도면 결코 작지 않은 싸움이 벌어졌을 터, 그런데 생각보다 주위가 너무나 깨끗하다. 그리고 시신에서도 그다지 눈에 띄는 상처가 보이지 않는다.

바닥에 고인 피만 아니라면 아무런 상처가 없다 해도 믿을 수 있을 정도다.

"누군지 몰라도 대단한 고수가 손을 쓴 것 같군."

뒤에서 정광이 침중한 목소리로 입을 열었다.

그의 말대로였다. 손을 쓴 자는 고수다, 정광을 긴장시킬 정도로.

진용은 무심한 표정으로 중년인을 바라보았다. 심장 부근 옆구리에 뚫려 있는 자그마한 구멍이 보였다. 진용은 조심스럽게 시신을 뒤집어 보았다. 그러자 뒤에서 고개를 내밀고 바라보던 두충이 불쑥 말했다.

"한 시진 정도 된 것 같은데요?"

피가 아직 완전히 굳지 않은 것으로 봐서는 죽은 지 그리 오래된 것 같지는 않았다. 두충의 말대로 한 시진 전후라는 말이 맞을 듯했다.

"어디에 속한 사람들인지 알 수 있겠습니까?"

진용의 물음에 두충은 이마를 모으고는 쓰러져 있는 사람들을 살펴보았다. 그러다 뭘 봤는지 눈을 휘둥그렇게 뜨고 말했다.

"억! 설마, 팽가?"

그의 크게 뜨인 눈은 중년인의 손에 쥐어진 한 자루 도에 고정되어 있었다. 정확히는 도의 손잡이. 엎어져 있을 때는 보이지 않았지만 진용이 뒤집자 보인 것이다.

도의 손잡이에는 두 글자가 음각되어 있었다. 그리고 음각된 글자에는 팔을 타고 흘러내린 피가 고인 채 굳어 있었다.

혼원(混元).

"혼원도는 오호단문도와 함께 팽가의 상징과 같은 도입 죠."

두충의 입에서 팽가라는 말이 떨어졌을 때부터 이미 진용 의 표정도 굳어졌다.

하북의 삼세 중 하나이자 천하에 이름을 떨치고 있는 무가 가 바로 팽가였다. 그런데 그런 팽가의 중진 고수가 외딴 곳 에 죽어 있다. 다른 몇 명의 젊은이와 함께.

분명 심상치 않은 일이 벌어졌다.

세 명의 청년 중 두 명의 옆에도 팽가의 오호단문도가 떨어 져 있었다. 그러나 다른 한 명의 청년과 여인의 무기는 도가 아니었다. 그렇다면 두 사람은 팽가의 사람이 아닐 수도 있었 다.

진용은 시신을 자세히 살펴보았다. 하지만 사망의 직접적 인 원인은 모두가 달랐다.

상처는 너무 단순했다. 그저 구멍이 뚫리고 목뼈가 으스러 져 있을 뿐이다. 너무 단순해서 어떤 무공에 당했는지 정확히 알아내기가 어려울 정도다.

그 후로 세 사람은 일단 마차를 비롯해서 주위를 이각 정도 더 살펴보고 나서야 다섯 명의 시신을 모아 마차 안에 넣었다.

그리고 다섯 사람의 물품을 모두 모아 땅을 판 후 묻어놓았다. 한 자루 오호단문도만을 마차의 앞에 꽂아놓은 채.

혹여 누가 이 시신들을 발견하든 팽가의 상징인 오호단문도를 본다면 결코 이 시신들을 건드리지 않을 것이다. 팽가의 추적을 두려워하지 않는다면 몰라도.

진용은 잠시 마차를 바라보고는 입을 열었다.

"일단 방산에 가서 팽가에 연락할 수 있는 방법을 찾아보도록 하죠. 그리 작은 마을이 아니니 분명 개방의 제자들이 있을 겁니다. 그들에게 말하면 아마 해지기 전에 팽가의 사람들이 시신을 챙겨갈 수 있을 겁니다. 듣기로 개방의 소식통은 천하에 따라올 세력이 없다더군요."

정광도 진용의 말에 고개를 끄덕였다.

"거지들이 할 일이 뭐가 있겠어? 어디서 먹을 거 없나 기웃거리는 게 일이지. 그래선지 정보 전달 속도가 말보다 훨씬 빠르다고는 하더만……."

시신을 그냥 놔두고 가는 마음이 그리 편안하지는 않았다. 그래도 하는 수 없었다.

진용은 신형을 돌리기 전, 잠깐 멀리 키 작은 소나무들이 밀집한 숲을 한 번 바라보았다. 그리고 천천히 몸을 돌렸다.

"가시죠."

세 사람이 떠난 지 반 각가량이 지났을 즈음, 마차 앞에 검은 그림자 하나가 소리없이 내려섰다.

어둠보다 더 새카만 흑의를 입은 그는 냉막한 얼굴로 인해 사십대인지, 오십대인지 나이를 짐작하기 힘든 자였다.

그는 제자리에 서서 잠시 주위를 훑어보고는 바람 소리에 묻혀 들리지 않을 정도로 작게 중얼거렸다.

"한발 늦었군."

그리고는 굳이 자세히 살펴볼 필요도 없다는 듯 그는 제자리에서 오연한 표정으로 마차를 바라보았다.

"삼존맹이나 정천무맹이 관심을 갖기 전에 끝내야 할 텐데……."

그때였다.

허공에서 바람에 흩날리는 듯한 목소리가 울렸다.

"어.떻.게…… 됐.수? ……찾.았.수?"

그가 누군지를 아는지 처음의 흑의인은 고개도 들지 않고 말했다.

"한발 늦었어. 팽가의 무사들만 죽이고 도망쳤다."

경악한 음성이 허공에서 다시 울렸다.

"그…… 미.친.놈……. 도.대.체. 어.떻.게. 알.고……."

"아무래도 작전을 새로 세워야 할 것 같다."

"그.럼…… 어.떻.게……?"

"너는 일단 주군께 보고를 올려라. 나는 계속 요마의 뒤를 쫓겠다."

"위.지. 형, 혼.자……?"

"두 놈 이상만 만나지 않으면 밀리지 않으니 걱정 마라. 요 마 혼자서는 나, 위지홍을 어쩌지 못한다."

오만함이 느껴지는 말투다. 그럼에도 자연스럽다. 결코 그만한 실력이 받쳐지지 않으면 나올 수 없는 기세.

그 기세에 눌렸는지 허공에서 울리는 목소리가 조금은 떨려 나왔다.

"그.건 그.렇.지.만……. 좌.우.간 알.았.수. 그.럼 나. 먼. 저 가.겠.수."

그것을 끝으로 허공에서 울리던 목소리는 두 번 다시 들려오지 않았다. 아마도 그는 떠난 듯했다.

위지홍은 다시 한 번 마차를 바라보다가 조금 전의 일이 떠오르자 눈을 가늘게 좁혔다.

"아까 그 어린 서생……. 후후후, 아주 묘한 기분이었어. 한데 진짜로 백 장 밖에 있는 나를 느낀 것일까? 바라보던 눈빛이 보통이 아닌 걸로 봐서는 진짜인 것 같던데……."

그러다 무슨 생각이 들었는지 입가에 가느다란 웃음을 배어 물었다.

"그래, 그것도 괜찮겠군. 진짜 그런 능력이 있다면 나 혼자 쫓는 것보다 낫겠지. 후후후, 어디 너의 능력이 얼마나 되는지 한번 보자, 꼬마야."

2

마차가 있던 곳에서 십 리쯤 가자 오천 호 정도 되어 보이는 마을이 나왔다. 방산이다.

방산에 도착할 때까지도 진용의 표정이 풀어질 줄을 모르자 정광이 걱정스러운 듯 입을 열었다.

"고 공자, 강호에 나가면 더한 경우도 많다고 들었네. 그들의 죽음이 안타깝긴 하지만 너무……."

하지만 진용의 표정이 굳어 있는 것은 그 때문이 아니었다.

"누군지 모르겠군요?"

"응? 누구라니? 그 사람들을 죽인 자 말인가?"

여전히 진용이 말하는 바를 알지 못하는 정광이 엉뚱한 반문을 하자 진용은 고개를 저었다.

"아뇨. 좀 전에 멀리서 우리를 지켜보던 자가 있었는데, 범인은 아닌 것 같았습니다. 살기가 느껴지지 않았거든요."

정광이 눈을 휘둥그렇게 떴다.

"누가 우리를 보고 있었단 말인가?"

"예, 대단한 고수인 것 같더군요. 상당히 떨어져 있었는데도 그자의 기운이 대단하게 느껴질 정도였으니까요."

마치 고의로 자신의 기운을 드러낸 것만 같았다. 그러나 진용은 굳이 정광에게 그 말은 하지 않았다.

'자신을 드러낸 자라면 언젠가는 모습을 보이겠지.'

방산의 길거리에는 사람이 그리 많지 않았다. 개방의 거지들도 보이지 않았다. 추운 겨울날 모랫바람마저 부니 그들도 걸행을 하지 않는 듯했다.

"일단 객점에 들어가 쉬면서 알아보도록 하지요."

"그게 좋겠네."

"탁월한 선택이십니다."

정광과 두충의 쌍수합장에 세 사람은 근처의 객점을 찾아들어갔다. 한데 그때다. 객점에 들어가는 그들의 뒤로 모랫바람이 이는 길을 따라 누군가가 쏜살같이 지나간다.

맨 뒤에 처져서 주렴을 젖히려던 두충이 무심코 고개를 돌리다 소리쳤다.

"어? 거지다!"

갑작스런 외침에 안으로 한 걸음 들어선 진용과 정광이 재빨리 고개를 돌려 밖을 바라보았다. 그리고 급한 소식을 가지고 용수객잔 앞을 지나던 거지도 고개를 돌려 두충을 바라보았다.

일순간 네 사람의 눈이 허공에서 마주쳤다.

경공에 능해 날으는 꽃이라 불리는 비화개는 개 같은 날씨에 갑자기 일거리가 터져 그러잖아도 엿 같은 기분이었다. 그런데 얼굴이나 아나나 희여멀건한 날건달 같은 놈이 자신을 쳐다보더니 대뜸 거지라 부르는 것이 아닌가.

사실 거지를 거지라 부른다고 해서 문제될 것은 없었다. 다만 자신의 기분이 최악이라는 것이 문제일 뿐.

비화개는 바쁜 와중에도 자신을 향해 거지 운운하는 두충을 향해 빽 소리쳤다.

"뭘 봐?! 거지 처음 봐?"

날카로운 목소리가 귀를 파고든다. 두충은 멍한 표정으로 뛰어가다 말고 멈춰 서서 자신을 노려보는 거지를 쳐다보았다.

"뭐야? 여자 거지잖아?"

그랬다. 비화개는 방산에 있는 거지 중 유일한 여자 거지였다.

"내가 여자라서 밥 한 그릇 보태준 것 있어? 별 그지 같은 게……. 에이, 재수없어."

"그, 그지……?"

두충은 갑작스런 충격에 할 말을 잃었다. 거지에게서 그지란 소리를 듣다니!

한바탕 소리를 내지르고 나자 기분이 조금 풀린 것 같다. 비화개는 멍하니 서 있는 두충을 한 번 째려보고는 신형을 돌렸다. 지체할 시간이 없었다.

하지만 그녀는 걸음을 옮길 수가 없었다.

"잠깐, 할 말이 있소."

앞에서 나직이 들리는 목소리. 자신이 느끼지도 못한 사이,

두 사람이 자신의 앞을 가로막고 있었다.

'뭐지? 이 사람들……?'

경공이라면 자신이 있었다. 강호의 내로라하는 일류고수들과 겨루어도 지지 않을 자신이. 그런데 기척도 알아채지 못하고 가로막혔다.

만일 죽이려고 했다면? 아마 자신의 목은 이미 땅바닥을 구르고 있다고 봐야 했다.

등골이 짜르르 울렸다.

"무슨…… 일이죠?"

부리부리한 눈에 꺼칠한 수염을 한 도사는 별로 상대하고 싶지 않았다. 그래서 조금 말라 보이는 듯한 서생에게 물었다. 할 말이 있다는 말도 그가 했으니까. 솔직히 선 굵은 얼굴이 마음에 들기도 했고.

"개방의 제자인가요?"

보면 모르나? 눈알은 째로 달고 다니나?

생각은 그래도 말은 조심스럽게 했다. 어쨌든 잘생겼잖아?

"그래요. 그런데 무슨 일로 제 앞을 막은 건가요? 바빠 죽겠는데…….."

"개방의 제자라면 잘됐군요. 이곳의 분타주를 만나고 싶은데, 안내 좀 해주시겠습니까?"

잘 봐줘도 스물 정도다. 그런 서생이 자신더러 길 안내를 하라 한다. 바빠 죽겠다고 말했는데도.

비화개는 기가 찼다.

"내가 뭐 당신들 길 안내나 하는 사람처럼 보이나요?"

그때다. 비화개에게 그지라는 말을 듣고 충격에 빠져 있던 두충이 무게를 잡고 입을 열었다.

"안내하라면 안내할 것이지 강호의 잡배가 말이 많구나!"

비화개는 화가 머리꼭대기까지 솟구쳤다.

"뭐야? 잡배?"

그러다 무슨 생각이 들었는지 눈을 휘둥그렇게 떴다.

'가만? 강호의 잡배라는 말은 관부의 사람들이 쓰는 말인데…….'

그랬다. 두충이 쓴 말투는 관인들이 강호인을 칭할 때 일반적으로 쓰는 말투였다. 북경 인근에 있다 보면 자주 듣는 말인지라 개방의 제자인 비화개는 그 말투만으로도 진용 일행의 신분을 의심하지 않을 수 없었다.

"당신들, 관인인가요?"

진용이 질책하는 표정으로 두충을 한 번 쳐다보고는 비화개를 향해 입을 열었다.

"그렇다고 볼 수 있지요. 그러나 우리가 개방의 분타주를 만나고자 하는 것은 관하고 아무런 관계가 없습니다."

"대체 관인들이 개방에는 무슨 일로……?"

진용이 직접적으로 말했다.

"팽가의 무사들이 몇 명 죽었는데, 그 소식을 팽가에 전했으면 해섭니다."

"예?"

비화개의 눈이 휘둥그레졌다.

자신이 가지고 가는 소식도 팽가와 관련된 것이다. 그런데 관인으로 보이는 이자들도 팽가 때문에 분타주를 만나려 한다고 하지를 않는가. 그런데 뭐라고? 팽가의 무사들이 죽었다고?

이제는 자신이 전할 소식이 문제가 아니었다.

"어디서……? 가만, 이럴 게 아니라 저를 따라와요."

비화개는 세 사람을 영정하의 지류인 작은 하천 가의 사당으로 안내했다. 그곳이 바로 개방의 방산 분타였던 것이다.

들어간 지 일각 만에 다시 나온 비화개를 따라 안으로 들어가자 거적 위에 앉아 있던 중년의 거지가 엉덩이를 들썩이며 다급히 물었다.

"팽가의 사람들이 죽어 있다 했소?"

"그렇습니다. 오호단문도와 혼원도가 있는 것으로 봐서……."

"혼원도까지 있었다고?!"

진용의 말에 중년 거지는 대경한 표정으로 벌떡 몸을 일으켰다. 벼룩이 사방으로 튀었다.

"가봅시다. 어디요?"

결국 진용은 반강제로 그들과 동행해야 했다.

장소만 알려주려 했으나 보통 일이 아니라고 했다. 혹시라도 마차를 다른 사람들이 발견하고 현장을 훼손했을지도 모르니, 그 경우를 생각해서 진용이 같이 가줘야 한다는 것이다.

진용도 보다 더 정확한 것을 알고 싶어서 그들과 동행하기로 했다.

"고 공자님, 마차는……."

"두 형은 이곳에 남아서 마차를 구해보도록 하세요. 저와 도장님만 갔다 올 테니."

불감청이언정 고소원이었다.

"알겠습니다. 다녀오십시오! 한데 돈은……."

정광이 말했다.

"네 돈 써!"

그로부터 반 시진도 지나지 않아 두 마리의 전서구가 하늘로 날아올랐다. 한 마리는 팽가가 있는 동쪽으로, 그리고 한 마리는 개방의 총타가 있는 남쪽으로.

3

석양이 고루거각의 지붕을 황금빛으로 물들이던 시각, 팽가의 중심부 천도전에 팽가의 장로 십여 명이 급박하게 모여들었다.

그리고 일 다경도 지나지 않았을 때다. 경악과 분노가 뒤섞인 일성이 전각을 뒤흔들었다.

"뭐라고! 여중이 죽었다고?"

"그렇습니다, 가주! 개방의 북경 분타에서 조금 전 급보를 보내왔습니다. 이미 개방 방산 분타의 사람들이 시신까지 확인했다고 합니다."

팽가는 하북의 삼대세력 중 하나이기도 하지만, 수백 년간 강호에서 이름을 떨쳐 온 오대세가 중 하나로도 유명했다.

사실 하나의 가문이 수백 년 이어온다는 것은 쉬운 일이 아니었다. 더구나 대문파조차 하루아침에 멸망하기도 하는 강호라면 더욱더 그러했다.

그러기에 강호의 무인들 중 오대세가를 무시하는 자는 거의 없었다. 거의…….

"누가 감히 본 가를 무시하고 본 가의 사람들을 죽였단 말이냐?!"

쾅!

분노한 팽가의 가주 팽우중의 주먹에 커다란 자단목 탁자가 부서져 버렸다. 그럼에도 탁자 주위에 둘러서 있던 누구도 움직이지 않았다. 그들 역시 표현만 안 했다 뿐이지 팽우중처럼 분노하고 있었던 것이다.

탁자가 산산이 부서지며 주저앉자 그제야 마음이 조금 가라앉았는지 팽우중은 좀 전보다 누그러진 목소리로 입을 열었다.

"좀 더 정확히 말해봐라, 무중!"

그러자 개방으로부터 그 소식을 전해 듣고 온 팽가의 다섯째 팽무중이 차근차근 자신이 들은 이야기를 모두 꺼내놓았다.

"그 소식을 전한 자는 고진용이라는 자입니다. 그는 북경을 떠나 남하하던 중 부서진 마차를 발견했는데, 그때는 이미 살아 있는 자가 없었다고 합니다. 그는 시신들을 마차에 넣고 오호단문도를 입구에 꽂아 본 가의 마차임을 표시한 후, 곧바로 방산으로 가 개방의 제자에게 그 사실을 알렸다고 합니다."

"고진용?"

"개방의 소식에 의하면 그는 관인 같다 했습니다, 가주!"

"관인이라고?"

"그렇습니다. 다만 그들이 평복을 한 데다, 자신들의 정체를 밝히려 하지 않아 더 물어보지는 못한 것 같습니다. 어쨌든 그자의 말에 의하면, 여중과 다른 네 사람은 제대로 저항다운 저항도 못하고 죽은 것 같다고 했다 합니다."

"무엇이? 다른 아이들이야 그렇다 쳐도 여중이 누군데 제대로 저항도 못하고 죽었단 말이냐?"

"개방에서 간단하게 조사를 했는데, 그들 역시 그런 결론을 내린 것 같습니다. 그리고 우리가 조사할 것을 생각해 현장을 그대로 보존해 뒀다는 말을 전해왔습니다, 형님."

개방조차 그리 결론을 내렸다면 그만한 이유가 있을 것이다.

"으음……."

끝내 팽우중의 입에서 침음성이 흘러나왔다. 그는 이를 지그시 깨물고 팽무중에게 다시 물었다.

"물건은?"

"아무것도……."

"그렇겠지. 하면 그 소식을 전했다는 자들이 발견했을 확률은?"

"지금으로선 없다고 봐야 할 것입니다. 본 가에 소식을 전하려 한 자들인 만큼, 그들이 그 물건을 발견했다면 굳이 숨길 필요가 없었을 테니까요."

옳은 말이었다. 팽우중은 팽무중의 말에 고개를 끄덕이고는 주위에 서 있는 팽가의 장로들을 바라보았다.

"내가 직접 가볼 것이다. 넷째와 다섯째만 따라오고, 나머지는 이곳에서 내 명령을 기다리도록!"

"가주, 가주께서 직접 움직이실 필요는……."

사촌 아우이자 팽가의 멸도단을 맡고 있는 팽목의 말에 팽우중은 고개를 가로저었다.

"아우와 조카들이 죽었다. 그리고 호가의 아이들까지. 게다가 물건도 잃어버렸어. 자만하고 소수만 보낸 내 잘못이 크다. 처음부터 삼단 중 하나를 통째로 움직였어야 하는데……."

"그랬으면 소문이 나서 더 많은 자들이 움직였을 것입니다."

"그래도 움직였어야 했다, 그래도……. 아니면 최소한 사람들을 마중 보내기라도 했어야 했어."

그는 결심을 꺾지 않겠다는 듯 말을 끝맺자마자 오른쪽 벽을 향해 손을 뻗었다. 일 장가량 옆에 있던 한 자루 도가 그의 손으로 빨려 들어왔다.

"령아의 목숨이 걸린 일, 놈이 누구든 가만두지 않겠다!"

그때였다. 천도전으로 한 사람이 들어서며 나직이 말했다.

"내가 가보겠네, 가주."

그를 본 팽우중의 눈이 한껏 커졌다. 하얀 머리칼을 쓸어 넘긴 칠순이 다 되어 보이는 노인이 차갑게 가라앉은 눈으로 자신을 보며 들어서고 있었다.

"숙부님께서요?"

그는 팽가에 남은 단 세 명의 원로 중 한 사람이었다.

팽기한. 강호인들은 그를 벽력도(霹靂刀)라 불렀다. 십 년 전까지 그의 이름 앞에 붙은 벽력도는 강호에서 가장 강한 다섯 개의 도 중 하나였다.

그리고 무엇보다도, 그는 죽은 팽여중의 부친이었다.

팽기한이 나직이 깔린 목소리로 입을 열었다.

"여중이 자네에겐 아우지만 내겐 아들이 되네. 그러니 내가 가겠네. 가주는 가문을 지켜야 할 책무가 있음을 잊지 마시게."

"하오나……."

"죽기 전에 마지막 강호행이 될지 모르네. 허락해 주게, 가주."

"숙부님……. 후우, 숙부님께서 정 그러시겠다면……. 하나, 아우들은 대동하고 가셔야 합니다."

"물론이네. 나도 나 혼자 뛰어다닐 생각은 없다네. 이제 나도 늙었거든."

4

개방의 방산 분타주 화충개에게 들은 말에 의하면, 팽가의 무사들은 비밀리에 어떤 물건을 옮기고 있었다고 한다.

하지만 개방조차 그게 어떤 물건인지는 모른다고 했다. 다만 팽가가 장로까지 동원하고서 비밀리에 움직인 것으로 봐서 그만큼 중요한 물건 같다고만 했다.

뭔가 숨기고 있는 것이 있는 듯했지만, 어쨌든 팽가에 소식을 전했으니 진용은 더 이상 신경을 쓰지 않기로 했다. 할 일이 태산인 마당에 신경 쓸 시간도 없고.

그런데도 왠지 개운하지가 않았다. 마치 그 일이 아직 끝나지 않기라도 한 것마냥.

방산으로 돌아가자 두충이 한 대의 마차를 준비해 놓고 있었다. 두충이 산 마차는 겨우 눈바람을 피할 수 있을 정도로 허름한 마차였다.

정광이 마차를 보고 한마디 했다.

"이게 마차 맞아?"

"그럼 이게 마차가 아니면, 뭘로 보입니까?"

"달리기나 하겠냐? 말도 영 부실해 보이는데……."

"걱정 마시고 타기나 하십시오."

진용과 정광이 조금은 불안한 표정으로 마차에 들어가자 두충도 뒤를 따라 안으로 들어갔다.

그리고 마차는 한참 동안 움직이지 않았다.

휘이이잉!

바람이 거세게 불어오자 두 마리의 노마가 고개를 돌려 마차 안쪽을 바라보았다. 웃기는 인간들 다 본다는 듯. 그때 두충이 마차 안에서 튕겨져 나왔다.

"이놈아! 다 들어오면 어떡해!"

튕겨져 나온 두충은 억울함이 가득한 눈빛으로 마차 안을 노려보았다.

"내 돈으로 산 마찬데, 나보고 마부까지 하라는 겁니까?"

"네 돈 주고 샀으니 네가 몰아야지!"

"……."

쿠르르…….

낡은 마차는 생각보다 잘도 굴러간다. 늙은 말들도 노망들 때는 아직 되지 않았는지 제법 빠르게 달려간다.

두충은 눈물이 나올 것만 같았다.

방산을 떠난 지 한 시진이 흘렀다. 그런데도 자신은 여전히 마부석에 앉아 있지를 않은가 말이다.

"도장님, 교대 좀 합시다요."

좀 전에 교대를 하자고 했다. 그랬더니 정광이 말했다.

"나는 마차를 몰아본 적이 없거든? 그러니 네가 계속 몰아."

힘이 없는 것이 죄다. 두충은 그때만큼 자신이 무공에 소홀한 것을 후회한 적이 없었다.

'씨발, 내가 힘만 있으면 저 미친 도사의 수염을 다 뽑아버릴 텐데.'

엉뚱한 상상을 하니 기분이 조금 풀어진다.

'그리고 옷을 홀라당 벗겨서 대로를 뛰어다니게 만들어 버려?'

기분이 점점 더 좋아진다.

'발발 기면서 두 위사님, 한 번만 용서해 주십시오, 하면 발로 등을 콱 누르고 말이지……'

"낄낄낄……."

갑자기 두충이 괴상한 웃음을 터뜨리자 정광이 고개를 내밀었다.

"너, 미쳤냐? 왜 그래?"

두충은 급히 웃음을 멈추고 앞만 주시했다.

'미친 건 내가 아니고 당신이야, 미친 도사!'

정광을 향해 속으로 욕을 퍼붓던 두충의 눈이 크게 뜨인 것은 그때였다.

어느덧 석양이 하늘을 황금빛으로 물들이기 시작하고 있었다. 그런데 그 석양을 가슴에 안고 한 사람이 저만치 서 있었다. 마치 누군가를 기다리고 있기라도 한 것처럼. 마차가 지나가는 관도의 한가운데를 막고서.

거리가 십여 장으로 가까워지자 눈을 치켜뜬 두충이 버럭 소리를 질렀다.

"비켜라!"

하지만 황금빛으로 물든 그는 비킬 생각이 없는지 뒷짐 진 자세 그대로 마차만 바라보고 있었다.

두충은 잘되었다고 생각했다. 언뜻 보기로는 만만치 않아 보이지만, 그래도 두충은 자신의 신분을 믿었다. 설마 정광만 하랴 하는 마음도 있었고.

그래서 정광에게 쏟아 부을 화를 저자에게 쏟아 붓기로 했다.

"이놈! 비키라는 소리가……."

하지만 두충은 자신의 뜻을 관철할 수가 없었다. 마차 안에서 진용의 목소리가 들린 것이다.

"두 형, 그만 하고 마차를 세우세요. 그는 두 형이 상대할 수 있는 사람이 아닙니다."

움찔, 진용의 말에 두충은 입을 닫고 마차를 세웠다.

진용이 아니라면 아니다. 지금까지 그것은 언제든 옳았다. 분명 앞으로도 옳을 것이다. 자신이 아는 진용이라면.

그때다. 두충은 문득 든 생각에 고개를 획 돌렸다. 진용의 마지막 목소리가 옆에서 들렸기 때문이었다.

아니나 다를까, 고개를 돌리자 진용이 보였다. 그는 어느새 마차 안에서 나와 있었다. 그리고 정광도.

"미친놈, 죽고 싶어 환장했냐? 건드릴 사람을 건드려야지."

왠지 긴장한 목소리다.

세상에, 천방지축 미친 도사 정광이 긴장하고 있다니!

두충의 놀람에는 아랑곳하지 않고 진용은 석양을 받아 혹의가 황금빛으로 물든 중년인을 응시했다.

이제야 알았다. 왜 그리도 뒤가 개운하지가 않았는지.

'바로 저자 때문이었어.'

한 번쯤 실피나를 시켜 주위를 둘러봐야 했을 것을…….

"왜 따라 다니신 거죠?"

위지홍의 무뚝뚝해 보이는 얼굴에 다시 웃음이 피어올랐다. 그를 아는 사람들이 보았다면 기절할 일이었다. 하지만 그는 그럴 수밖에 없었다.

"호! 알고 있었나? 어떻게 알았지?"

자신은 백 장 전후의 거리를 두고 움직였다. 천하에서 그 정도 떨어진 자신의 기척을 눈치 챌 사람은 몇 없다. 그런데도 저 젊은 서생은 두 번이나 자신의 기척을 눈치 챘다.

그렇다면 둘 중의 하나다. 저 젊은 서생이 천하에서 몇 안 되는 고수 중에 하나든지, 아니면 특별한 능력을 익히고 있든지.

자신의 생각은 두 번째다. 첫 번째는 아무리 생각해도 불가능한 일이니까. 그리고 그 이유 때문에 이 자리에 선 것이기도 했다.

"제가 남들보다 기를 좀 잘 느낍니다. 겉으로 뿜어지는 기뿐만 아니라 안으로 갈무리된 기까지 말이죠."

역시 두 번째였나?

"대단한 능력을 가졌군."

"그리 자랑할 만한 능력은 아닙니다. 설마 그걸 알아보려고 나선 것은 아니시겠죠?"

위지홍은 즐거운 마음에 고개를 끄덕였다.

"물론이네. 내가 이 자리에 선 이유는 자네와 한 가지 일을 함께 해보고 싶어서이네."

진용이 의아한 표정으로 물었다.

"함께 일을 해보고 싶다고요?"

"맞네. 아마 자네도 매우 흥미있어 할 것이라 생각하네."

자신이 흥미있어 할 일이라니. 진용은 잔잔하게 가라앉은 눈으로 위지홍을 바라보았다.

"어떻게 그리 자신하시죠?"

위지홍이 말했다.

"팽가의 사람들을 죽인 범인을 알고 싶지 않은가?"

진용은 물론이고 정광과 두충마저 놀란 눈으로 위지홍을 바라보았다.

"나는 범인이 누구인지 알고 있네. 어떤가, 그래도 흥미가 없다고 할 수 있나?"

진용이 천천히 고개를 끄덕였다.

"아주 흥미있는 이야기군요. 혹시 그 한 가지 일이라는 것이 저와 함께 범인을 잡아보자는 것인가요?"

"말하기가 쉽군. 바로 그거네."

"한데 왜 하필 저죠? 귀하 정도라면 강호에서 적수를 찾기 힘들 정도일 텐데, 굳이 저 같은 무명인을 동료로 삼을 이유가 없잖습니까?"

위지홍이 고개를 가로저었다.

"천하에 고수는 많지만, 백 장이나 떨어진 곳에 있는 나를 감지할 고수는 거의 없네. 나는 자네의 그런 능력이 필요한 것이야."

진용은 잔잔하니 가라앉은 눈으로 위지홍의 강한 눈을 직시했다.

팽가의 일은 그에게 별 관련이 없는 일이다. 그리 생각하면 거절함이 마땅하다. 하지만 한 가지 생각이 그를 망설이게 만들고 있었다.

강호의 일을 해결하려면 강호에 동화되어야 한다는 것.

어쩌면 이번 일은 강호에 동화될 기회라 할 수도 있었다.

'그리 무의미한 일만은 아닐 것 같군. 강호를 좀 더 알 기회도 될 것 같고…….'

진용이 천천히 입을 열었다.

"저는 지금 제 할 일도 제대로 못할 정도로 바쁩니다. 그러니 만일 함께 합작을 하려면 조금 기다리셔야 할 겁니다."

위지홍도 눈 한 번 깜박이지 않고 진용을 바라보았다.

"얼마나 기다려야 하지?"

"짧으면 닷새, 길면 열흘 정도 걸릴 겁니다."

"닷새에서 열흘 사이……. 그리 오랜 시간은 아니군. 그럼 그동안 함께 다니지."

뜻밖의 말에 진용은 눈을 조금 크게 떴다.

"함께 다닌다고요?"

"가는 방향을 보니 어차피 행선지가 그리 차이날 것 같지는 않군. 왜? 싫은가?"

"방향이 같다면 태워드리지 못할 것도 없지요."

같이 가다 보면 범인이 누군지, 누가 팽가의 고수를 그토록 쉽게 죽였는지 알아볼 수 있을 것이다. 굳이 마다할 필요는 없었다.

"같이 마차를 타고 갈 거면 이름 정도는 알고 싶군요."

진용의 말에 위지홍은 잠시 머뭇거렸다. 그러나 굳이 밝히지 못할 것도 없었다. 조금 놀랄지는 모르지만 어차피 나중에는 알게 될 테니까.

"나는…… 위지홍이라 하네."

진용도 자신의 이름을 밝혔다.

"저는 고진용이라 합니다."

정광도 시큰둥하니.

"정광이우."

"두충이외다."

두충이 이름을 말하는 사이 두 사람은 마차 쪽으로 몸을 돌렸다.

그걸 보고 멍하니 서 있던 위지홍은 얼떨결에 자신의 별호마저 밝혔다. 목에 잔뜩 힘을 주고.

"강호의 친구들은 나를 흑성묵검이라 부르지."

내가 바로 흑성묵검 위지홍이란 말이다! 꼭 그런 말투로.

하지만 누구 하나 그의 이름이나 별호에 관심을 가지고 반응하는 사람이 없다.

위지홍은 그제야 한 가지 사실을 알 수 있었다. 이들은 모르고 있는 것이다. 천제팔성 중 하나인 흑성묵검 위지홍이라는 이름 자체를.

위지홍은 문득 웃음이 나왔다. 자신이 지금 뭘 하고 있는 것인지…….

"하! 하하!"

두충은 별 이상한 사람 다 본다는 눈빛으로 위지홍의 위아래를 훑어보았다.

생긴 건 멀쩡한데…….

"안 탈 거요? 아참! 안은 비좁을 텐데, 어떻수? 마부석에 타지 않겠수?"

5

용성에서 하루를 쉰 진용 일행은 다음날 오후가 되어서야 낭아산(狼牙山) 동남쪽 보정(保定)에 도착할 수 있었다. 위당조를 만나기 위함이었다.

그동안 진용은 위지홍에게 어렴풋이 팽가의 무인들을 죽인 범인에 대해 들을 수 있었다.

"그들을 죽인 자는 요마(妖魔)라 하네."

요마? 세 사람 모두 처음 들어보는 이름이라는 듯 위지홍의 설명만 기다렸다.

요마도 자신과 다름없이 이들에겐 그저 별 볼일 없는 사람 취급을 받는다는 것에 위지홍은 웃음이 나오려는 것을 참고 말을 이었다.

"그는 혈혈구마(血穴九魔) 중의 셋째라네."

그제야 진용은 놀란 표정을 지었다. 개개인의 별호는 모르지만 혈혈구마라는 이름은 들어본 것이다.

진용이 놀란 표정을 짓자 정광이 눈알을 데구루루 굴리며 진용을 바라보았다.

"그놈들이 누구기에 자네가 놀라나? 별호가 살벌하긴 하네만……."

"잘은 모르지만 혈혈구마라면 이미 이십 년 전에 종적을 감췄다는 자들입니다. 마도의 인물들로 그 당시에도 대단한 고수들이었다고 하더군요."

정광의 말에 목구멍까지 기어나온 웃음을 겨우 눌러놓고 위지홍은 말을 조금 더 보탰다.

"자네 말이 맞네. 그러나 최근 들어 구마 중 세 명이 일시에 모습을 드러냈지."

"이십 년을 처박혀 있었다면 늙어 죽을 때가 다되었을 텐데, 그런 놈들이 뭐 먹을 게 있다고 다시 기어나왔다는 말이오?"

정광이 툭 쏘듯이 묻자 위지홍은 끝내 웃음을 터뜨렸다.

요마가 정광의 말을 들으면 어떤 표정을 지을까?

"하하하! 그러게 말입니다. 도장의 말대로 죽을 때 다 된 작자들이 뭐 하러 기어나왔는지 모르겠소."

그의 형제들이 보았다면 기함할 일이었다. 흑성묵검이 저렇게 웃을 때가 있다니!

그때 다시 진용이 물었다.

"그자가 무엇 때문에 팽가의 사람들을 죽였을까요? 그저 살인을 즐기기 위해서 죽인 것은 아니겠지요?"

"물론이지. 그는 한 가지 물건을 빼앗기 위해 그들을 죽였네."

그 말에 진용의 표정이 싸늘하게 가라앉았다.

"다섯 명을 죽이고 팽가와 원한을 지면서까지 빼앗아야 했던 물건이 무엇인지 모르겠군요."

위지홍은 본래의 냉막한 표정으로 자신이 알고 있는 바를 말했다.

"산서호가에서는 일 년 전 자신들이 운영하는 옥광산에서 묘한 옥을 하나 캐낸 적이 있었네. 처음에는 그저 조금 특이한 옥으로만 생각했다가 나중에서야 그 옥이 화령옥이란 것을 알고는 암암리에 매수자를 찾았다네. 그러자 때마침 화령옥을 찾고 있던 팽가가 가격에 상관없이 화령옥을 사겠다고 나섰지. 그리고 비밀리에 사람을 호가로 보냈네."

"죽은 사람들이 그들인가요?"

"그렇다네. 요마에게 죽은 팽여중이 팽가의 대표로 호가에서 화령옥을 가져오던 중이었지. 그들은 설마 요마가 자신들을 노리고 있을 줄은 꿈에도 몰랐을 거야. 사실 요마를 쫓던 우리도 그자가 팽가의 마차를 급습할 줄은 생각도 못했었으니까."

진용이 의아한 표정으로 물었다.

"우리들? 요마를 쫓고 있었다고요?"

"나와 나의 동료들이 혈혈구마를 쫓은 지 일 년이 조금 넘네. 자세한 사항은 나중에 말해주지. 어쨌든 그자의 꼬리를 거의 잡았다 생각했는데, 엉뚱한 일이 터져 버리는 바람에 일이 조금 꼬인 것은 분명하네."

궁금하긴 했지만 나중에 말해준다는데 굳이 재촉하기도 그랬다. 해서 진용은 다시 화제를 화령옥이라는 물건 쪽으로 돌렸다.

"한데 화령옥이란 게 그만한 값어치가 있는 물건인가요?"

위지홍이 천천히 고개를 끄덕였다.

"화령옥은 그 자체로도 만금의 값어치가 있네. 하나 그게 다가 아니야. 일반인에게는 그저 제법 값나가는 보물에 불과하지만, 화령옥의 숨겨진 효능이 꼭 필요한 사람들에게는 천만금의 값을 치르고라도 얻고자 하는 천고의 보물일세."

"대체 어떤 효능이 있기에……?"

"혹자는 장생의 비밀이 있다고도 하지만 아직 확인된 것은 아니고, 지금까지 알려진 바로는 화령옥을 지니고 있으면 노화를 막아준다고 하더군."

"노화를 막아준다고요? 그럼 그것을 지니고 있으면 늙지 않는다는 말인가요?"

"글쎄, 그 정도까지는 아니라 생각하네. 어쨌든 팽가가 필요한 것도 그 때문이었고, 요마가 팽가의 사람들을 죽이면서까지 얻으려 했던 것도 그 때문이지. 요마는 늙어 보이는 것을 무지 싫어하거든."

묵묵히 진용과 위지홍의 대화를 듣고 있던 정광이 한마디를 툭 던졌다.

"미친놈!"

진용이 이마를 찌푸리며 위지홍에게 물었다.

"엄청난 값을 치르면서까지 팽가는 왜 그것을 필요로 했을까요?"

"팽가의 가주인 팽우중의 딸이 조로증(早老症)에 걸렸다는 말을 들은 적이 있네. 그 때문에 얼마 살지도 못하고 늙어 죽을 거라 하더군."

약속 장소는 백검장이었다. 곽호가 미리 연락을 하기로 했으니 지금쯤이면 이미 와 있을지도 몰랐다.

위당조가 그곳을 연락처로 삼고 활용하는 것은 다름이 아니었다. 한때 중원을 질타했던 강호의 고수가 금분세수를 하고 조용히 은거하고 있다는 자그마한 장원, 백검장. 그곳의 주인 백화검(百花劍) 위금조가 바로 위당조의 형이었던 것이다.

진용 일행이 탄 허름한 마차가 백검장에 도착한 것은 해가 중천에서 서쪽으로 기울어져 가는 미시 무렵이었다.

"어째 조용한데요?"

여전히 마부석에 앉아 있던 두충이 굳게 닫힌 백검장의 정문을 바라보며 말했다. 그러자 바람이 잦아든 이후로 두충과 나란히 마부석에 앉아 있던 정광이 퉁명스럽게 입을 열었다.

"걱정 마라. 도대체 무슨 심보인지 모르지만, 안에서 기다리고 있으니까."

정광의 말이 끝남과 동시, 끼이익! 백검장의 정문이 경첩 끄는 소리를 내며 천천히 열렸다.

순간 안을 바라본 두충이 눈을 부릅떴다. 정광도 눈에 힘을 주었다.

"저거 뭐 하는 짓이다냐?"

활짝 열린 정문 안쪽, 위당조가 서 있었다. 하나 그만 있는 것이 아니었다. 근 이십여 명의 무사가 위당조와 함께 마당을 가득 메운 채 서 있었다.

어깨를 떡 펴고 눈에 힘을 잔뜩 주고서!

그들에게서 흘러나오는 투기가 백검장의 마당 안에 가득 흐른다. 정문 앞에 서 있던 두 마리 노마가 주춤거리며 들어가지 않으려 할 정도다.

그때 정광이 두충을 향해 말했다.

"들어가자. 안 들어가면 두들겨 패서라도 밀어 넣어."

정광의 말을 알아들은 것인지, 아니면 두충이 채찍을 들자 눈치를 챈 것인지 노마는 즉시 장원 안으로 발을 들이밀었다.

또각, 또각. 쿠르르…….

노마의 말발굽 소리, 마차 구르는 소리. 미묘한 화음이 백석으로 된 마당을 울린다.

정적이 한순간에 깨져 버렸다. 그러자 무사들이 흘리던 투기도 흐트러졌다. 그제야 위당조가 마차 앞으로 다가왔다.

천천히 마차가 멈추고, 진용이 위지홍과 함께 마차 밖으로 나오자 위당조는 두 손을 맞잡고 힘차게 입을 열었다.

"오랜만이오, 고 장주!"

"오랜만입니다."

그 꼴을 보고 정광이 가만있을 리가 없었다.

"이봐, 지금 뭐 하는 짓이야? 설마 겁주려고 그러는 것은 아니겠지?"

움찔, 위당조는 내심 찔끔했지만, 겉으로는 무슨 소리냐는 듯 호탕한 웃음을 터뜨렸다.

"음하하하! 무슨 소리를! 나는 단지 예의를 갖추려고 한 것뿐이오. 안 그런가, 길 조장?"

길근양은 상황이 이상하게 변하자 즉시 머리를 굴렸다. 위당조의 말뜻은 간단했다.

—그냥 굽히자.

물론 한 시진 전만 해도 어떻게 하면 상대에게 겁을 줄 수 있을까, 어떻게 하면 상대에게 위대한 백마성의 힘을 알릴 수 있을까 온갖 계획을 짰었다.

하지만 진용이 나타나는 순간, 길근양은 어쩌면 여태껏 세웠던 모든 계획이 틀어질지 모른다 예감했었다. 다름이 아니었다. 우연히 눈길을 돌리다 위당조의 어깨가 순간적으로 가늘게 떨리는 것을 본 것이다. 한데 역시나였다.

결국 길근양도 힘차게 외쳤다.

"물론입니다, 당주님!"

그때, 눈치도 없는 조장 하나가 넌지시 위당조에게 물었다.

"그럼 처음 계획은 없던 것으로 합니까? 기를 팍 죽이자고……."

위당조가 홱 소리가 나도록 고개를 돌렸다. 그의 눈에선 불길이 일고 있었다.

'저런 눈치도 없는 놈이!'

위당조가 빽 소리쳤다.

"무슨 소리! 계획은 처음대로 한다! 회의가 끝날 때까지, 모두 담장과 지붕 위로 올라가 혹시 염탐자가 없나 지키도록 하고, 놈들이 허튼짓 못하게 기를 팍 죽여!"

동시에 이십여 명 무사의 얼굴이 차갑게 굳어졌다.

분명 처음의 계획은 이게 아니었다. 그런데 바뀌었다. 이상하게.

그 원인은 분명 하나밖에 없다.

이십여 무사들의 눈이 지독히 눈치도 없는 조장, 지동희에게로 모아졌다. 그들의 눈이 말했다.

─당신 때문에 한겨울에 찬바람 맞으며 경비 서게 생겼잖아!

그리고 진용의 머릿속에서는 세르탄의 감탄이 터져 나왔다.

'저 인간, 임기응변 한번 기막히네! 곰인 줄 알았더니……'

안으로 들어가자 한 사람이 진용을 맞이했다.

"내가 바로 이 장원의 주인인 위금조라 하오."

"고진용입니다."

"금의위에 계신다고 들었소이다만……."

아무래도 위당조가 말한 것 같다. 진용은 위당조를 바라보았다. 위당조는 재빨리 고개를 돌려 길근양과 비향초에게 말했다.

"가서 먹을 것 좀 내오라고 해."

당연히 시비들이 알아서 내올 일이었다. 결코 자신들이 할 일이 아닌 것이다. 하지만 두 사람은 두말하지 않고 돌아서 나갔다. 더 있어봐야 좋은 꼴 볼 것 같지가 않아서였다.

두 사람이 돌아서서 나가자 그 뒤에 대고 정광이 말했다.

"술도 좀 부탁하네. 오랜 길을 왔더니 목이 컬컬하구먼."

순간 문을 닫는 길근양의 손이 부르르 떨렸다.

'씨발, 좀 더 일찍 나갈걸!'

백화검 위금조는 많이 알려진 사람은 아니다. 그러나 검을 다루는 사람 중 많은 사람들이 위금조에 대해 말이 나오면 고개를 끄덕였다.

─백화검 위금조가 강호 활동을 많이 안 해서 그렇지, 그의 검은 능히 대문파의 장로 급 수준이다.

진용의 위금조에 대한 평가도 강호의 검객들과 다를 바가 없었다.

'대단하군. 위지홍에 비하면 떨어지지만 위당조보다는 한 수 위다.'

위금조도 기운을 흘려 진용을 시험해 보려다 알 수 없는 묘한 기운에 기운이 빠지는 것 같은 기분을 느끼고는 속으로 경악을 금치 못했다.

'대체 이자는 누구란 말인가? 아무리 봐도 스물이 될까 말까 한 나이거늘⋯⋯.'

하지만 놀란 사람은 그만이 아니었다. 있는 듯 없는 듯 진용의 뒤에 서 있던 위지홍은 진용이 금의위란 말에 놀란 눈으로 진용을 바라보았다.

할 일이라는 것이 백마성의 성주를 만나러 간다고 하기에 뜻밖이기는 했다. 한편으로는 무슨 일로 가는 걸까, 하는 생각도 들었었다. 그러나 그의 신분이 금의위라고는 꿈에도 생각지 못했다.

'금의위라고? 관부에 저런 자가 있었다니……. 어쩐지 저 도사도 그렇고, 생판 들어보지도 못했던 고수가 갑자기 나타났다 했더니……'

속마음이야 어떻든 커다란 탁자를 가운데 두고 둘러앉은 사람들은 모두가 사람 좋은 웃음을 지었다.

그런 와중에 위당조가 먼저 입을 열었다.

"성주님을 뵈려고 그러우?"

"그렇습니다. 뭐 좀 상의할 게 있어서요."

대체 금의위가 백마성의 성주를 만나 뭘 상의하겠다는 말인가?

사람들의 의문에 찬 눈길에 아랑곳하지 않고 진용이 스윽 좌중을 훑어보며 말했다.

"강호에 대한 정보도 좀 얻고…… 당금 강호에 역모를 품은 자가 있다 해서 조사차 뵈려는 겁니다."

순간 위당조와 위지홍의 얼굴이 딱딱하니 굳어졌다.

역모!

얼마나 무서운 말인가! 그 말만으로도 피 냄새가 나는 것 같지 않은가!

단순히 강호인끼리의 싸움이라면, 아무리 황궁이라 해도 관여를 안 하는 게 지금까지의 관행이었다. 하나 역모라면 말이 달라진다.

역모 사건에 휩쓸리면, 제아무리 대문파라 해도 그날부로 문을 걸어 닫아야만 하는 것이다.

"음…… 그 이야기를 자세히 들을 수 있겠나?"

오죽하면 장원에 들어서기 전부터 입을 닫고 있던 위지홍이 말문을 열었다.

정광과 두충을 뺀 모두가 진용의 입을 주시했다. 위당조가 의아한 표정으로 위지홍을 바라보았다.

"가만? 귀하는 처음 뵙는 분 같은데……. 금의위가 아니었소?"

위지홍이 서늘한 눈으로 위당조를 응시했다. 그러다 무슨 생각이 들었는지 순순히 자신의 이름을 밝혔다. 힘까지 주어가며.

"나는 위지홍이라 하오. 강호의 친구들은……."

"흑성묵검?!"

"천제팔성 중의 흑성묵검 위지홍이 귀하란 말이오?!"

미처 위지홍이 말을 끝내기도 전에 위당조가 벌떡 일어섰다. 위금조도 놀란 눈을 크게 뜨고 위지홍을 바라보았다.

자신의 말을 끊은 것이 기분 좋을 리는 없을 텐데, 그래도 위지홍의 냉막한 얼굴이 슬며시 풀렸다.

이제야 자신을 알아주는 사람들을 만났다는 생각이 든 것이다. 동료들이 알면 기절할 때까지 웃을 일이었지만, 좌우간 지금 심정은 그랬다. 그가 힘주어 말했다.

"강호의 친구들이 그리 불러주고 있소."

"맙소사! 위지 대협을 눈앞에 두고도 몰라봤다니!"

위지홍은 위당조의 놀란 목소리를 흘려들으며 진용을 돌아보았다. 그리고 정광도, 두충도.

'젠장!'

그러다 자신도 모르게 입 안에서 쌍소리를 굴렸다. 세 사람은 여전히 '그런데?' 하는 표정이었다.

그렇다고 반응이 아주 없는 것도 아니었다. 정광이 말했다.

"저 점박이가 놀라는 걸 보니 당신도 제법 한가락 하는 모양이군."

비록 그 정도에 불과했지만. 제길!

어쨌든 위지홍이 이름을 밝히며 일어난 소란은 무덤덤한 세 사람 때문에 금방 가라앉아 버렸다.

사람들의 눈은 다시 진용에게로 향했다.

진용은 무저의 늪처럼 가라앉은 눈으로 좌중을 둘러보고는, 마치 세상에서 제일 비밀스런 이야기라도 꺼내는 것마냥 나직이 입을 열었다.

"대외비인 만큼 여기서 말한 내용이 제 허락 없이 다른 곳으로 흘러나가서는 안 됩니다. 이해하시겠습니까?"

어차피 기호지세! 완전한 거짓도 아니니 망설일 것도 없다.

"만일 그런 일이 생긴다면, 저는 이곳에 계신 분들을 제일 먼저 의심할 수밖에 없습니다."

잠시 망설이던 위지홍과 위당조가 고개를 끄덕였다.

"알겠네. 혹시라도 주군께 그 말을 전해야 한다면 자네의 허락을 얻고 하지. 됐나?"

"나도 그리하겠소. 뭐 어차피 고 장주가 성주님을 만나신다니 그러고저러고 할 필요도 없겠지만."

진용은 만족한 표정으로 입을 열었다.

"황궁에서 모반을 획책했던 사람이 강호로 흘러들어 갔습니다. 그래서 비밀리에 그에 대한 조사를 하는 중입니다. 뭐, 일단 의심이 가는 곳은 있습니다만……"

진용이 말을 끌자 위지홍이 물었다.

"그곳이 어딘가?"

위지홍과 위당조를 바라본 진용이 천천히 입을 열었다.

"혹시…… 천혈교에 대해서 아십니까?"

"천혈교?"

위당조가 의아한 표정으로 되물었다. 그러나 위지홍의 반응은 그와 완전히 달랐다. 진용의 말을 듣는 순간, 그는 두 눈을 부릅떴다. 그것은 의외의 말을 뜻밖의 장소에서 들었다는 그런 놀람이었다.

"천혈교라 했나? 의심이 간다는 곳이 바로 그곳인가?"

"그렇습니다. 현재까지는."

진용을 뚫어져라 응시하던 위지홍이 희미한 웃음을 배어 물었다.

"그렇다면 우리는 어차피 같은 길을 가야 할 것 같군."

"그 말씀은……?"

"우리는 혈혈구마를 천혈교의 사람이라 생각하고 있지."

위당조가 또다시 놀라 벌떡 일어섰다.

"혈.혈.구.마?!"

진용도 조금은 놀란 표정으로 고개를 끄덕였다.

"놀랍군요. 그들이 천혈교의 사람들일지 모른다니. 흠……."

"어떤가? 군이 백마성의 성주를 만날 필요는 없을 것 같은 데. 바로 시작하지?"

바로 요마를 추적하자는 말. 그러나 진용은 고개를 가로저 었다.

"그래도 백마성의 성주님을 만나봐야 합니다. 한 가지 일 이 더 있거든요."

그 말에 조금 실망한 듯한 위지홍의 표정을 보고 진용이 한 마디 더 했다.

"하지만 시일은 조금 단축될 것 같군요. 위지 대협과 함께 혈혈구마를 처리하는 것도 늦출 수 없을 것 같으니까요."

그들을 잡으면 뭔가 단서를 얻을지도 모른다. 그들이 천혈 교의 꼬리일지 몸통일지는 몰라도. 어쨌든 오리무중인 천혈교의 꼬리라도 잡을 수 있다면, 몸통을 끌어내는 것은 훨씬 빨라질 것이다.

'잘됐군. 뜻밖에 좋은 정보를 얻었어.'

그제야 위지홍도 어느 정도 만족한 듯 고개를 끄덕였다.

"좋네, 그럼 서두르도록 하지?"

대답은 정광이 했다.

"밥이나 먹고 가자구."

대화를 마친 후 밖으로 나서자, 위당조의 눈에 그때까지도 담장 위에 서 있는 수하들이 보였다. 그들을 향해 위당조가 소리쳤다.

"모두 내려와라! 회의는 끝났다! 식사를 하고 바로 성으로 간다!"

위당조의 명령에 다행이라는 표정을 지으며 마혼당의 무사들이 내려왔다.

"너만 빼고!"

지동희만 빼고.

第三章

벽력도(霹靂刀)

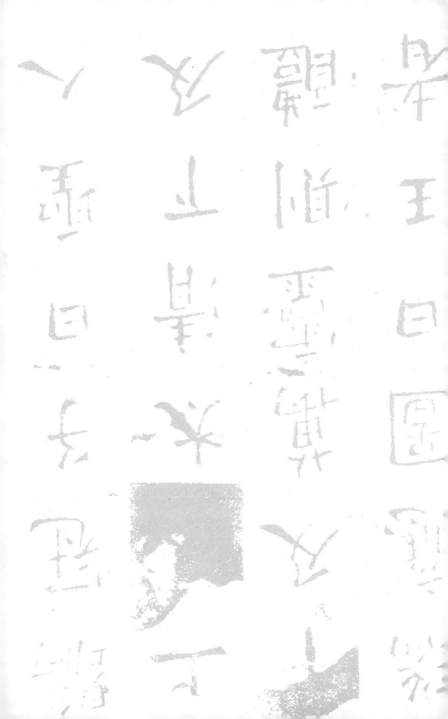

1

하북의 표국은 모두 열두 곳.

사람들에게 하북의 표국 중 셋을 꼽으라 하면 사람들은 구룡상방의 구룡표국과 삼백 년의 전통을 자랑하는 대연표국, 그리고 나머지 하나로 금양신문이 세운 백운표국을 꼽았다.

그중 구룡표국과 대연표국은 북경에 총국을 두고 있었고, 백운표국만이 북경이 아닌 보정에 총국을 두고 있었다.

그 백운표국의 총국에 한 명의 노인과 두 명의 중년인, 그리고 다섯 명의 청년이 들어선 것은 늦은 오후였다.

그들은 들어서자마자 곧바로 표국의 총국주인 양한천에게로 안내되었다. 일각도 되지 않아 양한천의 집무실에선 안타

까움에 젖은 탄성이 흘러나왔다.

"어찌 그런 일이……!"

"어차피 벌어진 일. 어쩔 수 없지. 이제는 할 수 있는 한 최선을 다해 범인을 잡는 수밖에. 그것만이 손녀라도 살릴 수 있는 길이니……."

팽기한의 나직한 말에 양한천은 고개를 숙여 팽가의 불행에 조의를 표했다.

"숙부님께서 심려가 크시겠습니다."

"무인의 길에 발을 들여놨으니 언제 죽을지 모르는 운명, 모두가 제 놈 복이 아니겠나."

"하오면 제가 무엇을 어찌 해드리면 되올지요."

"일단 마차를 발견한 자를 만날까 하네. 그자 덕분에 아이들의 시신이나마 온전히 전해졌으니 고맙다는 인사도 해야하겠고, 또한 시신이 옮겨지기 전의 상황에 대해서도 확실한 말을 들어봐야 할 것 같으이."

"그자가 이쪽으로 남하했다 하셨습니까?"

"개방의 정보에 의하면 그렇네. 어쩌면 지금 보정에 있을지도 모르지."

"즉시 사람을 풀어 그자를 찾아보도록 하겠습니다. 조금만 기다리십시오."

"고맙네."

"별말씀을. 숙부님께 제가 뭘 못해 드리겠습니까?"

양한천의 말대로였다. 팽기한은 그에게 숙부나 다름없었다. 금양신문의 전대 문주였으며 양한천의 선친이 되는 양수문이 바로 팽기한의 의형이었던 것이다.

"의형의 기일에 제대로 찾아가 보지도 못한 나를 그리 생각해 주니 고맙네."

팽기한이 원하는 정보를 얻는 데는 그리 오랜 시간이 걸리지 않았다. 위당조가 수하들을 대동하고 보정에 들어왔기에, 보정 일대의 무인들 중 많은 사람이 백검장을 주시하고 있었던 탓이었다.

한 시진도 되지 않아 양한천이 팽기한을 찾아왔다.

"숙부님, 그자를 찾았습니다. 그자는 백검장에서 광마수 위당조를 만나고, 한 시진 정도를 머문 뒤 위당조와 함께 보정을 떠났다 합니다. 대충 보니 두 시진 전에 떠난 듯합니다."

팽기한의 노안 깊숙한 곳에서 차가운 광망이 번뜩였다.

"두 시진? 위당조와 함께 갔다면 백마성으로 갔단 말인가?"

"정확히는 모르나 그리하지 않았나 생각됩니다."

"음……. 알았네. 그럼 이만 일어나 보겠네."

"예? 곧 어두워질 텐데, 쉬었다 내일 아침에 가시지요?"

"나도 그러고 싶네만, 그때쯤이면 그들은 백마성에 들어가 있을 거야. 혹시 모르니 길을 서둘러야 할 것 같네."

"정 그리하시겠다면 제가 빠른 말을 준비해 드리겠습니다."

2

한 치 앞도 보이지 않는 어둠이 짙게 깔린 밤, 진용 일행이 탄 마차는 위당조를 앞세우고 낭아산에서 삼십여 리 서남쪽에 있는 신남(神南)에 들어섰다.

신남은 백마성의 앞마당이라 할 수 있는 곳, 위당조는 거침없이 말을 몰아 신남의 중심부로 향했다.

"이곳에 본성에서 운영하는 객잔이 있소이다. 오늘은 이곳에서 쉬고 내일 아침 출발하겠소."

눈이라도 내리려는지, 하늘에는 별 하나 보이지 않고 바람에는 습기가 가득하다.

아니나 다를까, 진용 일행을 태운 마차가 신남에서 가장 크다는 원평객잔의 앞에 당도해 안으로 들어가려 하자 하늘에선 점점이 하얀 눈이 떨어지기 시작했다.

그러더니 하얀 김이 모락모락 피어오르는 음식이 나오고, 사람들이 웃고 떠들며 늦은 저녁을 마쳤을 즈음에는 함박눈으로 변해 어둠을 가르며 솜털처럼 흩날렸다.

무사들 때문인지, 아니면 시간이 늦었기 때문인지 일반 손님들은 모두가 일찍 객잔을 떠났다.

그리고 그때, 함박눈과 함께 그가 들어섰다.

진용은 닫아놓은 객잔의 문이 열리며 눈보라를 등에 지고 제법 많은 사람들이 들어오자 별다른 생각 없이 고개를 돌렸다. 그러다 한 사람을 보고 눈을 빛냈다.

등에 커다란 도를 메고 있는 칠순이 다 되어 보이는 노인.

밖에는 상당히 많은 눈이 내리는데도 그의 어깨나 머리, 그 어디에도 눈이 묻어 있지 않았다. 게다가 전신에 깊숙이 갈무리된 기운은 진용조차 놀랄 정도로 강맹해 보였다.

'누군지 몰라도 대단하군.'

'위지홍이라는 인간보다 더 강할 것 같은데? 시르 생각은 어때?'

진용도 세르탄과 같은 생각이었다. 그만큼 들어선 노인의 기운은 대단했다.

그러한 생각을 한 것은 진용만이 아니었다. 위지홍과 정광, 위당조 등도 노인이 들어서면서부터 눈을 떼지 못하고 있었다.

팽기한은 객점 안으로 들어서자마자 눈길이 자신들에게 집중되는 것을 느끼고는 천천히 객점 안을 훑어보았다. 그러다 진용과 눈이 마주치자 주름진 눈꺼풀 속에서 찰나간 눈빛을 빛냈다.

서생의 옷차림. 스물이 될까 말까 한 나이.

'다행히 늦지는 않은 것 같군.'

한데 그때다. 자신을 바라보는 눈길에서 결코 간단하지 않은 기운이 두어 가닥 느껴진다.

두 명의 중년인. 한 사람은 도복을 입었고, 한 사람은 어둠조차 스며들 것만 같은 흑의를 입고 있다. 그런데 두 사람 다 자신에 비해 그리 많이 떨어지지 않는 기운을 품고 있다.

'누구지?'

의문이 일었다. 당금 강호에서 저 정도의 기도를 흘릴 수 있는 사람은 그리 많지 않다. 그럼에도 정체를 알 수가 없다. 누굴까?

팽기한이 들어서고 주위를 훑어보다 우뚝 걸음을 멈춘 시간은 그리 길지 않았다. 그러나 그의 뒤를 따라 객점에 들어선 일곱 명에게는 벽력도 팽기한의 걸음이 멈췄다는 것, 그 자체만으로도 잠깐의 시간이 길게만 느껴졌다.

"숙부님, 무슨 문제라도……?"

"아니다. 우리가 제대로 찾아온 것 같구나."

제대로 찾아왔다? 그렇다면 저 중에 자신들이 찾고자 하는 사람이 있다는 말. 재빨리 객잔 안을 훑어본 팽무중이 제일 먼저 진용을 알아보았다.

"그렇군요. 다행히 헛걸음을 하지는 않았군요."

그때다. 위지홍이 입을 열었다. 그가 노인을 알아본 것이다.

"벽력도 팽 선배가 직접 나서다니, 놀라운 일이군요."

"벼, 벽력도? 벽력도 팽기한?!"

벽력도라는 말에 좌중에 있던 백마성의 무사들이 얼어붙었다. 위당조조차 말을 더듬으며 눈을 크게 뜨고 팽기한을 쳐다봤다.

그러자 팽무중이 한 걸음 나서며 물었다.

"귀하는 누구신지?"

그도 위지홍의 기세가 심상치 않음을 알아보긴 했지만 막상 누군지는 알 수가 없었다.

그의 물음에 대답한 것은 벽력도라는 말에 놀란 표정을 짓고 있던 위당조였다.

"저 분은 흑성묵검 위지홍 형이오."

팽무중의 눈에 놀람이 떠올랐다. 그러나 팽기한은 이마를 꿈틀했을 뿐 놀람보다는 호기심 어린 눈으로 위지홍을 직시했다.

"천제팔성의 무위가 대문파의 종사에 못지않다 하더니, 믿지 않을 수가 없군. 그래, 무슨 일로 이곳까지 왔는가?"

"저야 할 일이 있어 왔습니다만, 선배께선 어인 일로 어려운 걸음을 하셨습니까?"

서로 간에 한 치도 밀리지 않는다. 그러자 팽가의 맹호라 불리는 팽가오호 중에 둘째 팽호중이 눈살을 찌푸리며 나섰다.

"귀하의 이름은 나도 들어봤소. 그러나 이곳이 하북임을 잊지 말아야 할 것이오."

팽호중의 말에 위지홍이 차가운 눈빛을 흘릴 때다. 엉뚱한 말이 한쪽 구석에서 흘러나왔다. 돌아가는 상황을 지켜보고 있던 두충이 제 버릇 참지 못하고 내뱉은 말이었다.

"똥개도 제집 앞에선 힘 좀 쓴다고 하던데……."

팽호중의 표정이 싸늘하게 굳어졌다. 그는 위지홍과 두충을 번갈아 노려보고는 한기가 풀풀 날리는 말투로 말했다.

"주인이 기고만장하니 그 졸자도 함부로 입을 여는구려."

그러면서 만일을 대비해 도파에 손을 가져다 댔다. 그러자 위지홍도 차갑게 굳은 얼굴로 고개를 저으며 허리의 검을 움켜쥐었다.

"나는 저 사람의 주인이 아니오."

비록 자신의 상대라 할 수는 없지만, 팽호중은 요마에게 죽은 팽여중보다 월등한 고수. 게다가 맨손으로 상대하기에는 옆에 있는 팽기한이 심적으로 걸린 것이다.

팽팽한 긴장감이 두 사람 사이에서 감돌았다.

남아 있던 백마성의 조장들은 물론이고, 팽무중을 비롯해 팽가의 청년 고수들도 자신들의 무기에 손을 가져다 댔다.

"흥! 그렇다면 저자가 무슨 배짱으로 팽가의 일에 나선단 말이오?"

"나설 만하니 나섰겠지. 그리 틀린 말도 아니고."

한순간, 긴장감이 감돌던 두 사람 사이에 살을 에는 듯한 기운이 휘몰아쳤다. 문도 닫혀 바람이 들어올 곳이 없는데도 회오리가 일었다.

일촉즉발의 상황!

이를 지그시 깨문 팽호중이 도파를 움켜쥐고 이사이로 말을 내뱉었다.

"구차한 변명은……."

하지만 팽호중의 비아냥거림은 계속되지 못했다.

"그는 나의 동료입니다. 그러니 저분의 말은 틀린 말이 아니지요."

절대음의 능력이 실린 진용의 청량한 목소리!

일순간에 두 사람이 뿜어낸 기운이 흔적도 없이 흐트러졌다.

뜻밖의 상황에 위지홍과 팽호중이 놀란 표정을 지었다.

두 사람만은 안다. 자신들이 뿜어낸 기운은 결코 사람의 목소리에 의해 흐트러질 정도로 약하지 않다는 것을.

'생각보다 더 강하다는 말인가?'

'저놈은 뭐야? 정말 저 젊은 놈이 내 기운을 흐트러뜨렸단 말인가?'

그제야 팽기한이 나섰다.

자신들의 목적은 이들과 싸우자는 것이 아니다. 천제팔성의 하나인 위지홍과 싸워봐야 득될 게 하나도 없는 상황. 더구나 진용의 능력은 생각조차 못했던 터였다.

"물러서라, 호중."

"예, 숙부님."

팽호중이 마지못한 듯 물러서자 팽기한은 진용이 앉아 있는 곳으로 걸음을 옮겼다.

"그대의 이름이 고진용인가?"

"제가 고진용입니다. 방산에서의 일 때문에 오셨습니까?"

"그렇다네. 우선 자네에게 고맙다는 말을 먼저 하고 싶군."

고맙다는 말을 하기 위해 온 것치고는 너무 살벌하군.

"누구라도 그리했을 것입니다. 너무 마음 쓰지 마십시오."

"글쎄, 그럴 수도 있고 그렇지 않을 수도 있겠지. 어쨌든 노부가 자네를 찾아온 것은 한 가지 알고 싶은 것이 있기 때문이네."

"말씀하시지요."

진용의 흔들림없는 대답에 팽기한은 내심 감탄을 금치 못했다. 그는 자기 앞에서 이토록 감정의 기복 없이 대답하는 젊은이를 최근 십여 년간 보지 못했다. 아무리 눈앞의 젊은이가 자신을 잘 모른다고 해도 그것은 마찬가지였다. 무형지기가 사람을 가리며 작용하는 것이 아닌 한은.

그래서인지 팽기한은 보다 좋아진 기분으로 물을 수 있었다.

"그럼 묻지. 혹시 범인을 봤나?"

"보지 못했습니다."

"흠, 역시 그랬군. 그럼 이상한 상황이나, 아니면 흔적 같은 것은 보지 못했나?"

진용은 고개를 가로저었다.

"저희 세 사람이 살펴봤지만 아무것도 발견하지 못했습니다."

그때 팽기한이 느닷없는 질문을 던졌다.

"듣기로는 관인이라 들었네만."

아마도 개방을 통해 들은 말인 듯했다.

진용은 긍정도, 부정도 하지 않고 팽기한에게 되물었다.

"무엇을 알고 싶으신 겁니까?"

"여러 가지네. 정말 현장에서 아무것도 본 것이 없는지, 그리고 자네가 관인이라면, 관인이 왜 백마성에 가는 것인지, 위지홍과는 무슨 사인지. 자네를 보니 궁금한 것이 많아지는군."

"제가 말씀드리기 힘든 것만 물어보시는군요."

팽기한의 흰 눈썹이 꿈틀거렸다. 모른다는 것이 아니다. 말하지 않겠다는 말이다.

"노부가 꼭 알고 싶다면?"

진용의 무심한 얼굴에 희미한 웃음이 떠올랐다.

"아마 적지 않은 대가를 내놓으셔야 할 것입니다. 물론 그리한다 해도 저에게서 말을 듣는다는 보장은 없지만 말이죠.”

진용이 말을 빙빙 돌리자 팽무중이 굳은 얼굴로 소리쳤다.

“광오한 자! 그대가 아무리 관인이라 해도, 숙부님을 함부로 대하면 용서하지 않겠다!”

그걸 두고 볼 정광이 아니었다. 그동안 조용히 있었던 보답이라도 받으려는 듯 누가 나서기 전에 재빨리 코웃음부터 쳤다.

“흥! 용서하지 않겠다고? 팽가가 대단하긴 대단한 모양이군!”

“뭐라고? 네놈이 감히 본 가를 모욕하다니!”

‘옳거니! 너 잘 만났다!’

이때라는 듯 정광은 벌떡 일어서며 소리쳤다.

“네.놈?! 이런 시러베 같은 도우를 봤나!”

동시에 정광의 신형이 그자리에서 사라졌다.

“조심해!”

팽호중이 대경하며 소리치고는 허공을 향해 손을 휘둘렀다. 휘둘러지는 그의 손에는 어느새 뽑아 들었는지 시퍼렇게 날을 세운 도가 들려 있었다.

번쩍!

찰나간에 시퍼런 도광이 번개처럼 허공을 가른다. 하지만 도광은 말 그대로 허공만을 갈랐을 뿐이다.

도가 미처 벨 사이도 없이, 어느새 정광의 신형은 팽무중의 코앞에 다가가 있었던 것이다.

가공할 빠르기! 정광의 자랑, 풍혼이었다!

미처 뽑을 사이도 없이 도집째 반사적으로 치켜든 팽무중의 도와 정광의 발바닥이 격돌했다.

주르륵 물러선 팽무중의 이가 악물렸다. 적지 않은 충격을 받은 듯하다.

하지만 그게 끝이 아니었다.

튕겨 오른 정광이 다시 발을 내려친다!

이번에는 팽무중도 도를 뽑아 들었다. 동시! 팽무중의 도가 정광의 발바닥을 올려쳤다.

쾅!

객잔을 울리는 굉음!

"크읍!"

팽무중의 입을 비집고 흘러나오는 짧은 신음 소리!

그때다! 팽호중이 허공에서 공중제비를 돌며 튕겨진 정광의 배후를 쳐갔다.

"이놈!"

하지만 사람들은 팽호중의 공격에 눈을 돌릴 시간이 없었다.

팽호중의 고함 소리에 진용이 한 발을 내딛자, 동시에 팽기한이 움직인 것이다.

"자네는 나와 이야기를 조금 더 하지⋯⋯."

진용은 팽기한이 가로막자 무심한 눈빛으로 팽기한을 응시했다. 짧은 시간이었지만, 그사이 팽호중이 정광과 부딪치고 있다.

일 대 일이면 정광이 밀리지 않는다. 그러나 이 대 일이면 상황이 다르다.

"계속 놔두실 겁니까?"

팽기한이 노안을 들어 진용을 바라보았다.

"나는 대답을 원한다네."

진용은 다시 정광을 바라보았다.

정광이 두 사람의 도를 피해 유령처럼 허공을 유영한다. 입으로는 연신 뭐라고 구시렁대며. 아마도 두 사람의 협공이 못마땅하다는 말인 듯하다. 그러더니 한순간 몸을 뒤집으며 신발을 손에 들었다.

그 광경에 어이없어하는 사람들. 와중에 위지홍이 몸을 일으켰다.

"내가 도와주지 않아도 되겠나?"

진용은 고개를 저었다. 오히려 편한 표정이었다.

"저 양반의 무기가 바로 저겁니다."

"저 신발이⋯⋯ 무기라고?"

"훗! 예. 어쨌든 신발을 들었으니 그리 걱정하지 않으셔도 될 겁니다. 그리고⋯⋯."

진용은 말을 흘리며 거암처럼 앞을 가로막은 채 서 있는 팽기한에게로 눈을 돌렸다.

"이분은 제가 맡죠."

순간, 위지홍의 눈이 조금 크게 뜨였다. 진용의 말뜻은 간단했다.

―벽력도 팽기한은 자신이 상대하겠다.

팽기한이 어느 정도의 고수인지 알고나 하는 소린지. 자신보다 한 수 위의 고수가 벽력도이거늘.

"자네가?"

"어차피 말로 될 상황이 아닌 것 같군요. 묻는 대로 대답한다면 위지 대협이 조금 억울하지 않겠습니까?"

그건 그랬다. 자신은 약속까지 하고 답을 듣지 않았던가.

위지홍은 조금은 어이가 없는 진용의 말에 자신도 모르게 피식 웃으며 고개를 끄덕였다.

"그도 그렇군. 좌우간 조심하게. 위험하다 싶으면 내가 돕지."

꼭 그런 이유만은 아니다. 상대가 팽기한이 아니었다면 결코 나서지 않았을 것이다.

십천존과 비교할 바는 아니지만, 칠기(七奇) 중 하나이며 천하에서 가장 강한 다섯 자루 칼이라는 벽력도가 아니었다면 말이다.

'좋아! 강호의 절정고수가 얼마나 강한지 보자!'

진용은 주먹을 가볍게 말아 쥐고 한 걸음을 내딛었다.

조금도 망설임이 없는 행동. 묵묵히 두 사람의 대화를 듣고 있던 팽기한의 주름진 눈이 꿈틀거렸다.

'겁이 없는 젊은이군.'

진용의 말을 듣다 보니 과거의 패기가 용솟음치는 것만 같다. 얼마만의 기분인지.

'좋아! 내가 왜 벽력도인지를 보여주마!'

단 한 걸음, 진용과 팽기한의 간격이 다섯 자 거리로 좁혀지고, 팽기한의 손이 보이지 않는 속도로 등 뒤로 사라졌다. 찰나!

슛! 얇은 종이가 갈라지듯 허공이 갈라졌다.

진용의 몸이 흔들린 것처럼 보인 것도 그때였다.

진용의 양손이 허공을 휘어 감는다 싶은 순간, 팽기한의 도가 묘하게 꺾어지며 두 사람 사이에 서너 개의 벼락이 번쩍였다.

쩌저적! 떠덩!

뭐가 어떻게 됐는지 느낄 사이도 없이 두 사람 사이가 손 그림자와 벼락으로 가득 찼다. 그리고 눈 한 번 깜박일 시간에 수십 번의 공방이 이루어졌다.

어느 순간!

떠더덩! 콰광!

대기가 부서지는 굉음이 이는가 싶더니, 약속이라도 한 듯

두 사람은 일 장의 거리를 두고 양쪽으로 갈라섰다.

얼굴을 살짝 찌푸린 진용. 어이가 없다는 듯 입을 반쯤 벌린 채 뒤로 두 걸음을 물러선 팽기한. 그런 두 사람을 바라보며 입을 쩍 벌린 객잔 안의 사람들.

위지홍조차 놀란 눈을 크게 뜨고 말을 잊었다.

팽기한의 도에는 자신조차 감당하기 힘든 기운이 담겨 있다. 한데 그런 도를 맨손으로 막아냈다. 그것도 동등한 결과를 보이며.

정적이 객잔 안을 뒤덮었다.

쇠 신발로 팽무중과 팽호중의 도를 후려갈기고 뒤로 몸을 날린 정광의 목소리만이 울려 퍼질 뿐.

"흥! 두 놈이 덤빈다고 내가 겁먹을 줄 아냐?"

한편, 일수 격돌 후 뒤로 물러선 진용은 얼얼한 느낌에 손을 두어 번 움켜쥐었다 폈다를 반복했다.

'과연 벽력도!'

'조심해! 저 늙은이의 칼에는 엄청난 마나가 들어 있어서 잘못하면 손을 벤단 말이야.'

세르탄도 놀라 소리쳤다. 한데 기껏 한다는 말이 손 벨 것을 걱정하는 말투다. 팽기한이 들었으면 뭐라 할까?

그러나 놀란 것은 진용과 세르탄만이 아니었다. 팽기한은 속으로 경악을 가라앉히지 못하고 있었다.

세상에! 아무리 육성의 내력만 사용했다고 하지만, 그렇다고 자신의 도를 맨손으로 막아내다니!

십여 년, 깊게 가라앉아 있던 호승심이 수면 위로 고개를 내민다. 얼마만의 느낌인지 도를 잡은 손이 떨릴 정도다.

"대단하군. 정말 대단해……. 한 수 더 해보겠나?"

진용은 무심한 눈으로 팽기한을 바라보고는 천천히 늘어진 옷을 허리께로 잡아 묶었다.

상대는 강호에서 내로라하는 절정의 고수. 은근히 투지가 끓어올랐다.

어쨌든 무언의 동의. 팽기한의 주름진 입가로도 가느다란 웃음이 떠올랐다.

"조심해야 할 거네. 조금 전과는 많이 다를 거야."

진용도 희미한 미소를 배어 물었다.

"그럼 저도 힘을 더 써보지요."

말의 여운이 사람들의 귓가에서 사라지기도 전, 진용의 비스듬히 엇갈린 발이 가볍게 바닥을 끌었다.

팽기한도 손에 들린 자신의 도를 중단으로 들어올렸다. 그러자 중단으로 들린 도신을 타고 푸르스름한 기운이 피어오르기 시작했다.

도기! 그러나 단순한 도기가 아니다. 숨 한 번 쉬는 사이 도첨에 뭉친 도기가 형상을 갖추기 시작한다. 그리고 순식간에 한 자가량 더 커져 버린 도!

"도강이다! 과연 벽력도!"

경악이 파도처럼 객잔 안에 출렁거린다. 눈을 부릅뜬 사람들이 자신도 모르게 입을 벌리고 주먹을 움켜쥐었다.

그리고 시작이었다.

후우웅!

진용이 우수를 들어 허공을 격하고 일권을 내질렀다.

스윽! 가볍게 그어지는 일도!

일권에 비틀린 대기가 일도에 스러진다.

동시에 진용의 신형이 허공에 떠오르더니 팽기한의 정면으로 쇄도했다.

무식하기 그지없는 공격!

하지만 팽기한은 굳은 얼굴을 펴지 못했다.

겉으로 보기에는 단순한 일권. 그러나 찰나간이나마 자신의 도강이 흔들렸다. 그 시간은 말 그대로 찰나간. 그런데 상대는 그럴 줄 알았다는 듯 쇄도하고 있는 것이다. 그 말인 즉 모든 것이 계산에 들어 있었다는 뜻!

'좋아! 계산을 하고 덤빈다면 계산할 여유조차 갈라 버린다! 그것이 바로 나의 벽력도다!'

"타앗!"

팽기한의 입에서 객잔을 뒤흔드는 기합성이 터져 나왔다.

시퍼런 벼락이 허공을 길게 가르며 떨어져 내리고, 쇄도하는 진용의 정면이 갈기갈기 찢어진다.

순간! 벼락에 휘말리는 것처럼 보였던 진용의 신형이 눈앞에서 사라져 버렸다.

빙글, 팽기한의 도가 허공을 둥글게 도려내며 방향을 틀었다.

지켜보던 사람들의 입에서 경악성이 터져 나왔다.

"뭐, 뭐야?"

허공으로 튕겨 오른 진용의 신형이 셋으로 갈라지고 있었다. 풍혼에 세르탄에게서 배운 풍환법을 더하면서 일어난 현상이었다.

바람의 결을 따라 갈라진 신형이 일시에 손을 쳐낸다.

타공지!

콰과광!

허공을 가르려던 벼락이 산산이 부서진다.

그 사이로 다시 하나가 된 진용의 신형이 안개처럼 스며들었다. 동시에 바닥에 내려선 진용의 손이 기묘한 각도로 꺾어지며 팽기한의 도를 휘감았다.

꺾어지고, 휘어지고, 후려쳐 떨쳐 낸다.

신수백타! 마치 춤을 추는 듯한 진용의 신형은 뿌연 그림자만이 보일 뿐, 가공할 기운이 휘몰아쳐 팽기한의 도를 옭아맸다.

팽기한은 자신의 도를 둘러싼 진용의 기운을 떨쳐 내려 십성의 내력을 끌어올렸다.

도를 쓰는 사람이 도를 쓸 수 없다면 손발이 묶인 거와 다름없다. 현재 상황이 그렇다. 손발이 묶인 벽력도.

용납할 수 없는 상황이다.

"으핫!"

팽기한의 입에서 또다시 기합성이 터져 나왔다.

시퍼런 도강이 도신을 타고 뿜어지더니, 수십 줄기의 벼락이 그물처럼 팽기한과 진용 사이를 가로막았다.

진용은 뇌전의 능력을 끌어올린 두 손으로 시퍼런 도강의 그물을 냅다 후려갈겼다.

콰후웅!

일순간 두 사람의 기운이 정면으로 부딪치자 억눌린 굉음이 일었다.

원을 그리며 물결처럼 퍼져 나가는 강기의 파편. 일 장 이상 떨어져 있던 탁자가 가루로 변해 무너져 내린다.

기둥이 사라지자, 우지끈! 천장이 조금 내려앉았다.

너무도 가공할 광경에 멍청히 바라보고 있던 사람들이 정신없이 물러섰다. 그리고 또다시 침묵이 찾아왔다.

진용과 팽기한은 다섯 걸음씩 물러선 채 서로를 응시했다.

창백한 진용의 이마에 그어진 두어 줄기의 주름.

그것을 바라보는 팽기한의 노안이 가늘게 떨리고 있다. 믿을 수 없다는 눈빛으로.

'바보같이! 싸움을 멋으로 하냐? 왜 마법을 쓰지 않은 거야?'

세르탄이 난리다. 마법을 쓰지 않았다는 이유로.

하지만 진용에게도 타당한 이유가 있었다. 지금까지 싸워 본 사람들과 팽기한은 차원이 다른 절정의 고수다. 십천존에 가장 근접한 고수.

'내 힘을 알아보고 싶었거든. 상대는 강자니까. 그리고 세르탄도 봤잖아. 마법을 펼칠 시간이 어딨어?'

게다가 설령 마법을 펼친다 해도, 자신의 마법이 팽기한 정도의 절정고수에게도 통용될지는 미지수였다.

시간도 없고, 확실한 자신도 없다. 그렇다면 차라리 신수백타와 세르탄에게서 배운 능력만 쓰는 게 훨씬 나을 거라는 게 진용의 판단이었다.

어쨌든 진신무공만으로 싸운 덕분에 어느 정도 자신감도 생겼다.

잘하면 십 년이 아니라 세르탄이 말한 삼 년도 줄일 수 있을 듯하다. 구양무경이 팽기한보다 몇 수 차이날 정도로 월등한 실력만 아니라면.

세르탄도 이해했는지 더 이상 마법 타령은 안 했다. 대신 흐뭇한 웃음을 흘렸다.

'하긴, 마법 따위보다는 내가 가르쳐 준 능력이 훨씬 낫지…… 음흐흐흐.'

진용이 세르탄의 불만 섞인 투정과 자화자찬을 들으며 나름대로 생각에 잠겨 있을 때다. 팽기한이 신음을 토해내며 입을 열었다.

"으음⋯⋯. 정말 믿을 수 없군."

"세상에는 왕왕 믿을 수 없는 일이 일어나죠."

팽기한은 가늘게 떨리는 노안으로 진용을 직시했다. 말로 해서도 안 되고 힘으로 해서도 안 된다. 분명 뭔가를 알고 있는 것 같은데.

"어떻게 해야 자네에게 대답을 들을 수 있겠나?"

진용이 희미한 미소를 입가에 매단 채 말했다.

"단순히 살인 사건에 대해섭니까? 아니면 좀 전에 한 질문 전부를 말함입니까?"

"들을 수 있다면 다 듣고 싶군."

"그렇다면 비밀 엄수, 그리고 독자 행동은 안 됩니다."

"비밀 엄수야 그렇다 치고, 따로 움직이면 안 된다고? 꼭 그래야만 하나?"

"위지 대협도 그랬으니 어쩔 수가 없지 않겠습니까?"

그제야 팽기한은 조금 전에 진용이 위지홍에게 한 말을 이해할 수 있었다.

"묻는 대로 대답한다면 위지 대협이 조금 억울하지 않겠습니까?"

"그만한 가치가 있는 정보라 생각해도 되겠는가?"

"일단 안으로 들어가시죠. 그리 손해 볼 일은 없을 겁니다. 혹시 압니까? 뜻밖의 말을 들을지."

물론 진용도 손해 볼 일이 없었다. 잘하면 벽력도 팽기한과 팽가라는 응원군을 힘들이지 않고 등에 업을 수 있을 테니까. 잘못되어 봐야 본전이고.

위지홍은 돌아가는 상황을 지켜보다 속으로 감탄을 금치 못했다.

'손도 안 대고 코 풀겠다는 생각인가? 그거 참……'

3

백마성은 말이 하북의 삼대세력 중 하나지, 솔직히 그 힘은 팽가나 금양신문에 비해 조금 약한 편이었다.

백마성과 비슷한 힘을 지닌 문파는 하북에 두엇이 더 있었다. 진주의 언가나 천진의 오도문이 바로 그들이었다. 그럼에도 백마성이 하북의 삼대세력에 끼일 수 있었던 것은, 그들이 하북의 흑도를 아우르는 마도의 대문파였기 때문이다.

하나 백마성의 삼대성주인 혁청우는 그것이 불만이었다. 그래서 그는 나름대로 힘을 기울여 세력을 확장하기 위해 온 힘을 기울였다. 그러나 고수를 끌어들이고, 뛰어난 수하들을 키운다는 것이 말처럼 쉬운 일은 아니었다.

그는 하는 수 없이 다른 방법을 찾기 시작했다. 그리고 그는 고심 끝에 한 가지 방법을 찾을 수 있었다.

다름 아닌 천하 흑도의 종횡연합이 바로 그것이었다.

―천하에 거지가 없는 곳이 없다면, 흑도의 건달이 없는 곳 또한 없다. 우리가 개방만큼 커지지 못하란 법이 어디 있단 말인가?

하지만 그는 진용이 바로 그 때문에 자신을 만나려 한다는 것은 꿈에도 생각하지 못하고 있었다.

혁청우는 창문을 통해 백마성의 정문을 들어서는 진용 일행을 보며 눈살을 찌푸렸다.

위당조가 말썽을 피우지 않고 북경에서 돌아왔을 때만 해도 웬일인가 했다. 그러다 상대가 금의위라는 말을 듣고, 오히려 속으로는 그들을 건드리지 않고 돌아온 위당조가 대견해 보이기까지 했다. 그리고 끝난 것으로 알았다. 금의위를 건드려서 좋을 건 하나도 없으니까.

그런데 이틀 전 위당조가 말하기를 그 금의위에 있다는 자들이 자신을 만나고 싶단다. 왜냐고 물으니 위당조도 모른단다.

모른다는데 뭐라고 할 수도 없고, 혁청우는 하는 수 없이 좋다고 했다. 만날 테니 가서 데려오라고. 속마음으로는 설광도 도추문을 병신으로 만들었다는 그 금의위가 어떤 놈들인지 보고 싶은 마음도 조금은 있었다.

그렇게 그들을 마중 나간 위당조가 그들과 함께 데리고 오고 있다. 그런데 두 놈만이 아니다.

　　마차가 한 대에 말을 탄 놈도 세 놈이나 된다. 문제는 말을 탄 놈들 셋 모두가 예사 고수들이 아니라는 것이다.

　　'무슨 금의위에 저렇게 고수들이 많지?'

　　도추문을 병신으로 만든 게 금의위의 고수들이라 했으니, 아예 없지는 않을 것이다. 그러나 저렇게 많다는 것은 이해할 수가 없는 일.

　　한데 그들이 정문을 들어서 연무장을 가로질러 자신이 서 있는 전각 쪽으로 다가올 때다.

　　'응?'

　　어디서 본 듯한 얼굴이 그들 사이에 끼어 있다.

　　그는 상당히 나이가 들어 보이는 노인이었는데, 하얀 머리칼을 단정하게 뒤로 넘긴 노인의 얼굴은 나이답지 않게 홍안이다.

　　분명 언젠가 본 모습.

　　'등에 매달린 저 대도… 잔잔해 보이면서도 사방을 압도하는 저 기도…….'

　　그때다. 혁청우는 문득 십오 년 전에 본 벼락이 섬전처럼 뇌리에 떠올랐다. 자신의 목숨을 구해주었던 그 시퍼런 벼락이!

　　'벼락? 벽력도 팽기한?!'

벌떡 몸을 일으킨 그는 뚫어져라 팽기한을 바라보았다. 그러다 문득 든 의문에 고개를 모로 꼬았다.

왜 위당조가 미리 알리지 않은 것일까?

위지홍이 있다는 말은 했어도 팽기한에 대해선 말이 없었는데 어떻게 된 일이지?

"지희들이 시험해 볼까요?"

뒤에서 나직한 목소리가 들려오고서야 혁청우는 정신을 차리고는 고개를 저었다.

"놔두어라. 비록 늙긴 했어도 그는 벽력도 팽기한이다. 너희들이 어찌할 수 있는 사람이 아니야."

위당조의 안내로 백마전에 들어선 진용 일행을 맞이한 사람은, 붉은 전포를 입은 네 명의 수신호위를 등 뒤에 둔 혁청우였다.

'저 인간이 웬일로?'

속으로 의아한 마음이 들었지만 위당조는 즉시 고개를 숙이며 큰 소리로 외쳤다.

"마혼당주 위당조, 명을 받들어 손님들을 모시고 왔습니다!"

"왜 벽력도가 함께 온다는 것을 알리지 않은 거지?"

귀청을 울리는 전음에 인사를 하던 위당조는 어깨를 부르르 떨었다.

이런! 깜박했다.

혁청우는 어깨를 떠는 위당조를 째려보고는 곧바로 팽기한을 향해 입을 열었다.

"오랜만입니다, 팽 선배."

팽기한도 혁청우를 아는 듯 고개를 끄덕였다.

"오랜만이군. 십오 년쯤 됐나? 자네가 현공후와 싸웠던 게?"

"기억하시는군요. 그때의 도움은 평생 가도 잊지 못할 겁니다. 정파인에게 도움을 받은 것은 그때가 처음이자 마지막이었으니까 말입니다. 한데 어쩐 일로……?"

팽기한은 옆을 바라보았다.

"자네를 찾아온 사람은 내가 아니라 저 사람일세. 나는 그저 저 사람과 함께 할 일이 있어서 따라온 것뿐이야."

"예?"

혁청우가 고개를 돌릴 때쯤에야 진용이 나섰다.

"제가 성주님을 뵙자고 했습니다."

"그럼 그대가 바로 위 당주가 말한 그 금의위?"

혁청우는 말끝을 흐리며 진용의 아래위를 훑어보았다. 이제 스물이 되었을까 말까 한 나이. 그의 눈에서 얕보는 눈빛이 떠올랐다.

그 눈빛을 알아본 진용은 속으로 고소를 머금은 채 겉으로는 삼엄한 눈빛을 빛내며 고개를 뻣뻣이 들고 말했다.

"본인은 금의위의 천호장, 고진용이라 합니다."

"천호장?"

사람들의 눈이 휘둥그레졌다. 심지어는 팽기한을 비롯한 팽가의 사람들도, 위지홍도, 위당조도. 진용이 금의위라는 것은 알았지만 설마 금의위에 다섯밖에 없다는 천호장이리라고는 생각도 못한 것이다. 하긴 지금까지 지위에 대해선 말을 하지 않았으니 어쩌면 당연한 반응이었다.

일단 지위로 혁청우의 기세를 제압한 진용은 여전히 눈빛을 빛내며 말했다.

"얼마 전 황궁에서 일어난 역모 사건 때문에 성주를 뵙고자 한 것이니 양해하시기 바랍니다."

"역모?!"

혁청우의 얼굴이 그 말을 들었던 다른 사람과 다름없이 경악으로 물들었다. 역모라니!

단 두 번의 공격에 상황이 돌변했다.

혁청우의 눈빛에서 진용을 얕보던 빛이 씻은 듯이 사라졌다. 딱딱하게 굳은 표정으로 혁청우가 물었다.

"무슨 말인가? 역모라니?"

"이곳에서 깊은 이야기를 나누기는 좀 그렇군요."

"음? 이런! 내가 실수했군. 일단 안으로 들어가세."

자리에 앉자마자 혁청우는 일단 기세로 누르려 했다.

까짓것 금의위가 별거냐? 강호는 힘의 세계란 말이다! 역모고 지랄이고, 깔아 누르면 알아서 기겠지!

그런 마음으로, 무형의 기운을 흘리며.

하지만 소용이 없었다. 진용은 태연히 그의 기세를 받아들였다.

그 정도로는 어림없어! 하는 표정으로, 빙그레 웃으며.

결국 기세 싸움은 혁청우의 패배로 끝났다. 굳이 길게 갈 것도 없었다.

"허허허, 늙은 내가 부끄럽게도 호승심에 이끌려 고 천호장과 붙었다네. 그리고 비겼네. 아니, 사실은 졌다고 봐야겠지. 나는 손에 벽력도를 들었었고, 고 천호장은 맨손이었으니까."

팽기한의 한마디에 혁청우의 입이 쩍 벌어지고, 위지홍의 한마디에 혁청우는 눈을 부릅떠야만 했다.

"천제성도 지원을 할 생각입니다."

금의위의 천호장. 팽기한이 인정한 고수. 천제성의 지원.

뭐 이런 놈이 다 있어?! 껍데기를 봐서는 아직 솜털도 벗겨지지 않은 놈 같은데!

그런 와중에도 팽기한의 말을 들으니 몸이 근질거린다.

한 번 정식으로 붙어봐? 정말 벽력도와 비겼을까?

설마……? 팽기한이 젊은 청춘 기를 살려주려고 하는 말이겠지.

아니지, 위당조도 작살났다고 했는데……. 그럼 사실일까?

아! 씨발. 골치 아프네 정말!

혁청우는 진용을 빤히 바라보며 머리를 김이 나도록 굴렸지만, 아무리 굴려도 결론이 나오지 않았다. 그저 한숨만 나올 뿐.

"후……. 그래, 본 성주가 뭘 해주길 바라는 건가?"

결국 그는 우선 궁금한 것부터 물어봤다. 머리를 굴리는 것보다 훨씬 마음이 편했다.

'진작 이럴걸. 내가 무슨 머리를 굴린다고…….'

진용의 입가가 보일 듯 말 듯 살짝 비틀렸다. 웃음이었다. 눈빛이 오락가락 변하는 것을 보고 혁청우의 생각을 어렴풋이 짐작한 때문이었다.

"성주께선 천하에 산재한 흑도의 무리들과 많은 연관을 맺고 계시는 걸로 알고 있습니다. 해서 하는 부탁입니다만, 한 가지 공적인 일과 한 가지 개인적인 일을 조사해 주셨으면 합니다."

진용이 말하자 혁청우의 미간에 가는 주름이 그어졌다.

"조사라……. 말해보게. 들어줄 수 있는 일이라면 들어주지."

"역모와 관계된 일로 동창의 고수가 비밀리에 움직이고 있습니다. 그들이 강호의 무리들과 연계되었다는 정보를 접했지요. 개중에는 흑도도 있는 것으로 알고 있습니다. 그들이 누구를 만났는지, 누구와 연계되어 있는지를 알아봐 주셨으면 합니다."

혁청우의 눈빛이 파르르 떨렸다.

역모, 동창의 움직임, 흑도와의 만남. 그냥 듣고 넘길 일이 아니다. 자칫하면 불똥이 백마성에 떨어질지도 모르는 일이 아닌가.

"으음. 알겠네. 그런 일이라면야……."

"그리고, 삼 년 전에 북경의 대로에서 피살당한 한 분의 죽음에 대해 자세한 조사를 부탁드리고자 합니다."

혁청우의 눈살이 찌푸려졌다.

"살인 사건이라면 금의위가 더 잘 알 것이 아닌가?"

"그분의 이름은 종상현이라 하지요. 황궁의 내각학사를 지내셨습니다. 길 가다 맞아 죽었다는데, 동창이나 금의위조차 아무런 정보도 가진 게 없습니다. 누가 고의로 숨긴 건지, 아니면 정말로 취객의 행패에 당한 건지 몰라도 말입니다. 솔직히 저는 전자로 생각합니다만."

혁청우의 눈이 반짝 빛을 발했다.

"흠……. 냄새가 나는 사건이군. 좋네. 그런 일이라면 우리가 더 잘 알아볼 수가 있지. 한데 대가는?"

진용이 빙그레 웃으며 말했다.

"저와 친하게 지내서 나쁠 것은 없을 것입니다."

혁청우의 입이 떡 벌어졌다.

진짜 웃긴 놈이다. 지가 뭔데? 황제라도 돼?

한데 이상하다. 왜 손해 보는 느낌이 들지 않지?

그는 진용을 뚫어지게 바라보더니 갑자기 실없는 사람처럼 웃음을 터뜨렸다.

"허, 허. 하, 하하하! 제대로 걸려든 것 같군. 하긴 그것도 나쁠 건 없지. 좋아! 내 할 수 있는 데까지 알아봐 주지. 친구가 된 기념으로 말이야."

친구?

팽기한과 위지홍은 조금은 어이가 없는 눈으로 혁청우를 바라보았다. 그가 왜 화불마군(火佛魔君)이라 불리는지 이제야 이해할 수 있겠다는 눈빛으로.

그렇게 모든 일이 잘 정리되는 듯했다. 정광이 슬며시 한마디만 하지 않았다면.

"이보시오, 도우. 도우도 제법 무공깨나 익힌 것 같은데, 대충 일도 끝난 것 같고, 우리 한번 머리에 땀나게 손을 섞어보지 않겠소?"

혁청우가 씩 웃었다.

저 이상한 도사에게 도추문도 깨지고, 위당조도 깨지기 직전까지 갔다고 했던가? 자기야 질 맘 없다고 했지만, 직접 보니 헛소리였던 게 확실한 것 같은데…….

흠! 오랜만에 몸 좀 풀어볼까? 사실 골치 아프게 말로 하는 것보다는 몸으로 부딪치는 게 훨씬 낫지, 암!

"좋소! 거 맘에 드는 도사님이로군. 우리 한번 신나게 뛰어 봅시다!"

한 시진이 지나서야 진용 일행은 백마성의 정문을 나섰다. 쉬었다 가지 그냥 가냐며 섭섭해하는 혁청우의 말에 할 일이 급하니 다음에 보자는 말만 남긴 채.

씨근덕거리는 정광을 억지로 끌고서.

"비겁한 도우 같으니라고. 도를 두 자루나 쓰다니."

"그대도 신발을 두 짝 다 들었잖아! 나도 그대 신발에 어깨를 맞았다고. 더럽게 말이야, 신발 들고 싸우는 도사가 어딨어! 이리 와! 불만있으면 다시 해보자고!"

진용은 뒤를 돌아다보았다. 혁청우가 눈을 부라리며 금방이라도 달려들 것처럼 소리를 지르고 있었다.

하지만 그것은 겉모습뿐이었다. 얼굴에는 승리의 만족감이 짙게 배어 있었다.

그리고 그 옆에선 위당조가 극구 말리고 있었다. 행여나 진용이 나설까 봐.

진용이 잔잔한 미소를 지으며 말했다.

"다음에 하시죠. 꼭 다시 찾아올 테니까요."

"다음에? 흠, 사실 고 천호장과도 한 수 겨루고 싶었는데."

위당조가 고개를 홱 돌려 혁청우를 바라보았다.

'아이고, 성주님! 제발 그놈의 성질 좀 참으시라니까요!'

위당조의 다급한 마음을 알 길 없는 혁청우는 여전히 아쉽다는 표정으로 고개를 끄덕였다.

"뭐, 조금 아쉽지만 어쩔 수 없지. 그럼 잘 가게나, 친구."

진용은 빙그레 웃음을 지었다.

흑도의 인물이라 해서 조금 꺼려지는 마음이 없잖아 있었는데, 꼭 그렇지만도 않은 것 같았다.

성질이 급해서 그렇지, 위선에 가득 찬 것보다는 나아 보였다.

'친구라……….'

뽀드득, 발밑에서 눈 밟히는 소리가 났다.

하얀 눈이 천지를 가득 덮고 있었다. 녹은 곳은 전보다 더 더러워 보였다.

눈이 더러운 것인가. 아니면 더러운 것이 눈에 묻어서 그런 것인가.

진용은 뒤돌아서며 고개만 돌렸다. 혁청우가 여전히 바라보고 있었다.

4

요마에 대한 흔적을 찾는 것은 어찌 보면 덤불에 떨어진 바늘을 찾는 격이었다. 그런데도 위지홍은 백마성을 떠나며 진용이 묻자 자신있게 말했다.

"당장 요마의 정확한 위치를 알 수는 없네. 그러나 본 성의 수하들이 그 꼬리를 계속 뒤따라가고 있으니 마음먹고 쫓는다면 그리 오래지 않아 대충의 위치 정도는 알 수 있게 될 것이네."

그 말에 가장 반색한 이는 팽가의 사람들이었다.

그들은 최대한 빠른 시간 안에 일을 마무리하고 싶었다. 그 길만이 한때 팽가의 꽃이었던 팽화령을 살려낼 수 있는 길이니까.

"예측 가능한 기간은 얼마나 걸리겠나?"

팽기한의 물음에 위지홍이 잠시 생각을 정리하고는 자신 있게 대답했다.

"빠르면 닷새, 늦으면 보름. 그 안에 요마를 찾아내지요."

백마성이 있는 낭아산을 내려와 빠르게 남하한 지 사흘, 일행은 산서성의 관문이라 할 수 있는 양천(陽泉)에 도착했다.

본래는 하남성 쪽으로 내려가려 했었다. 그러나 천제성의 추적자들이 남긴 표기가 갑자기 석가장에서 산서 쪽으로 꺾어지는 바람에, 그들도 표기를 따라 방향을 꺾지 않을 수 없었다.

그리고 그들은 그곳에서 첫 번째 소식을 들을 수 있었다.

양천에 도착하자마자 남긴 위지홍의 표기를 보고, 기다렸다는 듯 천제성의 수하 하나가 위지홍을 찾아온 것이다.

"비령단 산하 제오대주 낙안교가 삼가 이령주를 뵙습니다!"

"음, 현재 요마의 행적은 어디까지 밝혀져 있는가?"

위지홍의 물음에 낙안교는 힐끔 삼 장가량 떨어져 있는 진용 일행을 바라보았다.

"지분들은 신경 쓸 것 없다. 나하고 같이 움직일 분들이니까."

그제야 낙안교는 짧고 강하게 보고했다.

"어제까지 산서 태원으로 향하고 있었습니다, 령주!"

"태원? 그가 무엇 때문에 태원으로 갔지?"

그러다 무슨 생각이 들었는지 위지홍의 눈빛이 싸늘하게 굳어졌다.

"혈혈구마 중 다른 자들에 대해 들어온 정보는?"

"그를 비롯해 혈혈구마 중 적어도 셋이 태원에 접근하고 있는 것으로 파악되고 있습니다."

"그럼 요마까지 넷이 태원에? 대체 무엇 때문에 그들이 모여 있단 말이냐?"

"아직 확실히 알려진 것은 없으나, 십절검존 유 노사와 관련된 일이 아닌가 짐작하고 있습니다."

십절검존(十絶劍尊) 유태청! 십천존 중 가장 강하다는 삼태천(三太天)의 한 사람!

그 이름을 듣고 위지홍은 경악한 표정으로 다급히 물었다.

"십절검존께서 태원에 계시단 말이냐?"

"태원에서 그리 멀지 않은 천암산에 계시다는 정봅니다."

"천암산(千巖山)?"

강호인들은 잘 모르지만, 사실 혈혈구마가 도망치듯 강호를 떠난 이유가 바로 십절검존 유태청 때문이었다.

혈혈구마 중 둘째인 혈마가 멋모르고 죽인 자들 중 유태청의 아들이 끼어 있었다는 게 그들에게는 불행이었다. 아들이 죽은 사실에 분노한 유태청이 삼 년에 걸친 추적 끝에 혈혈구마 중 두 사람을 죽이고 두 사람에게 부상을 입혔던 것이다.

그 당시 유태청과 친구 사이인 천제성주 백리자천이 유태청을 돕기 위해 가동시킨 추적단에 위지홍도 끼어 있었다. 그렇기에 그 일을 위지홍만큼 잘 아는 사람도 드물었다.

그들은 천제성마저 나서자, 동료가 죽었음에도 공포에 질려 도망을 쳤었고, 그런 이후 이십 년 동안을 숨어 살아야만 했다.

그런데 다시 아홉이 되어 천혈교의 이름으로 나타났다. 그리고 이제는 유태청을 찾아다닌다.

그만큼 자신이 있다는 말이다. 자신들이 강해졌든, 아니면 유태청이 나이를 먹으며 약해졌든.

어쩌면 전자일 확률이 높았다. 팽여중을 비롯한 팽가의 무사들을 죽인 수법만 봐도.

어쨌든 그들이 지금 유태청을 향해 접근하고 있다는 가설은 충분히 가능한 일이다. 그리 생각하니 마음이 다급해졌다.

"현재 본 성의 사람 중 태원 쪽에 있는 사람은 얼마나 되느냐?"

"오령주와 칠령주가 구마의 뒤를 쫓고 있습니다."

"알았다. 우리도 곧바로 태원으로 갈 것이다. 전서를 태원 지부로 날려 돌아가는 상황을 정확히 파악해서 최대한 빠른 시간 안에 나에게 알리도록 전하라!"

"존명!"

위지홍은 일단 수하를 먼저 떠나보냈다. 그리고 마차로 다가오더니 앉을 생각도 하지 않고 마차 안에서 고개를 내밀고 있는 진용을 향해 말했다.

"즉시 출발해야 하겠네. 아무래도 놈들의 행동이 심상치 않아."

두 사람의 대화를 듣지 못할 사람은 없었다. 그런 만큼 궁금한 점도 적지 않았다. 특히 유태청의 이름에 팽기한은 노안을 가늘게 떨기조차 했다.

"십절검존이라고 했나?"

"가면서 말씀드리죠. 한시가 급할 것 같습니다."

가는 길에 위지홍은 돌아가는 상황을 간략하게 이야기했다. 하나 그것만으로도 팽기한과 팽가쌍호는 표정이 굳어버렸다.

천혈교에 대한 것도 그렇고, 천제성의 대대적인 움직임도 그렇고, 도대체가 강호의 움직임을 짐작할 수가 없다.

팽가가 모를 정도라면 천하에서 그 사실을 알고 있는 자가 얼마나 될 것인가.

위지홍의 이야기에 모두가 정신이 팔려 있을 때다. 진용이 조용히 물었다.

"십절검존 유태청과 천수무적 구양무경을 비교하면 얼마나 차이가 나는지 아십니까?"

뜻밖의 질문에 위지홍이 진용을 돌아보았다.

"흠, 뭐라 하기 곤란한 질문이군."

위지홍이 대답을 망설이자 팽기한이 입을 열었다.

"이십 년 전만 해도 천수무적은 십절검존에 비해 많이 떨어졌었지."

위지홍도 인정한다는 듯 고개를 끄덕였다. 진용이 다시 물었다.

"그럼 지금은 별 차이가 나지 않을 거라는 말처럼 들리는 군요."

"십절검존이 한계를 깨지 못했다면 그럴 것이네. 천수무적 구양무경이 거의 따라잡았을 테니까."

충분히 이해할 수 있는 말이었다. 정상을 남겨둔 채 벽에 부딪친 자와 쉼없이 올라간 자와의 차이는 그만큼 시간이 지날수록 점점 좁혀질 수밖에 없었을 테니까.

'결국 십절검존을 만나보면 구양무경의 무위를 짐작할 수

있단 말이군.'

'그자들이 저 팽가 늙은이보다 더 강하다는 거야?'

'아마, 훨씬 더.'

'……인간들은 도대체가 알 수가 없어. 어떻게 보면 한없이 나약하고, 어떻게 보면 웬만한 마족보다 강하고…….'

'나는 마족의 능력이 어디까지인지를 더 알 수가 없는데?'

'그거야 당연하지. 위대한 마족의 능력을 인간이 어떻게 알 수 있겠어?'

'그러니까 세르탄이 자세히 알려줘 봐. 일단 숨겨논 것부터 하나씩…….'

'싫어!'

내가 또 당할 줄 알고?

5

세 사람이 직경이 일 장에 이르는 거대한 탁자를 가운데 두고 품 자를 이루며 앉아 있었다.

적포가 걸쳐진 떡 벌어진 어깨가 여느 젊은이보다 강인해 보이고, 이마에 난 커다란 붉은 점이 어지간한 사람을 주눅 들게 할 만큼 괴이한 기운을 뿜어내는 노인.

백설처럼 하얀 비단옷의 가슴에 푸른 청송이 수놓아진 백염의 노인.

그리고 쪽빛 청의를 입고 앉은 모습이 마치 고요해진 호수처럼 잔잔하게 느껴지면서도, 눈 깊은 곳에선 꺼지지 않을 것 같은 불길이 머물러 있는 초로인.

단 세 사람이었지만, 한쪽 벽이 십 장에 달하는 거대한 대전이 꽉 찬 느낌이었다.

시녀로 보이는 미부가 발걸음도 조심스럽게 들어와 탁자에 찻잔을 내려놓고, 청색과 황색이 절묘하니 조화를 이룬 찻잔에 심신을 맑게 해주는 다향을 흘려내며 차를 따르고 나갈 때까지 세 사람으로 인한 침묵은 깨어질 줄을 몰랐다.

그러다 찻잔이 거의 다 비워질 즈음, 백색 비단옷의 노인이 질식할 것 같던 침묵을 깨고 입을 열었다.

"천제성이 은밀히 움직이고 있네."

"이유가 무엇인가? 고고한 척하던 그들이 은밀하게 움직이다니."

적포노인의 물음에 백색 비단옷의 노인이 두 사람을 번갈아 봤다.

"명목상으로는 혈혈구마를 쫓고 있는 것 같네."

"명목상이라……."

적포노인이 미간을 찌푸리자 백색 비단옷의 노인이 다시 말을 이었다.

"백리자천의 속을 누가 알겠나? 혈혈구마를 쫓는 게 정의를 위함인지, 아니면 억눌러 있던 야망을 펼치기 위함인지."

그때 청삼의 초로인이 말문을 열었다.

"그냥 보고 있을 것입니까?"

"그럴 수야 없지. 혈혈구마를 쫓는답시고 천하를 종횡할 게 분명한데, 그리되면 결국 우리는 구경꾼밖에 더 되겠나? 우리는 천하 정세를 주도하기 위해 모였지, 남의 활약을 구경하며 박수 치기 위해 모인 것이 아니지 않은가."

"하면, 어떤 계획이라도……?"

백색 비단옷의 노인이 차가운 웃음을 배어 물고 말했다.

"그들이 혈혈구마를 쫓는다면, 우리는 그들을 쫓는 것이네."

"예?"

"올라온 정보대로라면 혈혈구마는 예전의 혈혈구마가 아니야. 전보다 훨씬 강해졌고, 게다가 전처럼 독자적으로 움직이는 것이 아니라 배후가 있어."

적포노인의 눈빛이 번쩍였다.

"전보다 강해진 혈혈구마를 거느릴 만한 단체가 어디란 말인가?"

백색 비단옷의 노인이 기이한 눈빛을 흘리며 물었다.

"천혈교라고 들어봤는가?"

"천혈교?"

"군사의 말을 빌리자면, 아직 강호에 그리 알려지지는 않았지만 능히 본 맹의 한 곳과 비슷한 힘을 지녔다 하더군."

"그런……!"

청삼의 초로인이 가볍게 놀란 표정을 짓자 백색 비단옷의 노인이 희미하게 웃으며 말했다.

"그러니 우리는 그들의 뒤를 쫓으며 그들이 놓친 사냥감을 거둬들이는 것이야. 그럼 그들은 닭 쫓던 개 꼴이 되겠지."

"그거 재미있겠군!"

"결국 강호의 골칫거리, 혈혈구마를 제거한 공은 우리가 갖는다 그 말이군요."

"뿐만 아니라 그로 인해 천제성의 입지도 조금은 약해질 수가 있지. 거기에… 덤을 얻을 수 있다면 더 좋을 테고 말이야. 후후후……."

덤. 덤이라…….

무엇이 그리도 좋은지 적포노인의 눈에서도 불꽃이 피어났다.

"흠, 백리자천의 코를 납작하게 한다, 이 말이지? 좋아! 구양 맹주의 계획대로 하세."

결국 청삼의 초로인도 고개를 끄덕였다.

"저도 좋습니다. 한데, 누굴 보내실 생각이신지?"

그 말에 구양무경의 웃음이 더욱 짙어졌다. 그는 염마존 영호광과 일양마검 천인효의 눈을 하나하나 바라보고는 천천히 입을 열었다.

"그들을 시험해 볼 절호의 기회라 보네만……."

"그들? 설마……?"

청삼인과 적포노인의 표정이 딱딱하게 굳어졌다. 기대 반, 우려 반의 눈빛.

대체 구양무경이 말한 그들이 누구이기에 염마존과 일양마검의 눈빛이 저리도 복잡하게 변한단 말인가.

"너무 이르지 않은가?"

"너무 안에서만 키워선지 한계가 보이기 시작하네. 실전을 경험하기에 지금처럼 좋은 기회는 쉽게 오는 것이 아니야. 게다가 척천단이 그들의 뒤를 따를 것이네. 그러니 그들로 인해 벌어질지도 모르는 일은 그리 걱정하지 않아도 될 거야. 우선은 일대만 보내기로 하지."

"으음, 그렇다면야……. 좋네. 그렇게 하지."

영호광이 고개를 끄덕이자 구양무경은 천인효를 바라보았다.

"못 보낼 것도 없죠."

천인효마저 찬성하자 그제야 구양무경의 얼굴에 만족한 표정이 떠올랐다.

"그럼…… 무영천귀(無影天鬼)를 산서로 보냈겠네."

6

진용 일행이 태원부에 도착한 것은 이틀이 지나서였다.

위지홍은 태원부의 동문을 들어서자마자 비령단의 누군가가 남긴 표식을 근처 객잔의 기둥에서 찾아냈다. 그리고 일각이 지났을 즈음, 위지홍은 태원부 동쪽 거리에 있는 작고 조용한 장원으로 그들을 안내했다.

그들이 위지홍을 앞세우고 장원 안으로 들어갔을 때다. 남색 무복을 입은 무사 하나가 일행을 맞이했다. 그는 위지홍을 알아본 즉시 무릎을 꿇고 작지만 힘찬 목소리로 외쳤다.

"비령단 산하 제사대주 오공혁이 이령주를 뵙습니다!"

"놈들의 현재 위치는?"

"오늘 아침, 넷 모두가 천암산에 들어섰다는 보굽니다, 령주! 현재 오령주와 팔령주께서 수하들을 이끌고 그들을 쫓고 계십니다."

한 사람의 령주 휘하에는 열 명씩의 수하가 있다. 모두 일당백의 고수들이. 그러나 상대는 혈혈구마 중 넷, 그것도 과거보다 훨씬 강해진 것으로 추정되는 자들. 결코 수월한 상대가 아니다.

"다른 자들의 행방은 찾지 못했는가?"

"나머지 다섯은 섬서에서 모습을 보인 후에 행방이 묘연해졌다 합니다."

"으음……."

무슨 생각을 하는지 위지홍의 이마에 골이 파였다.

'대체 어떻게 된 거지? 그들의 행적을 놓쳤을 리는 없을 텐데?

그때 진용이 물었다.

"위지 대협, 그 다섯이 천암산으로 올 확률은 얼마나 된다고 보십니까?"

"그들이 인근에 나타났다면 비룡단의 눈에 뜨이지 않았을 리가 없네."

그 말에 잠시 생각을 가다듬은 진용이 다시 물었다.

"비룡단의 능력을 무시하는 것은 아닙니다만, 혈혈구마 중 넷의 행적이 한꺼번에 밝혀진 것에 이상한 점은 없었습니까?"

"이상한 점? 이상한 점이라……."

눈살을 찌푸린 위지홍이 고개를 갸웃거리며 말했다.

"이상한 점이라 하기는 뭐하네만, 사실 꽁꽁 숨어 있던 그들의 행적이 좀 쉽게 밝혀진 점은 없잖아 있다고 봐야겠지. 그 바람에 비령단이 정신없이 바빠졌……."

갑자기 뇌리를 스치는 생각에 위지홍이 눈을 부릅떴다. 그러자 진용이 물었다.

"만일 아홉이 모두 천암산에 모인다면, 현재 천암산에 있는 전력만으로 그들을 감당할 수 있겠습니까?"

위지홍의 표정이 딱딱하니 굳었다.

"설마…… 자네 말은?"

"갑자기 행적이 밝혀진 자들이 넷, 나머지 다섯은 그 행적조차 놓쳐서 찾지 못하고 있습니다. 강남에 있는지 북해에 있는지. 그런데 보란 듯이 행적을 드러낸 넷이 한군데로 모이고 있습니다. 무슨 뜻일까요? 단순히 십절검존을 죽이기 위해서일까요? 쫓기는 상황임을 알고 있을 텐데도 무리수를 둘 정도로 그들이 그렇게 멍청할까요?"

진용이 위지홍의 부릅뜬 눈을 직시했다.

"그들 뒤에는 암중 세력인 천혈교가 있다고 했지요? 위지 대협께선 그 점을 잊어서는 안 될 것입니다."

천혈교의 힘이 혈혈구마를 아우를 정도로 강한 이상 그들이 천제성의 움직임을 모르고 있지는 않을 터였다.

정광이 진용의 말을 간단하게 정리했다.

"당랑포선 황작재후(螳螂布扇 黃雀在後)라 그 말이군."

버마재비는 매미를 노리고, 참새는 버마재비를 노린다. 그러면서도 자신을 노리고 있는 사냥꾼은 생각도 하지 않는다.

사람들은 그 말을 그렇게 자주 들으면서도 언제나 남의 일 같이만 생각한다. 언제든 자신의 뒤를 노리는 누군가가 있을지도 모르는데. 하긴 오죽하면 장자(長子)조차도 그 상황에 닥치고 나서야 자신의 우매함을 깨달을 수 있었겠는가.

위지홍도 그제야 진용의 말을 완전히 알아들었다. 자신이 왜 그 생각을 하지 못했는지 어이가 없을 지경이었다.

하지만 그가 미처 생각을 하지 못한 것이 있었다. 사람은 누구나 거울에 비추어 보기 전에는 자신의 등에 무엇이 묻어 있는지 알기가 쉽지 않다는 것을.

"자네는…… 혈혈구마가 모두 천암산에 모였을 거라 생각하는군."

"그렇든 그렇지 않든, 조심해서 나쁠 것은 없겠지요."

그렇다. 조심해서 나쁠 것은 없다. 상대는 혈혈구마. 그것도 진보다 훨씬 강해진 것으로 추정되는 자들이 아니던가.

위지홍은 팽기한을 바라보았다.

"서둘러야겠습니다. 일단 간단하게 요기를 하고 바로 떠날까 합니다만."

"그리하는 게 좋겠군."

두충은 태원부에 남겨두기로 했다.

마다 할 두충이 아니었다. 한겨울에 눈 덮인 산을 오른다는 것은 생각만 해도 두 다리가 후들거리는 그였다. 마다하기는커녕 감지덕지할 일이었다.

두충을 남기고 여섯 명은 간단하게 식사를 마치자마자 오공혁의 안내를 받으며 천암산으로 향했다.

第四章

천암산(天岩山) 혈전(血戰)

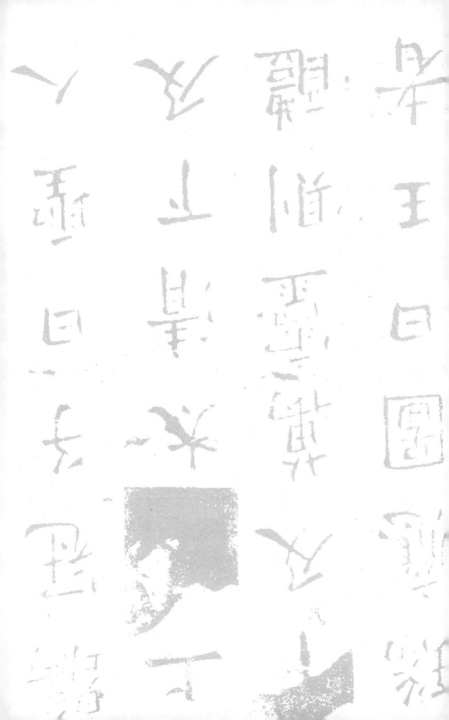

1

　태원부 남문을 나서 서남방으로 백여 리를 달리자, 흰 모자를 깊게 눌러쓴 천암산이 웅장한 모습을 드러냈다.

　동서로 오십 리, 남북으로 삼십 리, 마치 거룡이 누워 있는 것처럼 보이는 천암산은 짙은 구름 아래 정적만이 맴돌고 있었다.

　잠시 후, 진용 일행은 오공혁의 안내로 비룡단이 기다리고 있다는 장소에 도착했다.

　하지만 그곳에서 그들을 기다리고 있는 것은 사방에 흩뿌려진 붉은 핏물뿐이었다.

　격전이 벌어졌음을 말해주는 수많은 발자국. 그리고 그로 인해 흐트러져 있는 눈. 여기저기 핏물에 녹은 눈이 선홍빛을 발하고 있다. 아직 얼지 않은 것으로 봐서는 그리 오래된 것 같지는 않았다.

오공혁이 재빨리 핏물을 살펴보고는 위지홍에게 말했다.

"한 시진 정도 된 것 같습니다, 령주."

"비령단의 사람들도 모두 안으로 들어갔나?"

"그게 이상합니다. 몇 사람은 남아 있어야 정상인데……."

위지홍이 점점이 이어진 핏자국을 바라보며 지그시 이를 깨물었다.

누구의 피인지는 모른다. 분명한 것은 누군가가 상처를 입었다는 것. 그를 찾으면 보다 정확한 상황을 알 수 있을 것이다.

"앞장서라! 핏자국을 따라간다!"

핏자국은 안으로 들어갈수록 더 짙어졌다.

그러다 이십여 장을 들어가자 여기저기 덩어리져 뭉쳐 있는 핏덩이마저 보이기 시작했다. 그리고 팔꿈치 부위에서 잘린 듯 보이는 팔 하나가 소나무 둥치 아래 아무렇게나 처박혀 있는 것이 보였다.

이제는 사방 어디에도 피가 튀지 않은 곳이 없었다.

그러다 보니 모든 것이 불분명하다. 얼마나 많은 사람이 다쳤는지, 대체 누가 쫓기고 있는 것인지.

일단은 방향을 좌측으로 비스듬히 꺾어 흔적이 가장 확실한 쪽을 따라가기로 했다.

첫 번째 시신을 발견한 곳은 팔뚝을 발견한 곳에서 십여 장을 더 들어간 곳에서였다.

허리가 부러진 떡갈나무 아래, 후두부가 함몰된 채 거꾸러져 있는 자가 보였다.

삼십 초반으로 보이는 무사였다. 그는 팔 하나가 팔꿈치 아래로 잘려 있었는데, 아마도 조금 전에 본 팔뚝의 주인인 듯했다.

아는 자인 듯, 앞서 가던 오공혁이 놀란 눈을 크게 뜨고 말했다.

"비령단 이대주 휘하에 있는 사경삼이란 잡니다, 이령주!"

숨이 끊어진 지 상당한 시간이 경과한 듯 보인다. 그럼에도 경악으로 일그러진 얼굴에는 매우 다급한 표정이 그대로 남아 있었다.

일행은 그를 반드시 눕혀놓았다. 그러나 묻어주지는 못하고 안쪽으로 걸음을 옮겨야 했다. 시간이 너무 촉박했다.

그렇게 다급히 걸음을 옮기던 중, 십오륙 장 떨어진 곳에서 진용이 곧바로 몇 구의 시신을 더 발견했다.

"이런······!"

진용의 미간이 가늘게 좁혀졌다.

목에 구멍이 뚫린 사람, 강한 충격에 눈알이 튀어나온 사람, 그리고 얼굴에서 가슴까지 길게 베인 채 죽어 있는 사람.

목에 구멍이 난 시신을 본 진용은 얼마 전에 보았던 광경이 떠올랐다. 팽가의 마차에 있던 여인의 시신.

"요마⋯⋯?"

진용의 입에서 흘러나온 말에 위지홍이 다가오더니 고개를 끄덕였다.

"요마의 요공마지(妖功魔指)인 것 같네."

오공혁이 즉시 시신의 신분을 밝혔다.

"이자들 역시 이대주 휘하에 있던 자입니다, 령주!"

위지홍의 눈이 더욱더 차갑게 변했다. 그러면 비령단의 이대가 괴멸당했다는 말과 다름이 아니다. 게다가 연락 임무를 맡은 자가 쫓기다 죽었다는 것이 뜻하는 바는 단 하나.

─고리가 끊겼다. 그리고 사냥감에게 사냥꾼이 쫓기고 있다.

"자네 말이 맞을지 모른다는 생각이 드는군."

진용은 위지홍의 말에 깊어진 눈으로 숲 속을 바라보았다.

산 곳곳에서 끈적끈적한 기운이 감지된다. 얼마나 더 많은 사람이 시신이 되어 기다리고 있을지 그것은 아무도 알 수 없었다.

'생각보다 더 많은 사람이 죽었다고 봐야겠군.'

그때였다! 바람 소리에 비명이 섞여 메아리친다.

"으아아⋯⋯."

소리가 너무 작아 바람 소리로 착각할 정도다. 문제는 비명이 터진 위치를 알 수가 없다는 것.

더 이상 머뭇거릴 여유가 없었다. 진용이 한 걸음 나섰다.

"제가 앞장서겠습니다."

"자네가?"

"위지 대협도 아시다시피 저에겐 남다른 재주가 하나 있지요."

"그렇군. 그럼 자네가 앞장서 주게."

진용이 앞장서자 정광이 재빨리 그 뒤를 따랐다, 크게 겁날 것은 없지만 그래도 진용의 곁이 제일 안전할 것 같다는 생각에.

그렇게 정광이 진용을 바짝 뒤따르자 위지홍과 오공혁이 움직이고, 그들 뒤로 팽기한과 팽호중, 팽무중이 뒤따랐다.

진용은 발목까지 빠지는 눈길을 가볍게 미끄러졌다.

그러다 정광과의 거리가 이 장가량 떨어지자 속삭이듯이 입을 열었다.

"실피나."

앞에 서 있던 소나무에서 눈이 쏟아져 내리고 잔설이 흩날리는 가운데 실피나가 모습을 나타냈다. 실피나가 졸음이 가득한 눈으로 진용을 바라보며 물었다.

―나 불렀어?

당연히 불렀으니까 나온 것 아냐?!

진용은 한마디 해주고 싶은 것을 꾹 참고 눈짓으로 앞을 가리켰다.

"실피나, 저 앞쪽 산속에 사람이 있는지 한번 살펴봐, 최대한 빨리."

─알았어. 그것만 하면 돼?

"일.단.은!"

적으로 추정되는 자들의 기운이 근처에서 느껴지지 않는다. 비록 여기저기 미세한 흔적이 남아 있기는 하지만 그 흔적을 토대로 적을 쫓기에는 시간이 너무 없는 상황.

실피나라면 충분히 빠른 시간 안에 산속의 상황을 살펴볼 수 있을 터였다.

실피나가 바람이 되어 사라지자 진용은 세르탄을 불렀다.

'세르탄, 혹시 내가 느끼지 못하고 깜박 놓친 기운이 느껴지면 말해.'

'캬캬캬, 걱정 마! 아무렴 내가 저 덜떨어진 실피나만 못하겠어?'

뒤통수에서 살짝 열이 오른다. 그러자 주위의 기운이 조금 전보다 훨씬 더 민감하게 느껴졌다. 기이한 느낌. 진용은 고개를 갸웃거리며 세르탄에게 물었다.

'세르탄, 혹시 나 몰래 뭐 숨기는 거 없어?'

'어? ……뭘? 그런 게 어딨… 어?'

어째 말투가 수상하다. 분명 자신이 모르는 뭔가가 있는 것 같다. 최근에 와서 말수도 적어진데다, 가끔씩 웃는 것 같은 느낌이 들 때마다 뒤통수에 열이 솟는 것이 분명 전과는 다른 느낌이 든다.

아무래도 세르탄에 대해 신경을 더 써야 할 것만 같다, 이 엉뚱한 말썽꾸러기가 언제 무슨 짓을 할지 모르니까.

'뭐 없다니까 일단은 믿겠는데, 혹시 숨기는 것 있으면 알아서 해.'

'어… 진짜 없어……'

진용이 혼자 고개를 흔들고, 중얼거리고, 눈을 번뜩이자, 뒤따라가던 정광이 넌지시 물었다.

"왜? 뭐가 느껴지는가?"

"별거 아닙니다. 만일 어떤 멍청한 작자고 간에 엉뚱한 짓을 하면 가만두지 않겠다는 각오를 다졌을 뿐입니다."

"응? 그게 뭔 말인가? 혈혈구마 말인가?"

"그런 게 있습니다. 나중에 말씀드리죠."

뒤통수가 화끈거린다. 제풀에 놀란다더니, 역시 뭔가가 있는 듯하다.

진짜 수상해…….

진용이 앞장서서 빠르게 전진하자 사람들은 아무런 말도 하지 않고 뒤를 따랐다.

그들은 진용이 뭔가를 느끼고 움직인다 생각했다. 그럴 수밖에 없었다. 빠르게 나아가면서도 멈칫거림이 없는 발걸음이 워낙 자신에 차 있지를 않은가.

게다가 바람 소리와 섞여 잘 들리진 않지만 싸우는 소리가 점점 더 잦게 들리는 판이다. 그들은 다급한 마음에 다른 생각을 할 겨를이 없었다.

그렇게 빠르게 움직인 덕분에 일행은 반 각도 지나지 않아 능선 위에 도착했다.

휘이이잉! 챙!

"아악!"

바람 소리에 섞인 메아리가 좀 더 크게 들린다.

하나 그뿐이다. 방향을 종잡기가 쉽지 않다. 적어도 메아리가 몇 번은 반사된 듯하다.

진용은 능선 위에 도착해서야 걸음을 멈추고는 사방을 살펴보았다. 그때, 몸속에서 익숙한 기운이 움직이는 것이 느껴졌다.

'실피나가 돌아오는가 보군.'

아니나 다를까, 실피나가 저만치서 날아오는 모습이 보였다.

─주인아! 주인아!

뭘 봤는지 잔뜩 흥분한 얼굴이다.

진용은 왜 그런 얼굴인지 물어보고 싶었지만, 바로 뒤따라온 정광으로 인해 입을 열 수가 없었다. 하지만 한시가 급한 상황.

'이거 미친놈 취급을 당하는 한이 있더라도 실피나에게 말을 걸어야 하나?

잠깐 망설일 때였다. 그때 문득 스치는 생각!

진용의 눈빛이 반짝였다.

'그래, 전음! 그런데… 될까? 되면 좋은데……. 좋아, 까짓것 한번 해보지 뭐.'

진용은 천천히 전음으로 실피나를 불러봤다.

"실.피.나."

—…….

대답이 없다.

'음, 역시 안 되나?'

진용은 실망한 표정으로 실피나를 바라보았다.

'전음으로 부를 수만 있으면 진짜 좋을 텐데…….'

한데 그때다. 멍하니 있던 실피나가 갑자기 귀를 가느다란 새끼손가락으로 쑤시며 주위를 두리번거린다.

'어? 저거 혹시?'

"실피나, 내 말 들려?"

다시 전음을 펼쳐 실피나를 불러봤다. 그제야 실피나가 연녹색의 커다란 눈으로 진용을 바라보았다. 그러더니 귀를 쑤시던 손가락을 빼고는 방정을 떨며 웃어댔다.

—어머나, 어머나! 좀 전에 주인이 부른 거야? 오호호호! 신기해. 깜짝 놀랐잖아. 귓속에서 누가 부르기에 나는 내가 제정신이 아닌 줄 알았잖아.

'틀린 생각은 아니지 뭐……. 하여간 방정맞기는…….'

어쨌든 대단한 수확을 얻었다. 이제는 남의 눈치 안 보고 부를 수 있지 않은가 말이다.

"실피나, 뭘 보고 왔는지 말해봐."

그러자 다시 실피나의 얼굴에 흥분된 기색이 떠올랐다.

―인간들이 여기저기 많이 죽어 있는데, 지금도 신나게 싸우고 있어.

사람들이 싸우고 있다는데 왜 저런 표정이지? 그리고 뭐라고? 신나게 싸워?

의문이 일었지만 우선은 급한 질문이 먼저였다.

"여기서 얼마나 되는데?"

―작은 산 세 개는 넘어야 돼.

"세 개? 좋아, 실피나, 가자!"

―또…… 가? ……귀찮은데.

"귀찮기는! 그동안 푹 쉬었으면서 뭐가 귀찮아!"

―알았어. 가지 뭐. 그런데…… 거기가면 나도 싸우게 해줘야 돼?

뭐? 저도 싸운다고?

진용은 어이가 없어 세르탄에게 물었다.

'세르탄, 정령들도 싸워?'

세르탄이 별소리 다 들어본다는 투로 말했다.

'당연하지.'

당연하단다, 정령이 싸운다는 게. 정령이라는 것이 단순히 정의 결정체로만 알고 있었던 진용으로선 어이가 없는 대답이었다.

'설마…… 머리카락 잡아당기며 싸우지는 않겠지? 바람으로 날려 버리나? 어? 그건 말이 되네?'

진에 본 것처럼 나무의 뿌리를 뽑을 정도의 바람이라면 충분히 그럴 수 있을 듯했다. 그때 세르탄이 득의에 찬 웃음을 터뜨리며 재빨리 끼어들었다.

'시르, 여태 그것도 몰랐어? 쿠하하하! 그럼 이 위대한 마계의 대전사 세르탄님이 가르쳐 주지!'

완전 신이 났다. 그러면서 마치 큰 인심이나 쓰는 것처럼 정령을 이용해 전투 하는 법을 말하기 시작했다.

'…그러니까 시르가 아는 마법 중에서 바람에 관계된 마법을 구동시키면 실피나가 그에 맞게 움직이는 거야. 쉽게 말해서 시르의 기를 이용해서 실피나가 시르 대신 싸우는 거지. 그것도 귀찮으면 실피나가 능력껏 마음대로 싸우게 놔두던가. 간단해.'

생각해 보니 그도 그렇다. 정말 간단하다, 그렇게 간단한 것을 대단한 것처럼 말하는 세르탄의 말투가 오히려 우습게 들릴 정도로.

'난 또……. 세르탄이 하도 거창하게 말해서 대단한 건 줄 알았더니, 별것도 아니네 뭐.'

진용은 일단 세르탄의 가르침을 사정없이 깎아내렸다. 치켜세워 줘봐야 좋을 일 하나도 없으니까.

그러고는 세르탄이 반박할 틈도 없이 실피나를 향해 말했다.

"실피나! 천천히 앞장서 봐."

─어, 알았어. 근데 주인아, 힘들면 내가 들고 갈까?

그 말에 잠시 어리둥절하던 진용의 두 눈이 점차 크게 뜨였다.

뭘? 설마 나를?

진용의 머릿속이 빠르게 돌아갔다.

들고 간다고? 그럼 보는 눈만 없으면 힘들게 경공을 펼치지 않아도 된다는 소리잖아?! 그런데 내가 짐이냐, 들고 가게? 뭐 안고 간다면야…….

'우흐흐……. 그러고 보니 실피나가 누구보다 쓸모가 많네. 이제야 그걸 알다니…….'

그 말에 세르탄이 즉시 반응을 보였다.

'누구? 시르, 설마……?'

'왜? 솔직히 말해서, 엉큼하게 속에다 뭘 숨기고 다니는 말썽꾸러기보다야 예쁜 실피나가 훨씬 낫지 뭐. 세르탄이 다 털어놓는다면 몰라도.'

계속 대들지 않는 것이 아직은 털어놓을 생각이 없는가 보다. 그럴수록 뭔가를 숨기고 있다는 것이 확실하다는 생각이 드는 진용이었다.

진용은 속으로 씩 웃으며 실피나에게 말했다.

"그냥 가. 내가 뒤따라갈 테니까."

—응.

알았다는 듯 실피나가 바람을 살랑이며 둥실 떠오른다.

그제야 진용은 뒤를 돌아다보았다. 잠깐 사이, 뒤처졌던 사람들도 모두 바짝 다가와 있었다.

그들이 뚫어지게 바라본다, 기대감을 가지고. 자신이 심각한 표정을 지었다 갑자기 눈을 빛내고, 그러다 씩 웃으며 허공을 바라보니, 마치 뭘 알아낸 것처럼 보였는가 보다.

진용은 아무렇지도 않게 입을 열었다.

"일단 방향을 잡았습니다. 능선을 세 개 정도 넘어야 할 것 같습니다. 가시죠!"

가볍게 발을 굴러 일 보에 오 장을 미끄러져 가던 진용은 이상한 느낌에 뒤를 돌아보았다.

사람들이 따라올 생각을 않고 자신을 바라만 보고 있었다. 그나마 정광만이 일 장여 뒤에서 따라오고 있을 뿐.

"안 가실 겁니까?"

그제야 위지홍과 오공혁을 비롯해 팽가의 사람들이 어정쩡한 표정으로 뒤따라오기 시작했다.

"아! 가세. 한데…… 능선 세 개를 넘어야 한다고 했나?"

위지홍이 묻자 진용은 대수롭지 않다는 듯 대답했다.

"예."

그러자 이번에는 팽기한이 기이한 탄성을 흘렸다.

"세상에…… 그런 이유가 있었군."

"예?"

"자네의 기감이 남다르다고 위지홍이 말했을 때만 해도 그저 그러려니 했는데, 정말 대단하군. 능선 세 개 너머의 기까지 알아내다니 말이네."

그거였나? 자신을 놀란 눈으로 쳐다본 이유가?

이런! 그러고 보니 생각지 않게 너무 자신을 드러낸 것 같다. 사실이 그렇든 그렇지 않든 이들은 그것을 자신만의 능력으로 알 것이 아닌가 말이다.

험한 세상을 살아가기 위해서는 삼 푼을 감추어도 모자라거늘.

"제가 좀 천성적으로 기에 민감한 편이죠. 그 때문에 위지대협과 함께 손을 잡기로 한 것이고요. 그건 그렇고 빨리 가시죠, 상황이 더 급해지기 전에."

능선을 하나 넘을 때까지는 아무것도 발견할 수 없었다. 그러나 기와 기가 부딪치고, 병기가 부딪치며 울리는 소리는 점점 또렷해지고 있었다. 그만큼 전장이 가까워지고 있다는 뜻.

사람들의 발걸음이 급박해졌다. 그들은 모두가 강호에서 내로라하는 고수들. 울리는 소리만 듣고도 그 험악함을 짐작한 것이다.

일 보에 사오 장을 미끄러지며 바람처럼 달려가던 그들이 그렇게 두 번째 능선에 올랐을 때다.

그들의 발걸음이 누가 멈추라 하지 않았는데도 일제히 멈췄다.

"헛!"

누군가가 급히 숨을 들이켰다. 뒤이어 악 다물린 오공혁의 입에서 신음 소리가 흘러나왔다.

"으음……. 령주! 저들은……."

완만한 내리막길이 붉게 물들어 있다.

사방에 널린 시신들, 그들의 몸에서 쏟아진 피가 백설의 산능선을 벌겋게 바꾸어놓았다.

언뜻 봐도 십여 구에 달하는 시신들. 오공혁이 그들을 알아보았다. 그리고 위지홍도 그들 중 몇을 알아보고는 이를 갈았다.

비령단의 무사들은 물론이고, 오령주와 팔령주의 수하들 시신도 몇이 보인다.

"이놈들이……!"

어떤 시신은 깨끗하게 두 조각이 나 있었고, 어떤 시신은 복부가 처참하게 찢어져 있었다. 그리고 머리가 으깨진 시신도 두 구나 되었다.

그들을 바라보던 위지홍이 고개를 들어 건너편 산능선을

바라보았다. 그의 눈에선 천암산의 차가운 겨울바람보다 더욱 차가워진 눈빛이 쏟아지고 있었다.

이제 자신도 확연히 느껴진다. 저곳에 그들이 있다.

2

천제팔성 중 다섯째, 은환신도(隱幻神刀) 척은수는 자신의 눈앞에서 벌어지는 일을 믿을 수가 없었다.

자신이 직접 키우다시피 한 수하들이 혈혈구마 중 하나인 잔혈마에게 벌써 둘이나 죽었다. 십여 년간 생사고락을 함께한 친동생 같은 그들이.

그런데도 자신이 할 수 있는 일이 없다. 자신 역시도 두 명을 상대하지 못해 쩔쩔매고 있는 상황인 것이다.

혈혈구마, 강하다는 말은 들었다. 그러나 올라온 정보를 분석해 본 결과 자신의 아래라 판단했다. 그러기에 자신 또한 있었다.

더구나 천제팔성 중 셋이 나선 데다 수하들마저 데려왔다. 거기다 둘째 형인 위지홍마저 곧 올지 모른다. 그러니 이곳 천암산에 놈들을 묻을 수 있을 거라 확신했었다.

그러나 아니었다. 놈들을 죽이기는커녕 이십여 초 만에 둘이 죽고 자신은 내상을 입고 말았다.

그뿐이 아니다. 시간이 지날수록 상황은 나아질 줄을 모른다. 아직까지 버티고 있는 수하들도 언제 쓰러질지 모르는 상황.

더 우습지도 않은 것은 이곳에 있는 세 사람은 이십 년 전의 혈혈구마가 아닌, 이십 년 전에 죽은 자들의 후인이라는 것이다.

멋모르고 계곡 물에 뛰어들었다가 튀어나온 돌에 코를 처박은 꼴이 되어버렸다.

'젠장!'

그는 가슴으로 밀고 들어오는 쌍혈검마의 기형검을 자신의 도로 감아내 옆으로 흘리며 재빨리 뒤로 세 걸음을 물러섰다.

그러자 혈귀마가 핏빛으로 물든 귀혼조를 내리 찍는다.

쐐애애!

모골이 송연하게 호곡성을 울리며 떨어져 내리는 귀혼조!

척은수는 혼신의 내력을 끌어올려 우수에 집중했다.

시퍼런 도강이 서린 애병 은환도가 살기를 뿜어내며 울어댄다.

'지금 상태에서 둘을 한꺼번에 상대하기에는 무리다. 일단 하나를 먼저 벤다!'

살을 주고 뼈를 자른다!

일 수유의 순간에 마음을 결정한 척은수는 귀혼조의 갈라진 혈조 사이로 시퍼런 강기가 서린 은환도를 힘껏 밀어 넣었다.

까가강!

시뻘건 핏빛 귀혼조의 방향이 틀어진다.

찰나간에 미세한 틈이 벌어졌다!

'좋아! 지금이다!'

척은수는 은환도를 비틀며 귀혼조를 오른쪽 어깨 위로 흘려보냈다. 그리고 번개처럼 은환십팔도 중 은환단참룡(隱幻斷斬龍)을 펼쳤다.

일도양단의 기세!

도첨에서 일어난 반 자가량의 도강이 그대로 혈귀마를 갈라 버릴 듯 쏘아져 갔다.

일순간, 기회만 노리던 쌍혈검마가 자신의 기형검을 앞세우고 척은수를 향해 날아들었다.

끝이 둘로 갈라진 기형검이 독사의 독아처럼 옆구리로 다가온다. 새파란 검강을 대동한 채.

척은수는 날아드는 기형검을 향해 비어 있는 왼손을 내밀어 일장을 쳐냈다. 동시에 이를 악 다물고 혈귀마를 향한 도격에 혼신의 힘을 더했다.

생각지도 못한 강수!

혈귀마의 안색이 해쓱하니 질려 버렸다.

척은수가 쌍혈검마의 검을 피할 거라 생각하고는, 피하면 단숨에 척은수의 가슴에 귀혼조를 틀어박을 생각이었다. 그런데 척은수가 손해를 각오하고 공격을 멈추지 않자 오히려 허점이 생겨 버린 것이다.

"이런! 지독한 놈!"

쩌정! 까가강!

황급히 귀혼조를 휘둘러 척은수의 도강을 막아가는 혈귀마!

하지만 이미 때가 늦어버렸다. 간발의 차이로 은환도의 도강이 가슴을 긋고 지나간 것이다.

"크윽!"

"커억!"

동시에 터져 나온 두 마디 신음!

혈귀마의 길게 갈라진 가슴에서 피가 튀었다. 그리 깊지는 않지만 그렇다고 작은 상처도 아니다. 허연 갈비뼈가 언뜻 보일 정도다.

척은수는 혈귀마의 가슴에 일격을 가하고는 걸레처럼 찢겨진 왼손을 수습할 틈도 없이 몸을 날렸다.

그러자 쌍혈검마가 노한 표정으로 또다시 덮쳐들었다, 단숨에 척은수의 가슴을 꿰뚫어 버리겠다는 듯이.

"찢어 죽일 놈!"

하지만 그 순간! 그는 모골이 송연한 느낌에 공격을 멈추고 황급히 몸을 돌려야만 했다.

무언가가 쏘아진 살처럼 빠르게 다가오고 있다!

자신을 향해, 엄청난 기세를 담고서!

"웬 놈이냐?"

보이지는 않는다. 그러나 느껴진다. 어느새 일 장 앞이다!

쌍혈검마는 자신의 기형검을 들어 코앞에 닥친 기운을 그대로 후려쳐 버렸다.

쾅!

날아오던 기운과 쌍혈검마의 기운이 폭발하듯이 터져 나간다.

그 충격에 주르륵, 세 걸음을 물러선 쌍혈검마는 눈을 부릅뜨고 전방을 주시했다.

몇 사람이 빠르게 날아오고 있었다. 적어도 이십 장의 거리. 그런데 자신을 향해 날아온 무형의 기운은 그들 중의 누군가가 날린 것이 분명했다.

'뭐야? 저 거리에서 그토록 강한 공격을 했단 말인가?!'

진용은 실피나를 이용해서 시험 삼아 바람의 마법을 써봤다.

매직 에로우, 일명 바람의 화살.

생각보다 대단한 위력이다. 게다가 누군가의 가슴에 검을 꽂으려던 자가 그 일격에 눈을 부릅뜨고 물러섰다.

'흠, 괜찮은데? 무영시라고 이름을 붙일까?'

자신의 일격에 상대가 눈을 부릅뜨자 실피나도 신이 나서는 방정맞게 웃으며 떠들었다.

―오호호호! 와! 저걸 막다니. 역시 굉장한 인간이야! 주인
아! 다른 것도 해볼까?

"실피나, 조금만 참아. 엉뚱한 사람이 다칠 수도 있으니
까."

다른 사람들은 아직 무슨 일이 있었는지조차 모르고 있다.
더구나 아직 누기 누군지도 모르는 상황.

어쨌든 그 짧은 시간에 상황은 완전히 뒤집어졌다.

두어 번 숨 쉴 시간도 지나지 않아 싸움터의 한가운데로 뛰
어든 일행은 누가 뭐라 할 것도 없이 각자의 상대를 찾아 움
직였다.

제일 먼저 움직인 사람은 당연히 위지홍이었다.

척은수를 바라본 위지홍의 눈에서는 줄기줄기 새파란 한
기가 흘러나오고 있었다.

의형제의 왼손이 뭉개져 있다. 앞으로 다시 쓸 수 있을까
의심스러울 정도다. 게다가 지금까지 오면서 보았던 시신들
과 눈앞에 주검으로 변해 있는 두 사람까지, 모두가 한솥밥을
먹던 수하이자 동료들이 아닌가 말이다.

"감히!"

그는 빠르게 걸음을 옮기며 허리로 손을 가져갔다.

스으으……

허리에 걸쳐져 있던 시커먼 요대 속에서 위지홍의 손길을

따라 시커먼 검신이 모습을 드러냈다. 그를 흑성묵검이라 불리게 만든 애검, 묵혼이었다.

"네놈들 따위가 본성의 형제들을 죽이다니! 용서치 않겠다!"

마지막 말이 떨어짐과 동시 위지홍의 신형이 빗살처럼 움직였다.

육안으로 보이지도 않을 정도의 빗살 같은 묵광을 동반한 채!

거의 동시 팽기한도 움직였다. 그는 등 뒤의 도를 빼 들고는 천제성의 무사 세 명을 혼자서 몰아치고 있던 쌍혈검마에게 다가갔다. 그리고는 커다란 도를 허공으로 치켜들고 무식하게 내리그었다.

번쩍!

시퍼런 번개가 천암산의 허공을 가르며 떨어져 내렸다.

콰앙!

"흐읍!"

쌍혈검마가 멋도 모르고 정면으로 부딪쳐 갔다. 그러다 일도에 속이 진탕됨을 느끼고는 뒤로 주춤 물러섰다.

"웬 놈이냐?"

대답 대신 시퍼런 벼락이 팽기한의 도에서 뿜어져 나왔다.

"벽력도?!"

그제야 팽기한의 정체를 알아챈 쌍혈검마의 얼굴이 창백

하니 질렸다. 하지만 물러선다고 해서 가만 놔둘 팽기한이 아니었다.

쩌저저적!!

벼락을 뿜어낸 벽력도가 가공할 파공음을 내며 쌍혈검마의 허리를 쪼개갔다.

한편, 정광도 벌어진 가슴에서 피가 뭉클거리며 흘러나오고 있는 혈귀마를 향해 털레털레 걸어갔다.

부상당한 적을 상대해야 한다는 것이 그리 마음에 들지는 않았지만, 그의 평소 신조가 그로 하여금 구경만 하게 허락하지 않았다.

—싸움판에는 끼어들어야 제 맛이다!

—죄진 놈은 맞아도 싸다!

그런 정광의 손에는 어느새 쇠 신발이 들려 있었다. 비록 부상을 당했다지만 상대는 그 무섭다는 혈혈구마가 아니던가.

"맞으면 조금 아플 거요. 그런데 당신 이름은 뭐요?"

어이가 없는지 혈귀마가 가슴의 고통을 참으며 말했다.

"미친…… 놈!"

"그랬군. 어쩐지……. 미친놈이나 되니까 한겨울에 이 지랄을 떨지! 에라이, 뒈져라!"

거의 마지막 말을 고함처럼 내지른 정광은 미친놈처럼 혈귀마를 향해 달려들었다.

그제야 정광의 말에 잠시 혼란을 일으킨 듯, 멍하니 서 있던 혈귀마도 눈에 쌍심지를 켜고 정광을 향해 귀혼조를 휘둘렀다.

"내 생전에 신발 들고 설치는 놈은 또 처음이다, 이 미친놈아!"

결국 둘 다 미친놈이 되어서 서로를 향해 달려들었다. 비장한 표정으로!

—네가 죽어야 내가 산다!

진용은 끼어들 틈도 없었다.

대신 빠르게 상황을 살펴보았다. 다행히도 싸움은 유리하게 전개되고 있었다. 세 사람 중에서는 정광이 조금 약하게 느껴지지만, 혈귀마가 심한 부상을 입었으니 제압하기는 그리 어렵지 않을 듯했다.

거기다 부상자들을 손보고 있는 오공혁을 빼고도, 언제든 뛰어들 태세를 갖추고 있는 팽가의 고수가 둘이다.

여유를 가진 진용은 고개를 돌려 조금 전부터 자꾸 신경을 끌어당기는 숲 속 더 깊은 안쪽을 바라보았다.

숲 너머에는 계곡이 시작되고 있었다. 계곡의 양쪽은 깎아지른 듯한 절벽으로 높이만도 백 장에 이를 정도로 까마득했다.

한데 바로 그 계곡 안에서 진용의 솜털을 곤두서게 하는 기운이 뿜어져 나오고 있었다.

'저기가 십절검존이 있다는 곳인가?'

혈혈구마가 모두 왔다면 분명 저 안에 여섯이 있을 것이다. 그리고 기운이 흘러나오는 것으로 봐서 이미 싸움은 시작된 듯했다.

'저 안이 문제일 것 같은데…….'

진용은 굳은 얼굴로 한창 싸움이 벌어지고 있는 곳으로 고개를 돌렸다.

세 사람은 여전히 유리하게 상대를 몰아붙이고 있었다. 그리고 오공혁은 부상자들을 한쪽으로 옮기고서 간단하게 응급처치를 하고 있었다.

그중에는 척은수도 있었다. 그는 어느 정도 안정을 찾았는지 재빨리 옷을 찢어 갈가리 찢어진 왼손을 감싸며 위지홍을 향해 소리쳤다.

"형님! 최대한 빨리 끝내고 가봐야 합니다! 저 안에서 팔제와 삼형이 유 어르신과 함께 혈혈구마의 나머지 놈들을 상대하고 있습니다! 그놈들이 진짭니다. 이놈들은 죽은 놈들의 후인에 불과합니다!"

진용의 눈이 번쩍 빛났다.

역시 생각대로다. 혈혈구마는 모두 이곳에 있었다. 천제성으로 봐선 함정에 몰아넣으려다 거꾸로 함정에 빠진 꼴이 됐다.

하지만 지나간 일을 후회해 봐야 소용이 없다. 이제부터가

문제다. 빨리 셋을 처리하고 안으로 들어가야 한다. 문제는 그것도 만만치가 않다는 것.

다급해진 마음 때문인지 잔혈마를 몰아치던 위지홍이 주춤거린다.

그걸 본 진용의 눈빛이 깊게 가라앉았다.

자신이 도와 저들 셋을 제압한다면 시간이 단축될 것이다. 그러나 아무리 빨리 승부를 내더라도 어느 정도의 시간이 흐르는 것은 어쩔 수가 없다. 한시가 급한 상황이거늘.

'혼자라도 들어가 보는 수밖에 없나?'

별수없다, 일단 부딪치고 볼 일.

"제가 먼저 들어가 보겠습니다."

그 말에 척은수가 어이가 없다는 눈으로 진용을 바라보았다.

자신의 의형과 함께 왔으니 예사 젊은이는 아닐 거라 생각했다. 하지만 젊은이는 젊은이일 뿐이다. 그것도 서생복을 입고 있지 않은가 말이다.

"이보게, 저 안에 누가 있는지 알기나 하고……."

척은수가 뭐라 하려 할 때다.

떠더더덩!

허공을 난자하며 잔혈마를 몰아붙인 위지홍이 진용을 바라보지도 않고 소리쳤다.

"그래 주겠나?!"

뒤따라서 쌍혈검마의 어깨에 혈흔을 새긴 팽기한도 물러서는 쌍혈검마를 따라 도를 날리며 말했다.

"그리하게나! 곧 뒤따라가지!"

남들이 그러는데 입을 가만둘 정광이 아니었다. 동에 번쩍 서에 번쩍 하더니, 기회를 잡았다 싶자 쇠 신발을 휘두른 정광. 가슴의 상처로 인해 동작이 굼떠진 혈귀마가 정광의 쇠 신발을 피하시 못하고 등짝을 엇비껴 맞았다.

빡!

"크억!"

그는 앞으로 꼬꾸라진 혈귀마는 보지도 않고 진용 쪽으로 신형을 날렸다.

"나랑 같이 가자고! 이봐! 거기 두 사람! 이 떨거지는 두 도우가 맡게나!"

팽호중과 팽무중도 팽기한을 놔두고 갈 수 없어 망설이던 참에 잘된 일이었다.

"좋소. 그럼 먼저 가보시오. 이자는 우리가 맡겠소."

급작스럽게 상황이 이상하게 흘러간다.

척은수는 진용에게 훈계조로 한마디 하려다 꿀 먹은 벙어리가 되어버렸다. 자신이 뭐라 하려 했는지조차 잊어버렸다.

'대체 저 젊은이가 누구기에……'

그사이 진용과 정광의 신형은 바람을 타고 안쪽으로 날아 들어갔다.

그때, 문득 드는 생각에 척은수는 손에서 이는 극악의 고통조차 잊고 벌떡 몸을 일으켰다.

"아차! 그쪽으로 가면 안 되는데……."

하지만 두 사람은 이미 그림자도 남기지 않고 바람과 함께 사라진 후였다.

진용은 정광과 함께 풍혼을 펼쳐 바람처럼 몸을 날렸다.

빠르게 거송 사이를 지나가는데 뒤에서 뭐라고 하는 소리가 바람결에 들린다. 메아리 때문에 싸우며 나는 소린지 자신들을 부르는 소린지 알 수가 없다. 하긴 자신들을 부르는 소리라 해도 돌아가기가 어정쩡한 상황. 두 사람은 상관하지 않고 계속 앞으로 내달렸다.

정광을 바라보았다. 정광은 굳은 표정으로 앞만 바라본 채 달리고 있었다. 태산을 떠난 이후로 처음 보는 모습이다. 아마도 상황을 짐작한 때문인 듯하다.

그렇게 이백여 장을 갔을 때다. 아름드리 거송 숲이 끝나고 잡목과 넝쿨이 우거진 너머로 거대한 결계지(決界地)가 나타났다.

결계지는 폭이 이십 장도 훨씬 넘어 보였다. 게다가 그 깊이는 오십여 장에 이르는 데다, 옅은 안개가 끼어 더욱 까마득하게 느껴진다.

뜻밖의 방해물!

급히 신형을 멈춘 진용은 사방을 둘러보고는 난감한 표정을 지었다.

돌아서 가자니 시간이 아깝고, 내려가서 가자니 깎아지른 듯한 절벽이다. 어차피 이러나저러나 시간이 걸리는 것은 마찬가지.

"어떡하지?"

정광이 다급하니 물었다. 그때였다.

"내가 들고 갈까?"

일전에 실피나가 한 말이 생각났다. 어쩌면 방법이 있을 것도 같았다.

진용은 황급히 전음으로 실피나를 불러냈다.

"실피나!"

한데…… 감감무소식이다.

'또 자나? 아니면 귀찮아서?'

문득 그런 생각이 들었다. 하지만 싸우고 싶어 그렇게 조르던 실피나가 아니었던가.

답답한 마음에 진용은 중얼거리며 실피나를 불렀다.

"실피나?"

'이번에 안 나오면 다시는 안 부른다! 빨리 나와!'

순간! 실피나가 밝은 표정으로 나타났다.

─주인아! 불렀어?

"어? 어."

얼떨떨한 표정으로 실피나를 바라본 진용은 그제야 알 수 있었다. 실피나가 대답을 하지 않은 이유는 별게 아니었다. 전음으로는 실피나를 불러낼 수 없었던 것뿐이다.

어쨌든 나왔으니 다급한 일을 먼저 해결해야 했다.

"실피나, 우리를 저쪽까지 데려다 줄 수 있어?"

─저 이상한 사람까지? 싫은데…….

뭐? 이상한 사람?

진용은 웃음이 터져 나오려는 것을 꾹 참고 재빨리 말했다.

"그럼 우리가 저쪽으로 몸을 날리면 뒤에서 밀기만 해. 할 수 있지? 아니, 해야 돼! 잘하면 저쪽에 가서 마음껏 싸울 수 있게 해줄게."

─정말? 알았어. 그 정도야 뭐. 헤헤헤, 그런데 세게 밀어?

자신과 정광의 경공이라면 십 장 정도는 무난할 것이다. 전력을 다한다면 십오 장 정도까지도. 그러나 나머지가 십 장이 넘는다. 아무래도 좀 세게 밀어야 할 것 같았다.

"저기까지 넘어가려면 좀 세게 밀어야 할 것 같은데?"

─알았어! 걱정 마.

실피나의 자신에 찬 대답이 왠지 불안하다.

하지만 혼자 중얼거리는 자신을 이상한 눈으로 쳐다보는 정광 때문에 더 깊게 생각할 수가 없었다.

"도장님이 신형을 날리면, 제가 뒤따르며 격공장을 날리겠습니다. 그럼 도장님은 그 힘을 발판으로 계곡을 건너가십시오."

"그럼 자네는?"

"조금 무리한다면 건널 수 있을 것 같습니다. 염려 마십시오. 시간이 없으니 바로 시작하지요."

정광은 믿을 수 없었다, 이십 장도 넘는 거리를 날아서 건너겠다니.

그런 한편으로는 지금까지 봐온 진용의 능력을 봐서 어쩌면 가능할지도 모른다는 생각이 들었다.

"정 안 되면 바닥에 내려섰다가 절벽을 타고 오를 테니 너무 걱정 마세요."

하긴 풍혼을 자신만큼 자유자재로 펼칠 정도니 안전에 대해선 그리 걱정하지 않아도 될 듯했다.

"알았네, 그럼 먼저 가지!"

숨을 크게 들이켠 정광은 힘껏 바닥을 찼다.

순간 한 마리 새처럼 정광의 신형이 쭉 뻗어나갔다. 그러자 진용도 즉시 몸을 날렸다.

그러고는 정광이 십 장을 날아가더니 아래로 떨어지는 것이 보이자, 즉시 쌍장을 치켜들고 정광의 아래쪽으로 뻗었다. 동시에 옆에서 그런 자신을 바라보는 실피나를 불렀다.

"실피나! 지금이야!"

그 말이 떨어지자마자 실피나가 바람을 일으켜 진용을 밀었다.

─바람아! 언니의 명령이다! 세차게 불어라!

그리고 그 순간,

콰아아아!!

바람이 굉음을 내며 몰려왔다!

그 소리에 자신의 기운을 빌어 앞으로 날아가는 정광을 바라보고 있던 진용의 안색이 해쓱하니 질렸다.

찰나간, 실피나가 바람으로 산능선 하나를 폐허로 만들었던 그날의 광경이 떠올랐다.

'이, 이런! 맙소사!'

하지만 미처 대처할 시간이 없었다.

광풍이 순식간에 진용의 등을 덮쳐 버렸다. 그리고 앞서 날아가던 정광마저 덮쳐 버렸다. 그야말로 순식간이었다.

"뭐, 뭐야? 으아아!!"

결국 정광의 비명 소리를 집어삼킨 광풍은 반대편 계곡을 향해 빠르게 날아갔다. 아주 빠르게!

'제.기.랄!'

진용은 날아가는 와중에 다급히 외쳤다.

"실피나! 그만!!"

바람은 바로 멈추었다. 그렇다고 날아가던 힘까지 멈춘 것은 아니었다.

목적했던 곳은 반대편 계곡의 평평한 곳. 그러나 두 사람은 평평한 바닥을 지나고도 한참을 더 날아갔다. 워낙 날아가던 기세가 강해서 천근추를 펼쳐도 소용이 없었다. 그나마 속도를 줄인 것이 다행이라고나 할까.

그리고 눈 한 번 깜박일 사이, 석벽이 코앞에 들이닥쳤다.

콰직! 픽!

진용은 석벽에 손가락을 박고 발로 버틴 채 겨우 신형을 멈추고는, 재빨리 옆을 바라보았다.

발목까지 석벽에 박아 넣은 정광이 입을 딱 벌린 채 석벽을 노려보고 있었다. 그나마 다리는 부러지지 않은 것 같았다. 천만다행이었다.

"대, 대체 이게 무슨 일……?"

덜덜 떨리는 목소리로 해명을 바라는 정광.

진용은 정광의 떨리는 눈을 슬그머니 피해서 고개를 돌려 뒤를 돌아보았다.

실피나가 환하게 웃으며 허공에 떠 있었다.

―됐다! 건너왔다! 잘했지?

'제기랄! 내가 세게 밀라고 했으니 뭐라 할 수도 없고…….
끄응.'

진용은 석벽에서 손가락을 빼내고는 계곡의 바닥으로 내려섰다.

"뭐, 어쨌든 건너긴 건넜네요."

진용의 웅얼거리는 말에 힘을 줘 석벽에서 발을 뺀 정광이 여전히 떨리는 목소리로 고개를 끄덕였다.

"그건… 그렇지. 비록 오십 장을 날았지만. 흐으……. 겁나게 날았네."

그랬다. 무려 오십 장을 날아서 도착했다.

세상에, 오십 장을 단숨에 날다니!

진용은 무안한 마음에 재빨리 말을 돌렸다.

"빨리 가죠. 안에서 싸움 소리가 더 커지는 것 같은데요?"

"응? 그, 그래, 가자고…….'

3

천암산을 휘돌던 바람이 한 자루 검첨에 멈추어 있다.

검의 길이는 두 자 다섯 치, 넓이는 세 치 닷 푼. 검면에 새겨진 검의 이름은 천유(天幽).

천유검의 주인은 반개한 눈으로 자신의 검을 응시했다.

검첨에서 피어오른 백색의 검강은 두 자, 이각 전보다 한 자가 줄어들어 있었다. 그리 되기까지 그는 겨우 도혈마 한 사람만을 죽였을 뿐이다.

'음… 결코 예전의 혈혈구마가 아니다.'

하나가 죽음으로서 다섯이 남았다. 그중 광혼마와 멸혼마를 천제성의 기둥이라는 천제팔성 중 둘이 상대하고 있다. 그들과 함께 왔던 천제성의 수하들은 모두 넷. 하지만 싸움이 벌어진 지 일각도 되지 않아 모두 절명(絶命)한 상태다.

자신을 포위한 채 틈만 엿보고 있는 자는 셋.

전이었다면 네 명이 아니라 아홉 모두라도 자신의 적수가 아니었다. 그러나 이제는 겨우 네 명을 상대하기도 벅차다. 하나를 죽인 지금 남은 자가 셋이건만 상황은 더욱 좋지가 않다.

늙었다는 것은 이유가 되지 않았다. 그 세월만큼 자신의 검은 더욱 완벽해졌으니까.

결론은 혈혈구마가 그만큼 강해졌다는 것!

그는 천천히 검을 하단으로 끌어내렸다. 주위의 대기가 만근 바위에 눌린 듯 가라앉았다.

그 기운을 느꼈음인지, 아니면 깊게 베인 어깨의 통증 때문인지 삼재진의 방위를 따라 둘러서 있던 혈혈구마 중 둘째, 혈심마가 일그러진 표정으로 입을 열었다.

"유태청, 오늘 같은 날이 있을 줄은 몰랐을 것이다."

무심한 눈으로 자신의 검첨을 바라보고 있던 노인이 천천히 고개를 들었다.

십절검존 유태청! 십천존 중에서도 가장 강하다는 삼태천의 일인!

그가 무겁게 깔린 목소리로 입을 열었다.

"내가 죽을 수도 있겠지."

동시에 일 보를 내딛었다.

"그러나 나 유태청의 이름으로 단언하노니, 너희들도 살아서 돌아가지 못한다!"

선언처럼 일갈이 터져 나오고, 하단으로 내려져 있던 검첨이 빙글, 허공에 작은 원을 그린다 싶은 순간, 유태청의 전면에 둥실 백색 원이 그려졌다.

서리서리 한기를 뿜어내며!

그러자 유태청의 좌측에 있던 요마가 놀라 소리쳤다.

"조심해! 대라백상검(大羅白霜劍)이다!"

혈심마가 경악한 표정으로 쌍장을 휘둘렀다.

핏빛의 붉은 광채가 혈심마의 쌍장에서 뿜어져 나간다. 그가 지난 이십 년 동안 복수의 일념으로 매진한 혈수마혼장의 정수였다.

거의 동시, 요마와 몽혼혈마도 유태청의 배후를 향해 신형을 날리며 모든 내력을 끌어올린 채 자신의 절기를 쏟아냈다. 이번 일격으로 이십 년에 걸친 모든 싸움을 결정 내겠다는 듯!

유태청은 우측과 등 뒤의 공격을 알고 있음에도 여전히 무심한 표정으로 혈심마를 향해 검을 뻗었다.

찰나! 백색의 둥근 원이 검첨을 벗어나 혈심마를 향해 번개처럼 뻗어간다. 검강탄의 일격! 대라탄천(大羅彈天)!

고오오오…….

일검에 대기가 비명을 지르며 터져 나간다!

혈수마혼장의 붉은 기운도 예외없이 산산이 부서진다.

생각지도 못했던 가공할 일검에 피를 토하며 물러서는 혈심마의 두 눈이 경악으로 부릅떠졌다.

유태청은 혈심마가 피를 토하며 물러서는 것을 보지도 않고 빙글 신형을 돌렸다. 시간을 끌수록 자신이 불리하다는 것을 인지한 이상 머뭇거릴 수는 없었다.

죽이지 못하면 죽는다! 오직 그것만이 진리다!

모든 내력을 끌어올린 유태청은 요마와 몽혼혈마의 공격이 바로 코앞에 이르자 검강이 서린 천유검으로 크게 원을 그렸다.

일순간 그물처럼 펼쳐진 하얀 검강!

하늘조차 가두어 버릴 강기의 그물이 유태청의 손길을 따라 빠르게 한 바퀴 휘돌았다.

대라백상검의 절초, 천망회(天罔回)!

천망회의 가공할 위력은 유태청을 중심으로 일 장 반경의 모든 것을 끌어들였다. 요마와 몽혼혈마의 공격마저도!

찰나! 요마와 몽혼혈마의 혼신을 다한 공격이 유태청의 천망회와 얽히며 세 사람의 기운이 일시에 부딪쳤다.

콰과과광!

"흡!"

"크으……."

천암산이 무너질 듯한 굉음이 울리며 반경 십여 장이 강기의 폭풍에 휘말렸다.

원을 그리며 너울처럼 밀려가는 강기의 폭풍. 그 속에 있는 것은 무엇이든 부서지고 있었다. 바위도, 아름드리나무도 가공할 힘을 견디지 못하고 가루로 변해 무너져 내린다.

유태청은 창백해진 얼굴로 목구멍까지 솟구친 핏물을 씹어 삼키고는 정신없이 뒤로 물러서는 두 사람을 노려보았다.

요마의 나이답지 않게 젊은 얼굴이 처절하게 일그러져 있다. 입가의 핏물은 점점이 떨어져 그의 백의를 붉게 적시고 있다. 작지 않은 내상을 입었다는 증거.

그리고 몽혼혈마의 허공을 응시하는 듯하던 눈빛도 붉게 충혈된 채 격렬하게 떨리고 있다.

기회다. 놈들을 죽일 수 있는 절호의 기회!

유태청은 이를 지그시 깨물고 천유검을 들어올렸다. 이제 남은 힘으로 공격할 수 있는 기회는 두어 번 정도.

'그 안에 끝내야 한다!'

마음이 움직이니 몸도 따라 움직인다. 일시지간, 천유에서 찬란한 빛이 번쩍였다!

하지만 그와 같은 생각을 한 것은 그만이 아니었다. 유태청이 검을 들어올리자 요마와 몽혼혈마도 젖 먹던 힘까지 끌어올리고서 유태청을 향해 달려들었다.

또한 천제팔성의 둘을 쓰러지기 직전까지 몰아붙이고 있

던 광혼마와 멸혼마가 강력한 공격으로 두 사람을 떨쳐 내고
는, 갑작스럽게 방향을 바꿔 유태청을 향해 신형을 날렸다.

가공할 강기의 폭풍은 계곡 안으로 날아들던 진용과 정광
의 두 눈을 부릅뜨게 만들었다. 심지어 실피나의 눈까지도.
그들의 눈은 날아드는 중에도 폐허가 되다시피 한 계곡에
고정되어 있었다.
계곡의 한가운데, 백발이 어지럽게 흐트러진 한 노인이 검
을 쳐들고 있었다. 찬란한 백광이 서린 검을.
그가 검을 상단으로 쳐들고, 눈을 반개한 채 내려친 검에서
백광이 폭사되었다 싶은 순간, 그를 향해 네 줄기의 가공할
마기가 뻗쳐 나갔다.
후우웅! 백발노인을 중심으로 반경 십여 장의 대기가 비명
을 지르며 우그러들었다. 그러자 모든 것이 비틀려 보였다.
산도, 바위도, 나무도, 사람도!
그 시간은 찰나에 불과했다. 뭉뚱그려진 기운은 오색광채
를 내쏟으며 폭발을 일으켰다!
쩌저저저! 콰과과과!
또다시 강기의 폭풍이 파편을 날리며 휘몰아쳤다.
콰아아아!!
달려들 때보다 더 빠르게 튕겨진 혈혈구마 중의 네 사람.
검을 늘어뜨린 채 이를 악 다물고 있는 유태청.

멸혼마와 광혼마를 뒤쫓아 신형을 날렸다가 다시 폭풍에 휘말려 뒤로 튕겨져 널브러진 천제팔성 중의 둘.

웅웅웅웅! 떨며 울어대는 계곡의 메아리가 그들의 머리 위를 짓눌렀다.

삼십여 장의 거리에서 그 광경을 보고 경악한 표정으로 주춤 신형을 멈춘 진용의 눈빛이 반짝 빛났다.

놀람은 놀람이고 기회는 기회!

진용은 앞서서 날아가는 실피나에게 전음으로 소리쳤다.

"실피나! 바람의 창! 윈드 랜스!"

—알았어!

순식간에 강력한 회오리바람이 뭉치는가 싶더니, 일 장 길이의 거대한 창 한 자루가 실피나의 손에 들렸다.

마치 전장을 향해 달려가는 여장군 같은 모습의 실피나다!

뜻밖의 모습에 진용은 잠시 말을 잃었다. 그때 들려오는 소리.

—주인아! 칠까?!

실피나의 덜떨어진 목소리에 진용은 재빨리 정신을 차리고 즉시 다음 명령을 내렸다.

"울긋불긋한 옷을 입을 노인을 맡아!"

그가 누군지는 상관이 없었다. 문제는 그가 제일 먼저 정신을 차리고 공격을 하려 하고 있다는 것.

진용의 명령이 떨어지자 순간적으로 실피나의 모습이 길

게 늘어졌다. 그러더니 진용과 정광을 떨치고 가공할 만한 속도로 몽혼혈마를 향해 날아갔다.

순식간에 십 장으로 좁혀진 간격. 실피나의 손이 앞을 향해 뿌려졌다.

—오호호홋! 윈드 랜스!

방정맞은 웃음소리와 함께 일 장 길이 바람의 창이 허공을 갈랐다.

쐐에에에!

거의 동시에 유태청을 향해 장력을 내치려던 몽혼혈마가 홱 돌아섰다. 등 뒤에서 쏘아져 오는 날카로운 기세에 꿈을 꾸듯 몽롱한 두 눈이 홉떠졌다.

"웬 놈이냐?"

일갈을 내지른 몽혼혈마는 두 손에 모아진 내력을 쏟아냈다.

쾅!

굉량한 충돌음! 몽혼혈마의 안색이 창백하게 굳어졌다.

제법 날카롭게 느껴지기는 했지만 그리 염려는 하지 않았었다. 삼십여 장 저 멀리서 계곡 안으로 들어서고 있는 두 사람이 날린 장력이라면 그리 강하지 않을 거라 생각한 것이다.

그러나 막상 부딪쳐 보자 그 충격은 상상 이상이었다.

주르륵 물러선 몽혼혈마는 믿을 수 없다는 표정으로 눈을 부릅떴다. 하지만 공격은 그것이 다가 아니었다.

―오호호홋! 요상한 인간아! 어디 다시 한 번 받아봐!

어느새 실피나의 손에는 또 하나의 바람의 창이 들려 있었다. 그녀가 바람의 창을 날렸다.

그제야 몽혼혈마는 자신을 공격하는 것이 결코 빠르게 날아오고 있는 두 사람이 아니라는 것을 알고 대경실색했다.

"뭐, 뭐야? 어떤 놈이냐?"

놀란 것은 몽혼혈마만이 아니었다. 요마와 멸혼마, 광혼마도 정체를 알 수 없는 기운이 자신의 동료를 공격하자 주춤거리며 멈추었다.

유태청을 죽일 수 있는 절호의 기회였지만, 그렇다고 또 다른 적을 무시할 수는 없었다. 더구나 그 적이 몽혼혈마를 몰아붙일 정도의 강한 적이라면 더욱 그러했다.

그 시간이면 족했다. 삼십여 장의 거리를 순식간에 단축한 진용과 정광이 유태청의 앞으로 날아들었다. 진용은 바닥에 내려서자마자 유태청을 향해 빠르게 입을 열었다.

"위지홍 대협이 보내서 왔습니다. 이 사람들은 잠시 저희가 맡겠습니다."

위지홍이라면 천제팔성 중 한 사람.

유태청은 말없이 고개를 끄덕였다. 말할 기운조차 아끼기 위해서였다.

사실 이번의 격돌로 본신의 진기가 거의 고갈된 상태다. 그런 만큼 혈혈구마의 마지막 공격이 가해지면 선천진기를 모두 폭주시켜서라도 동귀어진할 작정이었다. 그러나 상황이 변했다.

결정적인 상황에 나타난 구원군의 모습이 어리다는 게 조금 마음에 걸리긴 했다. 그러나 삼십 장의 거리를 단 세 번의 도약으로 단축하고, 직접적이든 간접적이든 몽혼혈마를 곤란에 빠뜨리는 것을 본 이상 이제 그의 나이가 어리다는 것은 아무런 문제도 되지 않았다.

유태청이 믿는다는 표정으로 고개를 끄덕이고는 눈을 지그시 반쯤 감고서 멸혼마를 향했다.

진용은 즉시 요마를 향해 한 발을 나아갔다. 유태청이 눈을 감은 이유를 알기 때문이었다. 말은 없어도 그가 원하는 것은 단 하나다.

시간을 벌어달라는 것.

멸혼마 혼자서는 유태청을 어쩌지 못한다. 설사 그럴 힘이 남아 있을지라도 혼자서는 감히 달려들지 못할 것이다. 마음 속에 도사린 공포심 때문에라도. 상대는 십절검존이 아닌가!

그렇다면 망설일 여유가 없다.

'하나라도 최대한 빨리 줄여야 한다!'

한 발을 내딛었다 싶은 순간, 진용의 신형은 요마를 향해 쇄도했다.

상대는 중년인의 모습이지만 그 실체는 칠십이 다 된 노마다. 혈혈구마 중 중년인의 모습을 한 자는 오직 하나. 더구나

여인처럼 분단장까지 한 사람은 생각할 필요가 없이 바로 그
다.

요마(妖魔)!

요마를 향해 쇄도하는 진용의 두 손이 천단심법의 운용으
로 인해 은은한 강기에 휩싸였다.

진용이 움직이자 정광도 어느새 벗어 든 쇠 신발을 움켜쥐
고 광혼마를 향해 신형을 날렸다.

"이봐! 당신은 나하고 놀자고!"

말이 떨어지기 무섭게 정광의 쇠 신발이 광혼마를 향해 떨
어져 내렸다. 그리고 시작이었다. 정광이 두고두고 잊지 못할
그날의 싸움이.

한편 요마는 어이가 없다 못해 환장할 지경이었다. 다 된
밥에 재가 뿌려졌다. 그는 재를 뿌린 장본인인 진용을 찢어
죽이고 싶었다.

때마침 진용이 맨손으로 달려든다. 맨손으로! 수공이 주특
기인 자신에게! 새파랗게 어린놈이, 감히!

"이놈!"

요마는 요사스런 녹광을 뿜어내는 두 손을 내밀어 진용을
잡아갔다. 단 한 수에 전신을 분해해 버리겠다는 듯.

진용은 그런 요마의 장심을 손가락을 세운 채 그대로 찍어
버렸다.

쩌정!

두꺼운 얼음이 갈라지는 듯한 울림!

쇠꼬챙이에 찍힌 듯 손목을 타고 오르는 짜릿한 통증!

요마의 인상이 와락 일그러졌다. 그는 진용을 경악한 눈으로 바라보며 소리쳤다.

"네놈은 누구냐?"

말할 시간도 아깝다는 듯, 진용은 아무런 말도 없이 발을 내딛으며 두 손을 떨쳤다.

상대는 십절검존과의 격전으로 내상마저 입고 지쳐 있는 상태. 게다가 자신을 얕보고 있다. 그야말로 절호의 기회!

'선수를 잡아 최대한 빨리 끝낸다!'

거리를 좁힌 진용은 처음부터 천단심법을 십성 끌어올린 채 신수백타를 펼치기 시작했다. 그러자 진용의 전신에서 은은한 기운이 뿜어졌다.

단순한 기운이 아니다. 바위조차 부숴 버릴 강력한 힘이 실린 천단심법의 결정체다. 말이 적수공권이지, 진용의 전신은 곧 무기나 다름없었다.

요마가 요공마력이 실린 두 손을 뻗어 마주쳐 오자 진용은 조금도 망설이지 않고 두 손을 각기 반대 방향으로 휘돌렸다.

건곤이 진용의 두 손에 가두어졌다.

떠더덩!

순간, 요마의 두 손이 진용의 팔꿈치에 튕겨 올라갔다.

그 사이로 독수리의 발톱처럼 날카롭게 날을 세운 진용의 손이 번개처럼 파고들었다. 틈만 보이면 가슴에 손가락을 박아 넣겠다는 듯이.

요마는 몸을 비틀며 진용의 손가락을 흘려보냈다. 그러자 마치 처음부터 그리하려 했던 것마냥 기묘하게 꺾인 진용의 팔꿈치가 요마의 가슴을 노리고 떨어져 내렸다.

전혀 예상치도 못했던 각도로 꺾어지며 날아드는 공격! 요마의 창백한 표정이 해쓱하니 질려 버렸다.

하지만 그는 혈혈구마 중의 요마. 천하에 적수가 몇 없다는 절정의 고수. 뜻밖의 공격에 당황하며 물러서고는 있지만 쉽게 무너지지는 않았다.

철판교의 수법으로 몸을 누인 요마가 빙글 옆으로 한 바퀴 돌았다. 그러면서도 진용의 가슴을 향해 일장을 날렸다.

진용은 요마의 일장을 마주 쳐가며 공격의 고삐를 늦추지 않았다.

쾅!

눕혀진 요마의 몸이 주욱 밀려간다. 또다시 와락 일그러진 요마의 표정.

진용은 그런 요마를 그림자처럼 따라가며 삼권 오장을 내려쳤다.

스치는 것은 그것이 무엇이든 다 부서져 버렸다. 허공에 요마의 부서진 옷자락이 가루가 되어 휘날린다.

요마는 그런 진용의 공격을 피하기 위해 찰나간에 몸을 일곱 바퀴나 굴려야 했다. 부끄러움은 나중 문제, 일단은 살아야 했다.

천단심법을 십성 끌어올린 상태에서의 연속된 공격은 진용이라 해도 쉬운 일이 아니었다.

더구나 실피나가 몽혼혈마를 공격할 때마다 빠져나가는 진기의 양도 무시할 수 없었다. 실피나가 비록 본신의 힘을 주로 쓴다 해도 일부분 자신의 기운도 소모되는 것이다.

일단은 상대가 흔들렸을 때 최대한 빨리 끝내는 것이 현재로선 최선이었다.

쩌정! 콰광!

순식간에 이십여 초의 공방이 이루어졌다.

요마는 밀리는 와중에도 전신이 부서지는 것 같은 충격에 이를 악물었다.

정통으로 맞은 곳은 없다. 그러나 비켜 맞은 곳조차 얼얼하다.

믿을 수 없는 일이다. 도검조차 막아낼 수 있는 호신강기가 소용이 없다니.

격산타우(隔山打牛). 내부의 심맥이 그 충격에 뒤흔들려 견디기 어려울 정도다.

난생처음 대하는 공격에 그는 정신을 차릴 수가 없었다.

아름답기 그지없는 동작. 춤인지 무공인지 모르나 황홀할 정도다. 문제는 저토록 아름다운 동작에 등골이 서늘할 정도의 강한 위력이 담겨 있다는 것. 한 대만 잘못 맞아도 끝장이다!

요마는 이를 악물고 혼신의 내력을 끌어올렸다. 십절검존을 죽이기 위해 아껴두었던 내력마저도 모조리. 그리고 튕기듯이 뒤로 일 장을 물러서서, 물러선 자신을 향해 쇄도하는 진용을 향해 쌍장을 내쳤다.

더 이상은 물러설 수 없었다, 자존심 때문에라도!

"이놈, 죽어라!"

요공녹마강이 그의 두 손에서 넘실거리며 뻗쳐 나갔다.

그때였다! 진용의 두 손에서 시퍼런 번개가 번쩍였다.

전력을 다한 뇌전의 능력! 줄기줄기 뻗친 번개가 찰나간에 요공녹마강을 꿰뚫어 버렸다.

쩌저적! 쾅!

"크헉!"

주르륵 물러선 요마가 푸들거리는 얼굴로 진용을 노려보았다. 그런 요마의 눈에 비친 것은 또다시 코앞에 닥친 진용의 커다란 손바닥이었다.

요마는 놀랄 틈도 없이 재빨리 허리를 젖히며 옆으로 몸을 눕혔다. 그러자 진용의 좌수가 직각으로 꺾이며 그대로 요마의 가슴을 찍어간다. 새파란 강기가 손가락 끝에서 번들거린다.

급급히 몸을 비트는 요마의 안색이 흙빛으로 물들었다. 몸을 비튼 덕에 가슴이 부서지는 것을 면하긴 했지만, 대신 어깨가 진용의 손에 잡혔다. 그리고 쇄골이 힘없이 부서져 버렸다.

와직!

요마는 불로 지지는 듯한 충격에 절로 비명이 터져 나왔다.

"크억!"

동시에 진용의 무릎이 요마의 옆구리를 강타했다.

퍼억!

"커억!"

털썩! 일 장 밖으로 튕겨진 요마는 양손으로 땅을 짚고 안간힘을 써서 몸을 일으켰다. 그러나 몸을 다 일으키지도 못하고 다시 무릎을 꿇으며 앞으로 꼬꾸라졌다. 아마 쉽게 일어나지는 못할 듯 보였다.

쓰러진 요마를 놔둔 채 진용은 재빨리 천단심법을 운기하며 흐트러진 기운을 가다듬었다. 역시나 상당한 내력의 손실이 느껴진다.

'과연 요마다. 그토록 지친 상태에서도 쉽지가 않다니……'

만일 정상 상태에서 겨뤘다면 어땠을까.

'음…… 아무래도 무공에 신경을 좀 더 써야겠어……'

어쨌든 이겼다는 것은 변함이 없었다. 내심 안도의 한숨을 내쉬며 진용은 천천히 주위 상황을 살펴보았다.

요마와 삼십여 초를 겨루었지만 워낙 빠른 공수 변환에 실제 시간은 그리 길지 않았다.

그러나 유태청에게는 그 정도의 시간이면 충분했던 것 같다. 어느 정도 내력이 돌아온 유태청의 검에선 우윳빛 백색 검강이 뻗치고 있다. 그 검이 한 사람의 가슴을 가리키고 있다.

상대는 멸혼마. 그것만으로도 멸혼마는 움직이지 못했다. 검을 든 상대가 다름 아닌 십절검존인 것이다.

그리고 실피나는 여전히 신이 나서 몽혼혈마를 몰아붙이고 있었다. 그런 실피나를 상대하는 몽혼혈마는 이미 제정신이 아니었다. 마치 귀신이라도 본 듯한 표정이다.

사실 그럴 만도 했다. 끝없이 날카로운 공격이 날아드는데 공격을 하는 사람은 보이지 않으니 어찌 기겁하지 않을 수가 있을까.

하지만 언제까지고 그렇게 싸우도록 놔둘 수는 없었다.

대기 중에 마나가 부족하다 보니 실피나가 부족한 힘을 자신의 내력으로 대체하고 있는 상황이었다. 시간이 갈수록 부담이 커지고 있다.

실피나와 몽혼혈마의 싸움을 지켜보던 진용이 전음으로 소리쳤다.

"실피나! 뭐 하는 거야? 빨리 끝내!"

―오호호홋! 알았어, 주인아! 그럼 내가 진짜 실력을 보여 줄게!

환하게 웃으며 손짓하는 실피나, 그녀의 손에 바람이 뭉쳤다.

바람의 검, 무려 일 장 길이의 윈드 소드였다!

일순간 진용은 자신의 내력이 썰물처럼 빠져나가는 것이 느껴졌다. 실피나가 생각보다 엄청난 내력이 소모되는 공격을 하려고 하는 것 같다.

미처 예상치 못했던 상황에 진용은 다급히 천단심법을 운용하며 진기를 안정시켰다. 하지만 한 번 빠져나가기 시작한 내력은 멈출 줄을 모른다.

'이, 이런!'

세르탄이 그제야 상황을 눈치 채고 다급히 소리쳤다.

'시르! 실피나에게 멈추라고 해! 아직 윈드 소드를 전력으로 펼치기에는 시르의 진기가 부족하단 말이야!'

그러나 이미 때는 늦었다. 진용이 입을 열기도 전에 실피나가 손에 들린 거검으로 몽혼혈마를 내려쳤다.

ㅡ오호호홋홋! 받아라! 끝장을 내주마!

가공할 검세가 하늘을 가를 듯이 떨어져 내렸다! 그 무엇으로도 막을 수 없을 것만 같은 기세다!

게다가 바람이 폭풍처럼 몰아치며 몽혼혈마가 빠져나갈 방위를 모두 막아버렸다.

'바람의 폭풍, 윈드 스톰까지?! 이, 이런……! 저 덜떨어진 정령이 지금 뭐 하는 거야?! 능력이 부족하면 펼치지를 말아

야지!'

세르탄이 놀라 경악성을 내지르는 사이!

사방의 방위마저 차단한 채 떨어져 내리는 검세에 몽혼혈마는 피할 생각도 못하고서 혼신을 다해 쌍장을 치켜들었다.

일순간, 실피나의 윈드 소드와 몽혼혈마의 혼마강기가 정면으로 부딪쳤다.

콰아앙!

굉음이 일고, 비명과 신음이 두 군데서 동시에 터져 나왔다.

"크어억!"

"크윽!"

입을 쩍 벌린 몽혼혈마의 몸이 푸들거리며 떨리고 있었다. 그의 두 손은 이미 걸레쪽처럼 찢겨져 있었다. 그뿐이 아니다. 바람의 검이 그의 어깨마저 반쯤 갈라 버렸다.

하지만 진용도 무사하지 못했다.

내력이 한순간에 빠져나간 진용은 신음을 흘리며 입가에 피를 머금은 채 비틀거렸다.

그사이 실피나의 모습이 흐릿해지더니 결국 사라져 버렸다. 아쉬운 표정으로 진용을 바라보면서.

─한 번만 더 하면 끝장을 낼 수 있을⋯⋯.

한데 그때다. 정광의 다급한 목소리가 진용의 귀청을 울렸다.

"조심해!"

뒤에서 누군가가 빠르게 다가오고 있었다.

진용은 기척을 느끼자마자 옆으로 일 보를 미끄러지며 신형을 돌렸다.

요마였다. 그가 겨우 일으킨 몸으로 공격을 해오고 있었다.

찌이익!

그의 손가락에 걸린 옷자락이 찢겨 나갔다. 진용은 본능적인 움직임으로 손을 휘저었다. 그리고 자신의 옷자락을 찢으며 지나간 요마의 손을 움켜쥐었다.

순간 요마의 입가에 하얀 웃음이 떠올랐다. 그는 진용의 손을 마주 움켜쥐었다.

"크크크……. 이놈! 같이 죽자!"

난생처음 보는 괴상한 무공에 당하긴 했지만, 그것은 자신이 유태청과의 싸움으로 적지 않은 부상을 입은 데다 내공 소모가 워낙 많았기 때문이라는 생각이었다.

다행인지 잠깐의 시간 동안 한줄기 진기가 살아났다. 한줄기지만 그거면 족했다, 마지막 공격을 펼치기에는.

게다가 이제 보니 어린놈의 내상도 제법 심각해 보인다.

그렇다면 어린놈을 죽일 방법이 없는 것도 아니다.

요마는 진용의 손을 마주 잡고 마지막 선천진기마저 끌어올렸다. 그리고 일시에 내력을 쏟아 부었다. 진용의 심맥을 터뜨려 죽일 생각으로.

물밀듯이 밀려들어 오는 요마의 선천진기에 진용의 안색이 순식간에 서너 번 바뀌었다. 갈등이었다. 요마는 상상도할 수 없는 갈등.

하지만 갈등도 잠깐, 선택은 하나뿐이었다.

죽을 수는 없다는 것!

'뭘 망설여, 시르!'

세르탄도 다급히 재촉한다.

'당신이 자초한 일, 나를 원망하지 말아라!'

결국 진용은 건곤흡정진혼결을 운용하기 시작했다. 그러자 밀려들던 요마의 진력이 급속도로 빨려 들어왔다.

갑작스런 상황에 요마의 두 눈이 크게 흔들렸다. 그러다 상황을 눈치 챈 요마는 비명 같은 외침을 토해냈다.

"뭐, 뭐야? 설마? 아, 안 돼……!"

자신이 원한 죽음은 이런 것이 아니다. 같이 죽는 거야 각오한 마당이니 그럴 수 있다. 그러나 내력이 빨려 나간 채 죽는다면 쭈그러든 모습으로 추하기 그지없는 죽음이 될 터.

요마는 그렇게 죽기는 싫었다.

"끄어어…… 제발 그냥 죽여줘……."

하지만 한 번 달라붙은 두 사람의 손은 떨어질 줄을 모르고, 열을 셀 시간도 되지 않아 요마의 눈빛이 급격히 시들었다.

그리고 조금 더 시간이 지나자 요마가 힘없이 그 자리에서 무너져 내렸다. 팽팽하던 얼굴에 수십 개의 골 깊은 주름이 생긴 채. 그가 절대 원치 않았던 그런 모습으로.

진용은 그런 요마를 바라볼 정신이 없었다. 건곤흡정진혼결로 빨아들인 내력이 폭주하고 있었다, 주체할 수 없이 타오르는 강렬한 살심도.

게다가 마령석의 기운마저 녹아내리며 타오르는 살심을 더욱 부채질한다.

진용은 가슴속에서 이는 살기를 가라앉히려 입술을 깨물었다.

주르륵, 입술을 따라 핏물이 흘렀다. 그럴수록 더 커져만 가는 살심!

진용은 들끓는 살심에 벌떡 몸을 일으켰다. 그리고 사방을 빠르게 훑어보았다. 쓰러진 채 기절해 있는 혈심마가 보이고, 그 옆에는 유태청의 기에 눌려 지친 기색의 멸혼마가 보였다.

진용은 이를 악 다물고 멸혼마를 향해 신형을 날렸다.

'피를 봐야 한다, 살기를 죽이기 위해선. 살기를 죽이지 않으면 나는 미쳐 버릴지도 모른다!'

요마가 처참한 모습으로 죽어가고, 갑자기 진용이 멸혼마를 향해 몸을 날리자 유태청의 눈이 꿈틀거렸다.

진용의 눈이 붉게 충혈되어 있는 게 보인 것이다.

왜 저런 눈빛이지? 무슨 일이 있었던 거지?

진용과 요마 사이에 무슨 일이 있었다. 단순한 내력 대결이 아닌 뭔가 괴이한 일이.

요마의 참혹하게 오그라든 시신. 갑자기 폭주하는 저 엄청난 기운! 설마?

자신이 알고 있는 모든 경험과 지식을 떠올려 본 유태청은 결국 한 가지 결론에 도달했다. 어떻게 무슨 방법으로 그랬는지는 모른다. 그러나 한 가지만은 분명했다.

─혈혈구마 중 첫째 둘째를 다툰다는 요마의 진기를 빨아들일 정도의 가공할 흡정마공이 펼쳐졌다!

천유를 쥔 손에 힘이 들어갔다.

검신에 어린 백광도 점점 짙어졌다.

자신을 대신해 요마와 싸운 젊은이는 마공을 익히고 있다.

그게 뭔지는 모른다. 그러나 마공은 마공. 마공을 익힌 이상, 언제고 마공에 지배당할 수밖에 없을 게 분명하다.

죽여야 한다! 지금 이 자리에서!

그렇지 않으면 천하는 일대 마인을 맞이해야만 하리라!

새하얀 백광이 넘실거리는 천유를 움켜쥐고 유태청은 멸혼마를 덮쳐 가는 진용을 향했다.

그때 진용은 이미 멸혼마를 향해 신수백타를 펼치고 있다.

갑작스런 진용의 공격에 멸혼마는 정신이 없었다. 끝이 구부러진 검을 들어 진용의 어깨를 찍어가던 멸혼마는 진용이 손을 뻗어 자신의 검을 움켜쥐자 일그러진 얼굴로 소리쳤다.

"미친놈! 네놈이 감히!"

그러나 그는 그럴 시간에 검을 놓고 꽁지가 빠져라 도망을 쳤어야 했다. 그러지 못한 대가는 너무도 컸다.

진용의 내부에서 폭주한 진기는 요마의 선천지기만이 아니다. 영풍삼위 때와는 달리 이미 자신의 진기가 합쳐진 상태. 게다가 마령석의 기운마저 녹아들었다.

그렇게 폭주한 진용의 진기는 결코 유태청과의 격전으로 지쳐 있는 멸혼마가 막아낼 수 있는 것이 아니었다.

"어헉!"

눈 깜짝할 사이, 진용은 자신의 손에 잡힌 검을 옆으로 젖히고는 우수의 손가락을 세우고 멸혼마의 가슴을 내리찍었다, 붉고 푸른빛이 묘하게 섞여 일렁이는 뇌전을 동반한 손가락을.

피하고 자시고 할 시간도 없었다.

푸욱!

찰나간, 진용의 손가락이 뿌리까지 멸혼마의 심장이 있는 왼쪽 가슴속으로 사라졌다.

순간, 손가락 끝에 물컹거리는 뭔가가 걸렸다, 펄떡거리고 있는 뭔가가. 진용은 망설임없이 손가락을 그곳에 쑤셔 넣었다.

멸혼마는 심장이 뚫리는 충격에 펄썩 뛰어오르며 눈을 까

뒤집었다.

"끄어어어……."

한없는 뜨거움이 느껴짐과 동시, 머릿속이 맑아질 정도의 시원함이 전신을 짜르르 울리며 치달린다.

손가락 끝을 통해 뜨거운 기운이 쏟아져 들어온다.

창백해 보일 정도로 하얗고 커다란 손이 시뻘겋게 달아올랐다.

짜릿함, 시원함… 그리고… 역겨움.

진용은 머릿속이 맑아지자 토할 것 같은 충격에 표정이 처참하게 일그러졌다.

이게 아닌데…… 절대 이게 아닌데…….

젠장! 제기랄!

몽혼혈마가 괴이한 죽임을 당한 직후, 요마가 죽고 멸혼마마저 단 몇 수 만에 젊은 놈의 손에 죽어버렸다. 그것도 결코 정상적인 죽음이 아닌 왠지 섬뜩한 수법에 의해서.

광혼마는 더 이상 이곳에 남아 있고 싶은 생각이 눈곱 반절만큼도 없었다. 그는 정광을 향해 일순간에 십팔 장을 휘두르고는, 정광이 날개가 뜯겨진 나비처럼 정신없이 날아다니며 도망가자, 유리한 싸움도 마다하고는 죽어라 도망을 쳐버렸다.

그러자 쇠 신발을 양손에 든 정광이 주저앉아서 고래고래

소리를 질렀다.

"어딜 도망가! 아직 끝나지 않았단 말이다! 이리 안 와! 헥! 헥!"

삼 년 쓰고 버리기 직전의 걸레처럼 되어버린 도복만 봐도 그가 얼마나 힘들게 싸웠는지 알 수 있을 정도였다.

사실 누가 도와준다면 모를까 본심은 절대 다시 싸우고 싶은 생각이 없었다. 그래도 자존심이 있으니 일단 큰소리는 치고 봤다.

그런 정광을 경탄의 눈으로 바라보는 사람들이 있었다. 천제팔성 중의 두 사람, 비검신영 교은형과 거룡패권 석철강이 바로 그들이었다. 특히 교은형의 눈빛은 새로운 세계를 본 감동으로 가득 차 있었다.

그는 비틀거리며 일어서서 정광을 향해 포권을 취했다.

"저는 교은형이라 합니다. 도장의 도움, 진심으로 고맙습니다."

"허허! 어려움에 처한 사람을 돕는 것은 당연한 일이 아니겠소이까."

"과연, 도문에 계신 분이라 마음이 넓으시군요. 한데… 도장의 신법은 정말 굉장하더군요."

"음하하! 신법이라면야……."

두어 마디 오가는 사이, 정광과 교은형은 마치 십년지기라도 되는 듯 이야기를 나누었다. 그러자 부러진 팔뚝을 대충

옷으로 감싼 석철강이 볼멘소리로 한 소리 했다.

"형님, 수하들의 시신을 저대로 놔둘 거유?"

한편 진용은 널브러진 멸혼마를 내려다보다가 천천히 고개를 들어 하늘을 올려다봤다.

구름이 갈라진 사이로 쪽빛 하늘이 보이고 있었다. 그러나 가슴속은 납덩이가 들어찬 것마냥 답답하기만 했다. 광혼마가 달아나건만 쫓을 기분도 들지 않았다.

기절해 있는 혈심마가 없었다면 억지로라도 쫓았을지도 모르지만, 심문을 할 대상이 있는 지금은 아무것도 하기가 싫었다.

하늘을 올려다보는 자세 그대로 진용이 입을 열었다.

"왜 손을 쓰지 않으신 거죠?"

무심히 흘러나오는 진용의 말에 유태청은 자신의 손에 들린 천유를 내려다보았다. 어느새 백광이 사라진 천유는 차가운 빛을 발하며 고요해져 있었다.

"글쎄… 나도 그걸 모르겠군."

그러더니 고개를 들고 진용에게 물었다.

"내가 손을 썼다고 해도 그대로 당할 생각은 아니었을 텐데?"

그랬을 것이다. 하지만 마음에 들어찬 납덩이가 조금은 가벼워졌을지도 몰랐다. 진용은 씁쓸한 표정으로 고개를 저으며 유태청을 바라보았다.

"몸은 좀 어떻습니까?"

유태청의 가늘게 뜨인 노안은 동공이 작게 수축되어 있었다. 하지만 눈빛만큼은 지난 이십 년 동안의 그 어느 때보다 고요하게 가라앉아 있었다.

"아마 정상으로 돌아오기는 힘들지 않을까 싶군. 덕분에 살아났으니 그것만으로도 만족을 해야겠지."

"만족하신다 하심은, 그들을 그냥 놔둘 생각이신가 보군요."

"허허, 설마 이 늙은이더러 그놈들을 일일이 쫓아다니라는 말은 아니겠지?"

"하지만 그들이 가만두지 않을 것입니다."

"그들?"

"혈혈구마를 충돌질하고 움직여서 노선배님을 친 그들, 천혈교 말입니다."

"천혈교?"

모르고 있었던 듯하다. 하긴 그럴 만도 했다. 갑작스런 기습을 받은 상황에서 이것저것 물을 시간도 없었을 테니, 이십 년을 은거하며 살아온 유태청이 어찌 천혈교를 알 것인가.

유태청은 깊어진 눈빛으로 나직이 입을 열었다.

"그리되면 그들도 알게 되겠지. 늙은이는 결코 검만으로 싸우지 않는다는 것을 말이야."

노인에게는 또 다른 무기가 있다. 더구나 십절검존쯤 되면 그 무기는 결코 검 못지않은 힘을 발휘할 수 있다.

칠십 년간의 경험, 그리고 십절검존이라는 이름. 그것은 그 무엇보다 무서운 무기였다.

진용도 유태청의 말을 이해하고 고개를 끄덕였다.

그때 계곡의 입구로 몇 사람이 들어서고 있는 것이 눈에 들어왔다.

위지홍과 팽기한 등이었다. 그들은 빠르게 계곡의 중심부로 다가오더니 주위를 훑어보고는 질린 표정을 지었다.

그들은 절정의 고수들, 흔적만 보고도 그 흔적을 남긴 사람이 어느 정도의 고수인지 능히 짐작할 수 있는 사람들이었다.

척은수의 설명을 듣고서야 자신들과 싸운 자들이 이십 년 전에 죽은 혈혈구마의 후인이라는 것을 알았다. 그럼에도 자신들은 쌍혈검마와 잔혈마가 도망치는 것을 막지 못했으니, 안으로 들어온 자들이 훨씬 강할 거라 예상은 했었다. 안으로 들어온 여섯 사람이야말로 이십 년 전의 혈혈구마 본인들이 아니던가.

그렇다 해도 계곡에 남은 흔적은 그들의 상상을 넘어서고 있었다. 한쪽에 힘없이 서 있다 자신들을 보고 고개를 숙이는 교은형이나 석철강이 살아 있다는 게 다행이라 생각될 정도였다.

위지홍은 두 사람을 향해 가볍게 고개를 끄덕이고는 바로 유태청에게 다가갔다.

"어르신, 위지홍입니다. 몸은 괜찮으십니까?"

머리는 흐트러져 있고, 표정도 창백한 것이 아무래도 내상이 심한 듯 보였다. 게다가 옷은 여기저기 성한 곳이 없으니 걱정이 되지 않을 수가 없었다.

"그럭저럭 견딜 만하네."

비록 적지 않은 세월이 흘렀지만 유태청은 위지홍을 알아보고 간단하게 답했다. 그리고 눈을 돌려 팽기한을 바라보았다. 반가움과 놀라움이 겹친 눈빛이었다.

"오랜만이군."

"유 형을 다시 보게 되다니, 내 일만 아니었다면 삼 일 밤낮을 취하도록 마시고 싶구려."

"술 좋아하는 것은 여전하나 보군. 한데 무슨 일로 직접 나선 겐가?"

"내 아들을 죽인 놈을 잡으러 온 거외다."

순간 유태청의 눈썹이 꿈틀거렸다. 자신 역시 혈혈구마에게 아들을 잃지 않았던가. 참으로 공교로운 일이다.

그때 위지홍이 나서서 간단하게 상황을 설명해 줬다.

"요마에게 팽가의 사람들이 당했습니다. 그자도 이곳에 온 것으로 알고 있습니다만⋯⋯."

"요마?"

유태청은 가볍게 놀란 표정을 지으며 고개를 돌렸다. 요마의 시신을 향해.

위지홍은 직감적으로 유태청의 행동을 이해하고는 요마의 시신을 바라보았다. 하지만 그가 아는 요마는 어디에도 보이지 않았다.

의혹에 찬 위지홍의 눈이 유태청을 향했다. 그러자 유태청이 입을 열며 턱짓으로 진용을 가리켰다.

"그가 바로 요마네. 저 젊은이에게 죽었지."

"예?"

위지홍은 물론이고 팽기한마저 어리둥절해 있다가 놀란 눈으로 진용을 바라보았다. 진용은 씁쓸한 표정으로 입을 열었다.

"어쩌다 그렇게 되었습니다. 죽기 전만 해도 중년인의 얼굴이었지요."

그러고 보니 오뉴월 가뭄에 말라비틀어진 오이처럼 주름이 많고 쭈그러든 모습이어서 그렇지, 분단장한 얼굴이다. 대체 무슨 일이 있었기에 요마가 저런 모습으로 죽어 있단 말인가.

그때 팽호중이 앞으로 나섰다.

"숙부님, 일단 그 물건이 있나 찾아봤으면 합니다."

이맛살을 찌푸린 채 요마의 시신을 바라보고 있던 팽기한이 천천히 고개를 끄덕였다. 그러자 팽호중과 팽무중이 나서서 요마의 시신을 뒤졌다.

시신의 품속을 뒤진 지 얼마 되지 않아 곧바로 팽호중이 하나의 흑색 목갑을 꺼내 들었다. 그는 떨리는 손으로 목갑을 열어보고는 환한 표정으로 팽기한에게 목갑을 내밀었다.

목갑 안에는 오리알만 한 붉은 옥이 하나 들어 있었다.

"찾았습니다, 숙부님."

팽기한은 묵묵히 붉은 옥을 응시했다.

"비록 원수를 직접 갚지는 못했지만, 그나마 물건이라도 찾아서 다행이구나."

그때였다. 유태청이 의아한 표정으로 입을 열었다.

"팽가가 무슨 일 때문에 홍옥을 필요로 하는지 모르겠군."

팽호중이 목갑을 닫으며 말했다.

"노선배님, 이것은 단순한 홍옥이 아닙니다."

"홍옥이 아니라고? 그럼 그것이 화령옥이라도 된다는 말인가?"

팽호중이 바로 입을 열지 못하자 팽기한이 대신 말했다.

"그렇소이다, 유 형."

유태청이 고개를 갸웃거렸다.

"이상하군. 화령옥은 가운데 불꽃 문양이 있다고 들었는데……."

그 말에 사람들의 눈이 모두 목갑에 쏠렸다.

팽호중은 급히 목갑을 다시 열었다.

붉은 옥은 여전히 거기에 있었다. 그러나 그 옥의 어디에도 불꽃 문양은 보이지 않았다.

"그 말씀…… 정말입니까? 정말 화령옥에는 불꽃 문양이 있습니까?"

다그치듯 묻는 팽호중의 말에 유태청의 표정이 굳어졌다. 그제야 아차 하며 입을 닫았지만 이미 내뱉어진 말, 주워 담기에는 늦어버렸다. 팽호중이 눈을 내리깔자 유태청이 굳은 어조로 입을 열었다.

"내 이름을 걸지."

십절검존 유태청의 이름이 주는 무게에 팽호중은 숨도 쉬지 못했다. 다행히 팽기한이 나서서 무겁게 짓눌린 분위기를 해소시켰다.

"유 형의 말을 어찌 못 믿겠소. 다만 화령옥에 한 아이의 목숨이 달려 있다 보니 조카가 미처 앞뒤를 가리지 못한 것 같소이다."

팽기한이 침중한 표정으로 입을 여는 사이, 팽무중이 다시 요마의 시신을 살펴보았다. 그러나 요마의 품속에서는 화령옥과 비슷한 그 무엇도 찾을 수가 없었다.

뜻밖의 상황에 지켜보고만 있던 진용이 앞으로 나섰다.

"혹시 호가에서 받은 물건이 잘못된 것은 아닙니까?"

팽기한은 고개를 가로저었다.

"호가가 우리 팽가를 적으로 삼을 작정을 했다면 모를까, 그런 일은 있을 수가 없네."

"그럼 목갑은 화령옥이 담겨 있던 목갑이 맞습니까?"

"확실치는 않지만 맞는 것 같네. 목갑에 새겨진 문장은 분명 호가의 문장이네."

목갑은 맞는 것 같은데 물건은 아닌 것 같단다. 그런데도 호가는 분명 진품을 보냈을 거라고 한다.

일이 이상하게 흘러간다. 진용은 미간을 찌푸리며 팽호중의 손에 들려 있는 목갑을 바라보았다.

"그럼 일단은 저 물건이 홍옥이든 화령옥이든, 호가에서 보낸 물건인지를 먼저 확인해 봐야겠군요."

"으음……."

끝내 팽기한의 입에서 침음성이 흘러나왔다. 그러자 진용이 말을 이었다.

"처음부터 하나하나 따지다 보면 어디서 잘못된 일인지 알 수 있겠지요."

별다른 방법이 있을 리가 없었다. 팽기한은 즉시 팽호중에게 목갑을 가지고 팽무중과 함께 호가로 갈 것을 명했다.

그리고 자신은 당분간 진용과 함께하기로 했다. 진용에게서 역모에 대해 들은 이상 어쩔 수가 없다는 것이 팽기한이 내세운 이유였지만, 그것은 표면상의 이유였고, 사실은 한 가지 의문 때문이었다.

일단 죽은 수하들과 혈혈구마 넷의 시신은 땅에 파묻었다.

상황 정리가 끝나자 척은수와 교은형과 석철강은 위지홍의 명령에 따라 살아남은 수하들을 이끌고 본성으로 돌아갔다. 그리고 교은형과 이런저런 작별인사를 길게 나눈 정광이 혈도를 제압한 혈심마를 둘러메자, 남은 사람들은 계곡 가장 안쪽, 텃밭으로 둘러싸인 유태청의 통나무집으로 자리를 옮겼다.

통나무집 옆으로는 삼 장 높이의 그리 높지 않은 폭포에서 떨어진 물이 작은 개울을 이루며 흐르고 있었다.

거기다 병풍처럼 사방을 두른 깎아지른 듯한 절벽, 그 절벽에 뿌리를 박고 자란 소나무들… 마치 한 폭의 산수화를 보는 듯했다.

하지만 통나무집 안에 들어선 사람들의 눈에는 그런 절경조차 들어오지 않았다.

안으로 들어서자마자 사람들은 누가 말하지 않았는데도 약속이라도 한 듯 각자 자리를 잡고 내력을 다스렸다.

천혈교가 혈혈구마만 보냈는지, 아니면 후속 조치를 취했는지는 아무도 모른다. 그들은 십절검존을 죽이려 혈혈구마를 보낸 자들, 또 다른 누가 온다 해도 이상할 것이 없었다. 그러니 대비를 해야 했다. 그리고 그 대비의 첫 번째는 몸을 정상으로 만드는 일이었다.

반 시진이 지나자 하나둘 눈을 뜨기 시작했다.

천단심법으로 대주천을 행한 진용도 천천히 눈을 떴다. 한없이 깊어진 그의 눈빛에는 전에 보지 못했던 어둠의 노을이 옅게 깔려 있었다. 마기라고 하기도 그렇고, 사기라고 하기도 그런 묘한 기운이었다.

'내공이 훨씬 강해졌다. 하지만… 반이 어둠의 기운이다. 요마와 멸혼마의 기운이 마령석의 기운을 녹인 탓인가?'

사실 요마의 진기나 멸혼마의 진기를 흡수하긴 했지만, 그 중 극히 일부만이 진용의 진기와 합쳐졌다. 본래 흡수한 진기가 모두 자신의 것이 되는 것도 아니라는 것쯤은 진용도 알고 있었다. 그러나 기껏 일 할 정도만이 자신의 진기와 합쳐진 진짜 이유는 따로 있었다. 그 대부분의 기운이 마령석의 기운을 녹이는 데 사용되었기 때문이다. 진용의 의지와는 상관없이.

'반은…… 녹은 것 같다, 시르…….'

세르탄도 그 사실을 알고 놀랐는지 말이 떨려 나왔다. 왠지 몰라도 그리된 것에 희열을 느끼는 듯한 목소리였다.

―이 말썽꾸러기가 무슨 생각을 하고 있지?

아무래도 언제 날 잡아서 그 이유를 파헤쳐 봐야겠다는 생각이 드는 진용이었다.

잠시 후 정광을 끝으로 모두 눈을 떴다.

그러자 뜨거운 차 대신 차가운 냉수를 한 사발 들이켠 위지홍이 기다렸다는 듯 입을 열었다.

"놈들의 계책에 수하들이 너무 많이 희생되었습니다. 그러니 곧 어떤 식으로든 명령이 떨어질 것입니다."

위지홍의 말투에는 차가운 살기가 배어 있었다. 어쩌면 당연한 반응이었다. 이번 일에 투입된 삼십여 명의 수하 중 살아남은 사람은 열두 명에 불과하다. 게다가 천제팔성 중 세 사람이 중상에 가까운 부상을 입었다. 천제성 수십 년래 최대의 피해였다.

"백리 형이 화를 많이 내겠군."

유태청의 무겁게 입을 열었다.

그 말속에는 무서운 뜻이 담겨 있었다. 그가 말한 백리 형이란 천제성주 백리자천을 말함이다. 그러니 그가 화를 낸다는 말은 곧 강호에 폭풍이 분다는 말과도 같았던 것이다.

"아마도…… 그럴 것입니다."

위지홍은 유태청의 말에 무겁게 대답하며 한쪽에 널브러져 있는 혈심마를 바라보았다.

"고 천호, 저자를 본 성에 넘겨주지 않겠나?"

한쪽에서 묵묵히 앉아 있던 진용이 눈을 번뜩이며 천천히 자리에서 일어났다.

"위지 대협, 저 역시도 저자에게 알아볼 것이 있습니다."

"심문해서 정보를 얻는 거라면 본 성이 나을 거라 생각되네만……."

진용이 묘한 표정으로 답했다.

"글쎄요… 꼭 그렇다고만 볼 수도 없겠지요."

두 사람의 말을 듣고 있던 유태청이 의아한 얼굴로 진용을 쳐다보았다.

"천호라면…… 자네, 관인이었나?"

진용은 고개를 끄덕였다.

"금의위에 있습니다."

유태청이 정말 놀랐다는 표정으로 고개를 저었다.

"관인 중에 자네 같은 고수가 있었다니……. 한데 관인이 왜 강호를 돌아다니는 것인가?"

그 물음이 던져지자 위지홍은 언뜻 드는 생각에 급히 유태청을 바라보았다.

하지만 진용은 위지홍이 미처 입을 열 틈도 주지 않고 유태청에게도 천혈교와 황궁 사이에 얽힌 이야기를 줄줄이 늘어놓았다. 그리고 마지막에 한마디를 덧붙였다.

"아시겠지만 이 일은 역모와 관계된 일입니다. 하니 노선배님께서도 신중히 생각하고 움직여 주셨으면 합니다."

"신중히 생각하고 움직여라?"

"어차피 천혈교가 노선배님을 가만두지 않을 것 같은데……. 어떻습니까, 괜찮으시다면 함께 움직였으면 합니다만……?"

"흠……."

유태청은 신중한 표정으로 비음을 흘리고는 진용을 향해 말했다.

"혈혈구마를 움직일 정도면 분명 예사 놈들이 아닌 것은 분명하지. 게다가 자네 말대로 한 번 공격한 놈들이 두 번 공격하지 말란 법도 없고 말이네. 그런데 자네, 그들을 상대할 방도는 있는가? 금의위가 아무리 막강한 힘을 가졌다 하나, 그것은 일반인들이 봤을 경우지 강호인들에게는 그리 큰 위협이 되지는 않을 거라 생각되는데."

유태청의 가슴에 호기심이라는 괴물이 슬며시 들어앉았다는 것을 느낀 진용은 조용히, 그리고 나직이 답했다.

"위지 대협이 도와주기로 했으니 천제성도 어느 정도는 도와줄 테고, 또 여기 계신 팽 노선배를 비롯해서 다른 몇 분도 천혈교를 치는 일에 동참할 것입니다. 거기에 노선배님이 힘을 보태주신다면, 그 일이 그리 어렵지만은 않을 거라 생각됩니다만……."

진용의 말대로라면 천하에 상대하지 못할 곳이 없었다.

문제는 천제성이 과연 저 젊은 천호의 뜻대로 움직여 줄 것인가 하는 것이었지만, 생각해 보면 그것도 그리 문제될 것이 없었다. 자존심을 지키기 위해서든, 아니면 복수를 하기 위해서든 천제성도 천혈교를 쳐야 할 상황이니까.

더구나 천혈교가 계속 자신을 죽이려 한다면, 자신의 선택은 한 가지뿐이었다. 그것만이 십절검존의 자존심을 지키는 길이었다.

　오랜 세월 잠들었던 무인의 피가 자신도 모르게 끓어오르자, 유태청은 차갑고도 강한 어조로 가슴 깊은 곳에서 한 자루 검을 꺼내 들었다.

　"나에게 검을 들이댄 대가가 무엇인지 정도는 보여줘야겠지!"

*　　　*　　　*

　혈심마에 대한 심문은 진용이 직접 맡았다.

　위지홍은 진용의 심문이 별 효과가 없을 경우 천제성으로 데려가 전문가에게 맡기겠다고 했지만, 굳이 그럴 필요까지는 없었다. 진용에겐 나름의 방법이 있었던 것이다. 바로 마법이.

　세르탄에게 마안을 배웠다면 더 쉬웠을 일이다. 그러나 세르탄이 악착같이 버티며 가르쳐 주지 않으니 할 수 없이 진용은 환각 마법을 조합해 써야만 했다.

　"환상의 일루젼, 현혹의 데즐! 그대 앞의 모든 것은 환상이며 또한 사실이다. 나는 그대의 주인, 나의 명에 무조건 복종하라!"

　혈심마의 귀청을 울리며 전음으로 펼쳐진 환각 마법, 일루젼 데즐은 혈심마를 충실한 종처럼 만들어 버렸다.

무공을 잃은 혈심마가 이전보다 공력이 훨씬 늘어난 진용의 마법을 견딜 수는 없는 일이었다.

"으으으……. 예…… 그대는 나의 주인……."

혈심마의 동공이 커지고 초점이 허공에 걸쳐지자 진용은 주문을 외듯이 입을 열었다.

"말하라, 천혈교에 대해 그대가 알고 있는 것을! 어느 하나 빼놓지 말고!"

결국 일각도 지나지 않아 혈심마는 자신이 무슨 말을 하는 줄도 모르고 자신이 알고 있는 천혈교에 대한 모든 것을 털어놓았다. 그가 알고 있는 사실이 그리 많지 않다는 것이 문제일 뿐.

너무도 어이없는 상황에 사람들은 멍하니 진용을 바라보았다.

처음 보는 심문 방법에 자신들이 보고 들은 것이 사실인지 믿기 힘들다는 모습들이었다.

"혹시…… 섭혼대법인가?"

유태청의 물음에 진용은 고개를 갸웃거렸다.

환각 마법이나 섭혼대법이나, 어쨌든 나온 결과만 봐서는 비슷했다. 그렇다고 해도 진용은 자신이 펼친 마법을 섭혼대법이라고 말할 수는 없었다. 섭혼대법은 정파인이라면 모두가 경원시하는 마의 대법이 아니던가.

"섭혼대법은 아닙니다. 굳이 말한다면…… 환각대법이라

고 할까요?"

"환각대법? 환각에 빠진 상대를 자유자재로 조종한다, 그 말인가?"

"그와 비슷한 거죠."

혈혈구마가 천혈교에 들어간 시기는 삼 년 전, 자의가 아닌 타의에 의해서였다. 죽은 세 사람의 후인을 키운 그들이 전날보다 한층 강해진 자신들의 실력을 믿고 십절검존을 찾아가 복수를 하기 위해 은거지인 혈운곡을 나섰을 때 그가 나타났다.

금면의 수라탈을 쓴 그는 자신을 천혈교주라고 칭했다.

어리둥절해 있는 그들에게 천혈교주는 한 가지 제안을 했다.

"십절검존을 죽이게 해주겠다. 대신 십 년간 나의 손발이 되어라."

십절검존이라는 이름이 동네 똥개 이름인 줄 아나?

혈혈구마는 코웃음을 치며 일거에 그의 제안을 거절했다. 그러자 그는 아무런 말도 없이 혈혈구마를 공격했다. 그리고 두 시진도 지나지 않아 혈혈구마는 차례대로 그의 앞에 무릎을 꿇어야만 했다.

처참한 패배. 한껏 자신감에 차 있던 혈혈구마는 망연자실 넋을 잃고 할 말을 잃었다.

복수를 하겠다고? 십절검존을 죽이고 혈혈구마의 이름을 천하에 드날리겠다고? 말짱 개소리!

우습지도 않다. 처음 들어보는 단체의 교주라는 자에게 무참히 깨진 자신들이 천하제일을 다툰다는 십절검존을 죽인다는 것이 말이 되는 일인가 말이다.

쥐구멍에라도 들어가고 싶은 심정이다.

십절검존. 그 이름이 넘을 수 없는 하늘의 벽처럼 보였다.

차라리 그냥 혈운곡에 처박혀 나오지나 말 것을……. 후회막심이었다.

그때 그가 다시 말했다.

"그따위 실력으로는 십절검존의 옷깃도 건들 수 없다. 앞으로 내가 시키는 대로 해라. 그러면 그대들의 원대로 십절검존을 죽이고 천하에 위명을 날릴 수 있을 것이다! 선택은 자유! 어찌할 것인가?!"

혈혈구마에게는 달리 선택의 여지가 없었다. 불가능하리라 생각한 파천의 문이 다시 열릴지 모른다는 생각에 몸이 떨릴 지경이었다.

"당신…… 아니, 교주 말대로 하겠소."

그러자 턱! 하나의 목갑이 무릎을 꿇은 혈혈구마의 앞에 던져졌다.

"내공을 높일 수 있는 단약이다. 본 교에서 연락이 올 때까지 다시 그대들의 거처로 돌아가 힘을 키워라."

결국 그들은 다시 혈운곡으로 되돌아가 천혈교주가 건네 준 마단을 복용하고 천혈교주의 연락이 오기만을 기다렸다.

그렇게 절치부심하며 힘을 키운 지 일 년 구 개월, 마침내 천혈교주에게서 연락이 왔다, 십절검존이 은거하고 있는 곳에 대한 정보가 담긴 서찰과 함께.

그리고 그들이 나선 지 얼마 되지 않아 천제성이 그들을 뒤쫓기 시작한 것이다.

결국 그들은 천혈교가 어디에 있는지도 몰랐다. 천혈교주의 진정한 정체도 몰랐다.

그렇다고 아무것도 모르는 것은 아니었다.

천혈교주가 그들을 제압하며 쓴 무공의 특성, 그리고 마단.

그것은 아무것도 모르고 있는 것에 비하면 매우 유용한 정보였다.

"그가 일장을 휘두르면, 그의 두 손에서 악마의 그림자가 튀어나오는 듯했습니다! 시뻘건 악마가!"

4

진용을 비롯한 일행이 통나무집을 나선 것은 한 시진이 더 지나서였다.

혈혈구마 중 세 명이 살아서 도망쳤다. 분명 천혈교가 손을 놓고 있지만은 않을 터. 어떤 상황이 그들을 기다리고 있을지도 모르는 만큼 좀 더 몸을 완벽히 추스르기 위해서였다.

계곡을 나서는 그들 중 표정이 환한 사람은 아무도 없었다. 지금까지는 막연히 신비 세력이라고만 알고 있던 천혈교라는 이름이 새삼 절정의 고수들이라는 그들의 어깨를 짓누르고 있는 것이다.

그 내부분의 무게는 한 사람 때문이었다. 혈혈구마를 단신으로 제압한 자. 금면수라탈의 천혈교주!

그가 누군지는 아직 아무도 모른다. 확실한 것은 절대적으로 강한 자라는 것. 십천존 중에서도 가장 강하다는 삼태천에 비견될 정도로.

십절검존(十絶劍尊) 유태청, 천무제(天武帝) 백리자천, 만불성승(萬佛聖僧) 요공. 그 누구도 천혈교주의 정체에 조금이라도 부합되는 사람이 없으니, 일단 삼태천은 아니라고 봐야 했다.

그럼 누굴까? 십천존의 나머지 일곱 중 하나일까?

아직 확실한 것은 없다. 아무것도……

그것을 처음 발견한 사람은 정광이었다.

축 늘어진 혈심마를 짊어지고 맨 뒤에서 불만 가득한 표정으로 일행의 뒤를 따라가던 정광. 그는 행여나 집 잃은 멧돼지라도 한 마리 있을까 열심히 눈알을 굴리다가 우연히 골짜기 한쪽 구석에 시커먼 뭔가가 삐죽 튀어나와 있는 것을 발견했다.

한데 부실부실한 털이 보이는 것이 아닌가.

'멧돼지는 아닌 것 같고, 토끼인가?'

산토끼라도 좋았다, 쫄쫄 굶는 것보다는 나으니까.

정광은 비릿한 미소를 머금고 힘껏 발을 휘둘렀다.

획! 정광의 쇠 신발이 빨랫줄처럼 날아갔다. 많이 해본 솜씨.

픽! 떼구루루…….

정통으로 맞은 그 시커먼 물체는 일 장가량 튕겨지더니 힘없이 얕은 골짜기 아래로 굴러갔다. 튕겨지던 물체의 반대쪽 모습이 보인 것은 그때였다. 그제야 정광은 그 물체가 무엇인가를 알아보고는 헛바람을 들이켰다.

"헛!"

정광의 호들갑에 빠르게 십여 장 앞을 나아가던 사람들이 고개를 돌렸다. 진용이 나서서 물었다.

"무슨 일입니까, 도장님?"

정광은 손가락으로 골짜기를 가리켰다.

진용은 정광의 손가락을 따라 고개를 돌렸다. 미처 회수하지 못한 정광의 쇠 신발이 옅게 깔린 눈 위에 뒤집힌 채 놓여 있었다. 그리고 저만치 또 다른 뭔가가 보였다. 사람의 머리통이었다.

순간 진용의 신형이 그곳으로 날아갔다. 다른 사람들도 진용의 뒤를 따라 허공을 갈랐다.

반항할 틈도 없이 잘린 듯 단면은 너덜거리는 살점 하나 없이 깨끗했는데, 찢어질 듯 부릅떠진 눈은 공포에 젖은 채 얼어붙어 있었다.

팽기한이 소리쳤다.

"무중!"

그 머리통의 주인은 팽무중이었다.

정적이 내려앉았다. 화령옥의 진위 여부를 알아보기 위해 떠난 팽무중의 머리가 왜 여기에 있단 말인가. 게다가 또 몸통은 어디에 있단 말인가!

"주위를 둘러보세!"

위지홍이 소리치자 각자 방위를 잡고 사방으로 흩어졌다. 정광도 혈심마를 내려놓고 쇠 신발을 주워 신었다.

그때 동쪽에서 팽기한의 노성이 터져 나왔다.

"참으로 악랄한 놈들이구나!"

다시 사람들은 팽기한이 있는 곳으로 모여들었다.

그곳에는 세 구의 시신이 바위 위에 놓여 있었다. 보란 듯이.

이번에는 위지홍이 놀라 소리쳤다.

"척 아우!"

그중 하나는 척은수의 시신이었고, 나머지 두 사람은 천제성의 수하들이었다. 격렬한 저항이 있었는지 척은수의 시신에는 수많은 상처가 입을 벌리고 있었다. 그리고 마지막으로 머리가 잘린 듯했다.

그런데 왜 이들의 싸움 소리를 듣지 못한 걸까. 비록 거리가 많이 떨어져 있고, 굽이친 계곡이 소리를 막았다 해도 완전히 듣지 못할 정도는 아니었을 텐데.

시신을 살피던 위지홍이 살얼음이 어는 듯한 목소리를 내뱉었다.

"아무래도 우리가 모르는 적이 더 있었던 것 같습니다."

"대체 어떤 놈들이……."

유태청의 노안에 분노가 어렸다. 이 사람들을 죽인 자들이 천혈교의 사람들인지 아닌지는 모른다. 그러나 한 가지만은 분명하다.

자신을 무시하고 있다는 것. 삼태천의 일인인 십절검존을 무시하고 있다는 것! 감히 말이다!

그때 눈을 감은 채 조용히 서서 최대한 감각을 넓혀가던 진용이 천천히 눈을 떴다.

"아직 끝나지 않은 것 같습니다."

끝나지 않았다? 네 사람의 눈이 진용을 향했다. 동시에 멀리서 비명인지 고함인지 모를 소리가 길게 메아리쳐 들렸다.

"으아아아!!!"

바람 소리에 파묻혀 신경을 곤두세우지 않으면 들리지 않

을 정도였다. 그러나 이곳에 있는 사람들 중 그 소리를 듣지
못할 사람은 아무도 없었다.

시신의 정리는 나중에 해도 늦지 않는다. 혈심마도 문제가
아니었다. 일단은 산 사람이 우선이었다.

"산 아래쪽입니다."

진용의 말이 떨어짐과 동시, 다섯 사람의 신형이 산 아래로
날아갔다.

5

석철강은 믿을 수가 없었다. 여기저기서 사람들이 죽어나
간다, 처참하게!

처음에 그들이 발견한 것은 도망친 광혼마의 시신이었다.
그리고 곧바로 잔혈마의 시신을 발견했다.

도망친 것으로 알고 있는 혈혈구마가 죽었다는 사실에 처
음에는 의아한 마음이었다. 하지만 그 뒤에 쌍혈검마의 시신
을 발견하고 나서는 그 사실이 충격으로 다가왔다.

자신들 중, 아니면 통나무집으로 간 사람들 중 그들을 뒤쫓
은 사람은 아무도 없었다. 그런데 왜 이들이 죽어 있단 말인
가? 그것도 머리가 잘리고 전신이 난자된 채.

그때만 해도 어쨌든 잘된 일이라 생각했다. 누가 죽였는지
는 몰라도 혈혈구마를 죽였다면 자신들의 적은 아니라는 생

262 마법서생

각에.

그러나 얼마 지나지 않아 자신들이 얼마나 단순하게 생각했는지를 깨달아야만 했다. 채 일각도 지나지 않아 자신들의 동료들 역시 하나하나 죽어가기 시작한 것이다.

그중에는 자신의 의형이자 천제팔성 중 하나인 척은수도 있었다.

아무리 한 팔을 쓰지 못한다 해도 척은수는 척은수였다. 그런 척은수가 보이지도 않는 적에게 죽임을 당했다. 수하 둘과 함께.

척은수가 죽자 화가 머리꼭대기까지 치솟은 석철강은 교은형과 함께 놈들을 쫓기 시작했다. 하지만 놈들을 잡기는커녕 오히려 놈들의 아가리 속에 머리를 들이민 꼴이 되어버렸다. 그리고 수하들이 또다시 하나둘 죽어가기 시작했다.

조금 전에도… 그리고 자신이 바라보고 있는 지금도. 머리가 잘리고, 사지가 잘린 채.

이제 살아남은 사람은 자신과 교은형, 그리고 단 세 명의 수하뿐이다. 그나마도 언제 죽을지 모를 상황. 그런데도 적이 누군지조차 알지도 못하고 있다.

예상되는 적의 수는 열 명 안팎. 하나같이 그림자도 남기지 않고 움직이는 데다 본실력도 결코 약하지 않다. 멀쩡할 때의 자신들이라 해도 만만히 볼 수 없는 고수들.

교은형이 허리에 일검을 내주며 억지로 한 놈을 때려잡긴 했지만 그것이 전부다.

자신들이 누군가! 아무리 부상을 입은 상태라 하나 그래도 천제성의 기둥이라는 천제팔성이 아니던가! 그런데 적이 누군지도 모르고 죽어가야 하다니!

분노에 찬 외침이 석철강의 입에서 터져 나왔다.

"으아아아!! 이놈들! 모습을 보여라! 정정당당하게 싸우자!"

적이 워낙 은밀하게 움직이다 보니 자신들도 소리를 죽여야 했다.

하지만 이제는 아니다. 이판사판, 죽기 아니면 까무러치기다.

교은형도 같은 심정인 듯 악에 받쳐 소리쳤다.

"다 나와!!"

그때다!

스스스스……

귓바퀴를 간지럽히는 스멀거림이 사방에서 느껴진다.

교은형이 먼저 뭔가를 느끼고 움직였다. 그의 손에 들린 비도가 허공을 가른다.

쉭! 팍!

비도 한 자루가 어른 허벅지 굵기의 소나무를 관통하며 소나무 뒤쪽의 바위에 박혀들었다. 그 짧은 순간, 교은형의 신형은 이미 소나무를 돌아 일 장가량 떨어진 곳에 있는 바위

위에 올라서 있었다. 동시에 두 자루의 비도가 교은형의 손을 떠났다.

쉬쉭! 픽! 쩡!

아름드리 소나무에 끝자락도 보이지 않고 박혀드는 소리가 하나, 그리고 다른 하나는 쇠끼리 부딪치는 소리다!

'놈이다!'

쉿소리가 난 곳을 향해 석철강의 일권이 내질러졌다.

우지끈! 소나무 한 그루가 허리가 잘린 채 쓰러진다.

그때 아무 소리도 없이 빛줄기가 석철강의 배후를 향해 날아왔다.

석철강은 왼발을 축으로 빙글 돌며 또다시 일권을 내질렀다. 아예 피할 생각도 하지 않고서.

의외였는지 쏘아져 오던 빛줄기가 잘게 흔들렸다. 그 시간이면 족했다.

"이놈!"

석철강의 신형이 아름드리 소나무의 이 장 높이를 향해 솟구쳤다.

그사이 아래쪽에서 숨 가쁜 비명이 흘러나왔다.

"커어억!"

수하 중 하나가 또 죽은 것 같다. 그러나 석철강은 이를 지그시 깨물고 자신이 본래 목표한 곳을 향해 쇄도했다.

그때였다. 서늘한 바람이 칼날처럼 옆구리로 스며든다.

"흡!"

비튼 허리 사이로 파고드는 송곳처럼 뾰족한 검첨. 석철강은 옆구리를 파고드는 검첨에 오히려 몸을 밀어 넣고서 검첨의 끝을 향해 일권을 내질렀다.

쾅!

주먹 끝에 기분 좋은 감촉이 느껴졌다. 하지만 그뿐이다. 자신이 본래 목표로 하고 있던 곳에서 빛줄기가 번쩍였다. 부러진 왼손을 들어 막아보지만 소용이 없다.

스윽!

왼손 팔뚝이 미세한 단절음과 함께 잘려 나간다.

화악!

뿜어져 나오는 시뻘건 핏물이 앞을 가린다.

한순간 석철강은 시원하다는 느낌이 들었다. 그는 그 느낌을 그대로 간직한 채 자신의 가슴을 찔러오는 빛줄기를 보며 앞을 향해 몸을 던졌다.

불에 달군 송곳이 가슴을 후비는 극렬한 고통! 그곳에 누군가의 차디찬 몸이 닿았다. 그는 잘려진 왼손과 멀쩡한 오른손으로 그 몸을 와락 끌어안았다.

"이놈! 내가 바로 대력패권 석철강이다!"

우드득! 허리가 부러지는 소리가 들린다. 동시에 목을 스치고 지나가는 시원한 빛줄기. 뇌리가 하얗게 비어간다.

문득 저만치서 허리가 뒤로 꺾인 회의인이 자신의 가슴에 한 자루 가느다란 검을 쑤셔 박은 채 안겨 있는 것이 보인다. 그리고 그 뒤에 허공을 평지처럼 밟으며 날아오고 있는 사람들······.

그것이 그가 본 세상의 마지막 모습이었다.

떼구루루······.

"석가야!"

석철강의 몸에서 분리된 머리가 경사진 곳으로 떨어져 굴러가자 교은형은 미친 듯이 소리치며 신형을 날렸다.

척은수도 잃고, 수하들도 거의 다 잃었는데, 이제 친동생 같던 석철강마저 잃었다.

그의 눈에 보이는 것은 오직 하나, 굴러가고 있는 석철강의 머리뿐이었다.

옆에서 소리없이 날아오는 빛줄기도 보이지 않았다. 머리 위에서 떨어져 내리는 칼날도 보이지 않았다.

제일 앞장서서 날아가던 진용은 황급히 오른손을 쳐들었다.

교은형의 머리 위로 회의인이 떨어져 내리고 있었다.

'시간이 없다!'

거리는 십오륙 장. 자신이 도착할 때쯤이면 교은형의 머리는 두 쪽이 나 있을 것이다.

'타공지!'

오른손이 내리그어졌다. 길게 갈라지는 허공!

진용의 손가락이 갈라진 틈을 비집고 허공을 찍었다!

퍽!

교은형의 머리 위에서 떨어져 내리던 회의인이 몽둥이로 얻어맞은 듯 옆으로 튕겨졌다. 칼날도 교은형의 어깨 어림을 스치고 지나갔다.

순간, 진용의 손가락이 허공을 다시 한 번 찍었다.

쩡!

교은형의 옆구리에 닿아 있던 칼날의 중동이 커다랗게 휘어지며 옆구리를 가르고 파르르 떨었다.

그 짧은 시간, 교은형은 석철강의 머리를 집어 들고서 빠르게 뒤로 물러섰다. 옆구리의 찢겨진 옷이 피로 물들기는 했지만, 움직이는 데 그리 제약을 받지 않는 것으로 봐서 살이 깊게 갈라지지는 않은 듯했다.

그사이 주검만이 남아 있는 전장으로 진용 등이 날아들었다. 그들은 내려서자마자 즉시 적의 공격에 대비해 각자의 무기를 빼어 들었다. 그러나 교은형을 공격했던 회의인들은 어느새 사라져 그림자도 보이지 않았다.

가공할 은신술이다!

진용은 모든 신경을 적의 탐지에 집중시켰다. 극히 은밀하고 빠르게 움직이는 놈들이니만큼 언제 어디서 공격이 들어올지 모르는 일.

한데 그때다!

지극히 옅은 기운이 빠른 속도로 흩어지고 있는 것이 느껴지는가 싶더니, 순식간에 삼십 장 밖으로 벗어나 사라지고 있다.

'이런! 도망치는 것인가?'

진용은 다급히 근처의 높은 나무 위로 신형을 날렸다. 그러자 좀 더 확연히 느껴진다.

"먼저 쫓겠습니다! 노선배님들은 이곳 일을 먼저 정리해 주십시오!"

대답을 기다릴 시간도 없었다. 놈들의 기운이 희미해지고 있다. 나무를 박찬 진용의 신형이 바람을 타고 산 아래를 향해 날아갔다.

사람들이 고개를 들었을 때 이미 진용의 신형은 나무 위에서 사라져 있었다. 정광이 다급히 나무 위로 올라갔지만 진용의 그림자도 보이지 않았다.

"같이 가자고!"

늦으면 놓칠 것 같다는 생각에 정광은 다급히 몸을 날렸다.

두 사람이 눈 깜박할 사이에 사라지자 유태청은 그들을 따라가지도 못하고 손에 든 천유만 만지작거렸다.

"허, 이거 우리가 늙은 것인가?"

벽력을 다시 도집에 꽂은 팽기한의 굳은 눈도 가늘게 흔들렸다.

"늙은이에게는 따로 늙은이만이 할 수 있는 일이 있지 않겠소?"

진용이 적의 기운을 쫓아 사라지자, 위지홍은 새파란 살기를 뿜어내며 으르렁거리는 목소리로 교은형에게 물었다.

"대체 어찌 된 일이냐?"

"모두 죽었습니다. 달아났던 혈혈구마의 세 사람도, 팽가의 두 형제도. 그리고…… 저를 뺀 본 성의 사람들도."

팽무중이 죽었으니 팽호중도 무사하지 못할 거라 생각은 하고 있었다. 또한 척은수와 천제성 수하들의 주검을 보고 최악의 경우도 예상하고 있던 차였다. 하지만 혈혈구마의 죽음만큼은 그들의 예상에 없던 일이었다.

뜻밖의 말에 위지홍의 표정이 굳어졌다.

"달아났던 혈혈구마가 죽었다고?"

"예, 형님. 처음에 그들이 죽어 있는 것을 보고 석 아우가 이상하다고 했을 때 정신을 바짝 차렸어야 하는데……. 크흑!"

온몸이 피에 전 교은형이 품속의 석철강을 보며 다시 흐느끼자 유태청이 이마를 찌푸리며 중얼거렸다.

"그럼 천혈교 말고 또 다른 적이 있었단 말인가?"

아무도 정확한 답을 내리지 못했다. 그때 팽기한이 회의인을 쳐다보며 말했다.

"일단 저자들이 누군지 먼저 알아봐야겠군."

모두가 널브러져 있는 두 명의 회의인을 쳐다보았다. 이미 죽어 있는 자들. 그러나 때로는 시신도 말을 할 때가 있다.

위지홍이 싸늘한 어조로 교은형에게 말했다.

"교 아우, 일단 모든 시신을 가매장하고, 저 두 구의 시신만 챙겨 간다."

"위지 형님……."

"머리에서 발끝까지, 실오라기 하나 놓치지 않고 모든 것을 조사하다 보면 뭔가가 나올 것이다. 그때부터 복수를 할 것이다. 그러니 다른 말은 하지 말아라. 놈들에게 보여줄 것이다, 본 성을 건드린 대가가 어떤 것인가를……."

누군가가 자신들의 계획을 역이용하고 있다. 감히!

6

진용은 일행과의 거리가 이십여 장으로 벌어지자 즉시 실피나를 불러냈다.

"실피나!"

실피나가 환한 웃음을 지으며 나타났다. 마치 실컷 땀 흘리고 시원하게 목욕이라도 한 것처럼 활력 넘치는 표정이었다.

─불렀어? 아웅! 한바탕 신나게 뛰었더니 몸이 좀 풀린 것 같아. 아이! 기분 좋아.

"허튼소리 그만 하고, 주위를 살펴봐! 도망치는 놈들이 있

을 거야. 빨리!'

　—알았어! 그런 일이라면 이 언니가 최고지. 오호호호!

　실피나가 한줄기 바람이 되어 빠르게 사라지자 뒤늦게 세르탄이 구시렁댄다.

　'염병! 누구는 죽어라 뛰어다니느라고 발바닥에 땀이 마를 시간도 없는데…… 뭐? 몸이 좀 풀린 것 같아? 언니? 무슨 정령이 저따위야?'

　'시끄러! 땀나면 내가 나지 세르탄이 나? 그리고 솔직히 말해서 세르탄보다 더 도움이 되잖아!'

　'시르! 아까 실피나 때문에 죽을 뻔한 것 잊었어?'

　'그거야 내가 아직 내력이 달려서 그런 것이고, 환각 마법을 펼칠 때만 해도 세르탄이 마안을 가르쳐 줬으면 간단했던 일이잖아.'

　'그건……'

　'뭐, 뇌전의 능력도 생각보다 별로던데…… 차라리 실피나가 싸우는 것이 훨씬 효과적인 것 같아…….'

　갑자기 뒤통수가 후끈 달아올랐다. 그러더니 세르탄이 억눌린 목소리로 말했다.

　'…가르쳐 주면 되잖아, 가르쳐 준다고! 씨이…… 아직 뇌전의 기가 부족해 제대로 펼치지도 못하면서 왜 내 탓을 하는 거야! 실피나의 능력 따위는 제대로 된 뇌전의 능력에 비하면 새 발의 피라고!'

진작 그럴 것이지. 개기기는…….

진용은 세르탄이 끝없이 구시렁대자 슬그머니 말을 돌렸다.

'그건 그렇고, 환타지 중에 폭공지는 언제 가르쳐 줄 거야? 그래도 타공지는 쓸 만하던데.'

그 말이 떨어지자 세르탄은 언제 떠들었냐는 듯 조용해졌다. 그리고 적의 꼬리를 잡을 때까지 입을 열지 않았다.

적의 꼬리를 잡은 것은 역시 실피나였다.

—주인아! 저쪽에 못생긴 인간들이 많이 모여 있어!

모여 있다고? 도망가지 않고? 이상하다, 도망을 가던 자들이 멈추다니. 무슨 생각을 하고 있는 걸까?

"몇 명이야?"

—응? 몇? 어…… 열…… 넘어.

움찔하며 대답하는 말투가 어째 이상하다. 하지만 은신술이 뛰어난 적을 상대하기 위해서는 정확한 숫자를 알아야 하기에 다시 물었다.

"정확히 몇 명이냐니까?"

—열…… 하나, 둘, 셋…… 열 하고 셋.

갑자기 세르탄이 웃었다.

'켈켈켈! 저 멍청한 정령은 열까지밖에 못 세나 봐! 우헤헤헤!'

'그래도 놈들을 발견한 것은 세르탄이 아니라 실피나라는 걸 잊지 말라구. 그런데 세르탄은 몇까지 셀 줄 알아?'

진용이 지나가듯이 물었다. 그러자 세르탄이 자랑스럽게 말했다.

'백! 좀 무리해서 백여덟까지는 세어봤지! 대마전의 기둥이 백팔 개거든. 음하하하!'

에헤…… 잘났다, 세르탄.

어쨌든 적은 열, 혼자 상대하기에 벅찬 숫자다. 그러나 적은 진용이 뒤쫓아왔음을 모르고 있다. 그것은 작으면서도 큰 차이였다. 결정적일 정도로.

7

그들이 걸음을 멈춘 곳은 격전지에서 두 개의 산을 넘은 곳이었다. 뒤따라오는 자들은 보이지 않았다. 따라온다고 해도 숲 속에 있는 이상 겁날 것은 없었다. 무영천귀 여덟에 자신이 이끄는 척천단 다섯이면 설사 십천존 본인이라도 자신있었으니까.

그런 자신감에 상관욱은 일단 걸음을 멈췄다. 인원도 점검할 겸, 계속된 격전으로 인해 손상된 몸을 추스르기 위해서였다.

열 명의 무영천귀 중 둘이 죽고 여덟이 남았다. 남은 여덟

명 중 두 명은 제법 큰 부상을 당한 채 안색이 창백하니 굳어 있었다. 사실 그 정도의 희생으로 혈혈구마 중 셋을 죽이고, 팽가이호를 비롯해 천제성의 고수들을 십여 명 죽였으니 무영천귀에 대한 실험은 대성공이었다.

하지만 마지막에 본 광경이 떠오르자 상관욱은 자신도 모르게 인상이 와락 구겨졌다.

'누구였지? 상당한 거리였는데, 그 거리에서 무영천귀에게 부상을 입히다니……'

십절검존 유태청이 그들과 함께 있다는 것은 매우 뜻밖의 일이었다. 맹에서조차 모르고 있는 일. 알았다면 결코 말을 하지 않았을 리가 없다.

그러나 다행스럽게도 자신이 알고 있는 유태청은 이미 이빨 빠진 호랑이였다. 광혼마가 죽기 전에 한 말이니 그리 틀린 말은 아니었을 것이다.

"유태청을 거의 죽음 직전까지 몰고 갔던 우리거늘. 크크크……. 네 따위 놈들에게 뒤통수를 얻어맞다니……."

그리고 자신이 멀리서 본 바로도 유태청은 결코 자신들을 압도할 만한 기도를 뿜어내지 못하고 있었다.

그럼 누굴까?

팽기한이나 위지홍이 강하긴 하지만 결코 무영천귀 둘을

한순간에 어찌할 정도의 실력은 아니다. 더구나 그렇게 먼 거리에서는 더욱더.

상관욱의 눈이 반짝였다. 두 사람이 더 있었다. 그중 맨 앞에 날아오던 자는 매우 젊은 자였다. 그것도 서생의 복장을 한 자.

'설마?'

자신이 생각하고도 어이가 없는지 피식 고소가 흘러나왔다.

하지만 그는 몰랐다. 멀리서 자신을 내려다보고 있는 사람이 있다는 것을. 그리고 그가 서생복을 입고 있다는 것을.

진용은 바위 위에 우뚝 솟은 나무 위에 올라가 몸을 숨기고 계곡을 내려다보았다. 우거진 숲 속 완만하게 이루어진 공터에 그들이 있었다. 거리는 대충 백여 장.

암울한 어둠의 기운이 풍기는 회의인이 여덟, 그리고 또 다른 자들이 다섯. 하나같이 고수들이다. 팽기한이나 위지홍에는 못 미치지만, 그렇다고 현저하게 차이 날 정도로 약한 자들은 아니다. 더구나 은신술에 능하고 합공을 망설이지 않는 자들. 아마도 천제팔성을 비롯한 고수들이 당한 이유는 그 때문일 것이다.

게다가 그들 중에는 위지홍이나 팽기한에 근접할 정도의 기운을 지닌 자도 있다. 특히 청의인의 기운은 다른 자들을 압도하고 있다.

'왜 저런 전력으로 물러났을까?'

의문이 든다. 저 정도의 전력이라면 결코 자신들의 전력에
뒤떨어지지 않는다. 저런 힘을 가진 자들이 도망친 이유는 뭘
까?

무인이 도망을 칠 이유는 한 가지뿐이다. 힘의 차이가 너무
커서 도저히 대적이 되지 않을 때. 그렇지 않고 힘이 되는 데
도 도망을 쳤다면, 그만한 이유가 있기 때문일 것이다. 그만
한 이유……

진용은 그간의 과정을 재빨리 되돌아봤다. 한 가지 가능성
있는 생각이 떠오른다.

'자신들의 정체를 밝히고 싶지 않다는 것인가?'

어찌 되었든 아무래도 혼자서 저들을 친다는 것은 힘들 것
같다.

'저들이 멈출 줄 알았으면 같이 오는 것인데……'

진용이 그들을 살피는 사이 정광이 헐레벌떡 뒤쫓아왔다.
그가 속삭이듯이 물었다.

"찾았나?"

"예. 일단 멈췄습니다."

정광은 고개를 내밀어 공터를 바라보았다.

"많이도 있군. 보통 놈들이 아닌 것 같은데?"

당연한 말이다. 그들이 죽인 사람만 봐도 알 수 있는 일.

"어떻게 할 건가? 우리 둘이서 때려잡기에는 머릿수가 너무 많군. 유 노사나 팽 노사가 왔으면 몰라도……."

그 말대로다. 둘이서 치기에는 너무 많았다. 그리고 강했다.

다른 사람들과 같이 오지 않은 것이 아쉬웠다. 하지만 어쩔 수 없었다. 저들이 더 도망가지 않고 멈출 줄 알았다면야 당연히 같이 왔을 테지만, 그때만 해도 도망갈 거라 생각했으니까. 추적을 해서 잡을지 확실하지도 않는 일에 시신을 놔둔 채 산속을 헤맬 수는 없지를 않은가.

어쨌든 그렇다고 빈손으로 되돌아갈 수도 없는 일.

"일단 찔러나 보죠."

"그러다 안 되면 튀고?"

진용이 고소를 지었다. 말을 해도 꼭 도사답지 않게 하는 정광이다. 작전상 후퇴라는 좋은 말도 있거늘.

"너무 무리하지는 마세요. 저들은 강합니다. 게다가 합공도 망설이지 않고 하는 자들이에요. 하나라면 몰라도 둘이면 위지 대협도 장담할 수 없는 고수들입니다."

"걱정 말게. 나도 삼십육계에는 일가견이 있다네."

두 사람은 소리없이 나무에서 내려왔다. 그리고 느닷없이 세차게 불어대는 바람 소리에 묻혀 계곡 아래로 접근했다. 실 피나가 일으킨 바람이었다.

상관욱은 갑자기 바람이 세게 불어오자 미간을 찌푸렸다.

"바람이 세지는군. 몸도 어느 정도 돌아온 것 같은데, 그만 가자."

회의인들이 유령처럼 소리없이 일어섰다. 그들 중 키가 작고 눈썹이 거의 없어 기이하게까지 보이는 삼십대 회의인이 상관욱을 돌아보았다.

"상관 단주, 놈들을 놔두고 그냥 가는 거요?"

상관욱은 가늘게 뜬 눈으로 그를 직시했다. 무영천귀를 이끌고 있는 엽시랑이란 자였다.

"엽시랑, 명령권은 나에게 있음을 잊지 마라."

"쿠쿠쿠, 어찌 모르겠소. 뒤에서 말만 앞세우는 일이 단주의 일이란 걸 말이오."

"엽.시.랑……!"

"크크……. 갇혀서 산 지 십 년 만에 바깥에 나왔는데, 조금 더 놀다 가도 되지 않겠소? 내 형제들도 둘이나 죽었는데……."

엽시랑의 말이 떨어지자 옆에서 두 사람의 말싸움을 바라보고 있던 회의인들이 새파란 살기를 흘려냈다.

흥분이었다. 피를 더 보고 싶다는 열망이었다.

"쿠크크크……. 대장 말이 맞아. 나머지 놈들도 모두 죽이자고."

'이 살귀들이…… 감히!'

마음 같아서는 단칼에 목을 베어버리고 싶었다. 그러나 그럴 수 없다는 것을 누구보다도 자신이 잘 알고 있었다. 실력도 실력이지만, 무영천귀는 삼존맹 십 년의 결실이었다. 그렇기에 자신이 아무리 지위가 높고 실력이 있어도 자기 마음대로 처리할 수 없는 것이다. 최후의 경우가 아니라면.

그렇더라도 참고만 있기에는 끓어오른 노화가 너무 거셌다. 상관욱은 전신에서 강력한 기세가 뿜어내며 지나가던 바람이 얼어붙을 정도로 싸늘하게 입을 열었다.

"한 번만 더 불복종하면 대맹주께 무슨 벌을 받더라도 네놈들을 가만두지 않을 것이다. 일단은 내 명령대로 해!"

바람의 일부가 되어 공터로 접근하던 진용의 귓가에 싸늘한 호통 소리가 들려왔다. 일순간 진용의 눈이 반짝였다.

'대맹주?'

거리는 십 장 안쪽. 두 손에 가득 내력을 모은 진용은 옆을 향해 고개를 돌렸다.

"제가 먼저 치겠습니다. 도장님이 뒤를 맡아주세요."

정광이 고개를 끄덕였다, 잔뜩 긴장한 표정으로.

동시에 진용의 신형이 시위를 떠난 화살처럼 앞으로 쏘아져 갔다.

정광도 발에 잔뜩 힘을 주고 뒤이어 벌어질 일에 대비했다.

그때다. 발밑에서 나뭇가지가 하나 부러졌다. 순간 정광의 안색이 하얗게 질렸다.

뚝!

엽시랑을 기세로 압박하던 상관욱의 고개가 홱 돌아갔다.

잔가지 부러지는 소리는 여기저기서 들린다. 하지만 조금 전에 들려온 소리는 결코 잔가지 부러지는 소리가 아니다. 그리고 그 소리가 들려온 곳은 위가 아니다. 땅에서다.

비릿한 살소를 흘리며 상관욱의 바라보고 있던 엽시랑도 한순간에 자세를 바꾸고 허리로 손을 가져갔다.

"웬 놈……."

쾅!

진용의 진로를 막으며 검을 빼 들던 갈의인 하나가 벼락같은 공격에 튕겨졌다.

삼 장을 격하고 일장을 내지른 진용의 신형이 흐릿해지더니 찰나간에 세 개의 그림자를 남기며 흩어져 버렸다.

그러자 마치 약속이라도 한 듯 회의인들이 일사불란하게 움직이기 시작했다. 그들은 철저하게 진용의 진로가 될 만한 곳을 향해 한결같이 면이 얇고 폭이 좁은 도검을 휘둘렀다.

보고 하는 공격이 아니다. 느낌대로, 마음이 시키는 대로 하는 공격이다.

그중 두 사람의 공격이 진용의 진로를 정확히 가로막았다.

진용은 자신의 진로를 차단하며 휘둘러오는 두 자루 첨도를 우수 중지로 찍어버리고 신형을 뽑아 올렸다.

떠덩!

주르륵, 두 명의 회의인이 뒤로 물러난다. 그러자 또 다른 자들이 허공에 뜬 진용을 향해 도검을 날렸다. 소리없이, 빠르게!

그때 허공에서 빙글, 공중제비를 한 번 돈 진용의 양손이 아래쪽을 향해 펼쳐졌다. 순간!

번쩍!

새파란 벼락이 달려드는 회의인을 향해 쏟아져 내렸다.

콰과과광!

분분히 물러서는 회의인들. 부상을 입히지는 못했지만 약간의 틈이 벌어졌다.

진용은 그 사이로 내려서며 거침없이 신수백타를 펼쳤다. 전력을 다한 천단심법으로 인해 푸르스름한 기운이 진용을 중심으로 넘실댄다. 얼마 전보다 훨씬 선명한 기운이!

그 기운에 부딪친 것은 무엇이든 튕겨 나간다.

일순간이었다. 두 명의 회의인이 신수백타에 얻어맞고 정신없이 뒤로 물러섰다. 하지만 회의인들의 공격은 멈출 줄을 모르고 더욱 신랄하게 이어졌다. 동료의 부상에 아무런 관심도 없다는 듯.

그 점이 진용을 더욱 다급하게 만들었다.

회의인들만이라면 그리 문제가 아니다. 정작 큰 문제는 사상의 방위를 지킨 채 둘러서 있는 자들.

정광의 실수만 아니었더라면 한바탕 혼란을 일으키고 몇 명을 때려눕힌 후 빠져나가면 될 일이었다. 하지만 자그마한 실수가 적들의 신경을 건드렸고, 그 작은 차이는 진용의 행동마저 구속시켜 버렸다.

그때였다. 다시 두 명의 회의인을 뒤로 물러서게 만든 진용이 실피나에게 소리쳤다.

"실피나! 공격해! 바람의 창!"

순간적으로 휘돌던 바람이 뭉쳤다. 그러더니 전면에서 달려드는 회의인의 가슴으로 폭사되었다.

본능적으로 검을 들어 바람의 창을 막는 회의인. 그러나 실피나의 공격은 예전보다 훨씬 강한 위력으로 그를 날려 버렸다.

틈이 생겼다. 그 틈 사이로 진용의 신형이 스며들었다.

"가속(加速:헤이스트)!"

헤이스트가 가미된 그의 신형은 빗살과도 같았다. 진용은 앞을 가로막고 있던 척천단원의 가슴을 향해 일장을 내려쳤다.

너무도 빠른 공격!

미처 대항할 엄두도 내지 못하고, 경악한 표정으로 몸을 비틀며 검을 찔러오는 그의 어깨가 손에 잡힌다.

일단 찔러오는 검을 피하기 위해 상대의 힘을 역이용해 한

바퀴 휘돌았다. 동시에 무릎이 그자의 가슴을 찍어버렸다.

쾅!

"크억!"

가슴이 함몰된 채 훌훌 날아가는 갈의인. 진용은 그를 볼 시간도 없이 몸을 휘돌리며 부챗살처럼 펴진 손을 휘저었다.

쩡!

한 자루 에리한 칼날이 옆으로 튕겨 나간다.

뒤이어 두 자루의 검과 도가 가슴을 파고든다.

싸늘한 검기와 도기가 살을 에는 살기를 담고 무심하게 파고든다.

'실드!'

찌이익! 옷이 찢어지는 소리와 함께 도검이 미끄러졌다.

순간 자신에게 도검을 휘두른 두 명의 회의인을 향해 진용의 주먹이 파고들었다. 한 자의 간격을 두고 권격이 폭발했다.

콰광!

튕겨 날아가는 그들은 본 척도 하지 않고 신형을 뽑아 올렸다. 발 아래로 스쳐 지나가는 검강의 기운에 가슴이 서늘해진다. 진용은 그것이 누구의 공격인지 알 수 있었다.

그가 움직였다, 이들의 우두머리로 보이는 청의인이!

상관욱의 공격을 발 아래로 흘려보낸 진용은 이를 악물고 주먹을 쥐었다 폈다. 순간, 새파란 기운이 손가락 끝에 맺혔다!

뇌전의 능력!

"뇌전, 탄!"

일갈이 터지며 그의 손가락 끝에 맺힌 뇌전이 청의인과 자신을 향해 소리없이 날아드는 또 다른 회의인을 향해 쏘아졌다.

쩌저적! 콰광!

굉음이 일며 주변의 눈에 젖은 땅이 들썩였다.

달려들던 기세 그대로 엽시랑의 몸이 튕겨지고, 단단한 겨울의 대지에 무릎까지 발을 박아 넣은 상관욱은 그 자리에 선 채 입술을 깨물었다.

그럼에도 진용은 안심할 수가 없었다. 동분서주하며 공격했건만 쓰러진 자는 둘뿐이다. 허공으로 튕겨 오른 지금도 여전히 변함없는 공격이 계속되고 있다. 게다가 계속된 공방의 충격으로 자신의 내력도 흔들리고 있다.

그나마 실피나가 두 명의 갈의인과 드잡이질을 벌이고 있고, 뒤늦게 뛰어든 정광이 한 명의 회의인을 몰아치고 있어 조금 전보다 여유가 있었다. 그렇다 해도 아직 상대는 여덟이나 남아 있었다.

"도장님! 치고 빠져요!"

무슨 뜻인지 굳이 물어볼 필요까지는 없었다.

정광은 다른 놈들이 덤벼들기 전에 상대하고 있던 회의인에게 냅다 쇠 신발을 휘둘렀다. 자신이 가장 자랑하는 절초, 구화몽(狗和夢)을!

"에라이! 개꿈이나 꾸거라!"

퍽!

정광이 회의인의 이마를 세차게 때리고는 달려드는 다른 회의인을 피해 신형을 날리자 진용은 허리의 지팡이를 꺼내고는 허공으로 솟구쳤다. 그리고 나직이 시동어를 외우며 마법을 펼쳤다.

"하늘의 불! 염화탄(炎火彈:파이어 블래스트)!"

순간! 갑자기 지팡이의 끝이 선홍빛으로 붉게 달아올랐다. 그러더니 주먹만 하게 뭉친 시뻘건 불 구슬이 진용을 향해 덤벼드는 회의인과 갈의인들에게 날아갔다.

화르르르!!

가공할 광경! 정림사에서 펼친 것과는 비교가 되지 않을 정도의 위력이었다. 그만큼 진용의 내력도 썰물처럼 빠져나갔다.

입술을 깨물며 땅에서 발을 빼내던 상관욱이나, 검을 고쳐 잡고 기회만 엿보고 있던 엽시랑이 아연해진 표정으로 눈을 부릅뜨고 소리쳤다.

"피해!"

누가 먼저라 할 것도 없었다. 진용을 향해 날아오르던 자들과 날아오르기 위해 동작을 취하던 자들이 일제히 자신의 무

286 마법 서생

기를 휘두르며 불 구슬을 쳐냈다.

콰과과과!!

불 구슬들이 터져 나가며 마법의 화염이 그들의 전신을 집어삼킬 듯이 쏟아졌다.

그들은 전신으로 쏟아지는 화염을 빠른 칼질과 혼신을 다한 내력으로 밀어내며 뒤로 물러났다. 그렇다고 모두가 완벽히 피한 것은 아니었다. 개중 서너 명은 마법의 불꽃을 뒤집어쓰고 땅바닥을 굴렀다.

그사이 진용은 이를 악 다물고 숲 속으로 신형을 날렸다.

마법에 몇 명은 당한 것 같다. 그러나 그뿐, 놈들을 죽음으로까지 몰고 가지는 못했다. 그렇다면 죽음을 두려워하지 않는 놈들은 계속 공격을 가해올 터였다.

상당한 내공의 손실을 입은 상태에서 펼친 마법은 자신의 내력을 반 이상 고갈시켜 버렸다. 내공이 반감된 현재 상태로는 그들 모두를 상대할 수 없는 상황, 일단은 피하는 게 최선이었다.

진용은 날아가며 실피나를 불렀다.

"실피나! 내가 경공을 펼칠 수 있게 발을 받쳐!"

그나마 실피나를 움직일 정도의 내공이 남아 있는 것이 다행이었다.

회의인 하나를 바람의 창으로 날려 버린 실피나가 힘이 빠져 떨어져 내리는 진용을 받쳤다. 그리고 나무 사이를 곡예

하듯이 빠져나가더니 능선 위로 밀어 올렸다. 그러면서 제법 걱정하는 말까지 했다.

―주인아! 괜찮아?

왠지 그리 밉지 않은 실피나였다.

"괜찮으니까 밀어 올리기나 해."

이번에는 실피나가 제대로 일을 수행했다. 사실 진용의 내공이 달려서 그런 것이기는 하지만, 제법 부드럽게 진용을 밀어 진용이 경공을 펼치는 데 많은 도움이 되었다.

진용은 능선 위에 올라 바위에 앉아서 아래를 내려다보았다. 놈들이 있던 자리는 시커멓게 타 있었다. 눈 때문인지 그 주위만 탔을 뿐 산불은 나지 않았다.

그런데 놈들이 보이지 않는다.

놈들의 기운을 탐지하기 위해 내력을 끌어올리자 놈들의 기운이 멀어지고 있는 것이 느껴진다. 하긴 본래 떠나려던 놈들이 그 상황에서 다시 공격하겠다고 산을 오를 리는 없었다.

문득 그들이 했던 말이 떠올랐다.

'상관 단주와 엽시랑, 그리고…… 대맹주라고 했던가?'

소득이 적지 않다. 한 사람의 이름도 아쉬운 판에 결정적인 정보를 얻었다.

'좋아! 조사해 보면 놈들이 누군지 알 수 있겠지. 한데… 대맹주라…….'

왠지 끈적거리는 느낌이 든다. 진용의 눈매가 가늘어졌다.

그때 정광이 헐떡거리며 능선 위로 올라왔다. 그는 숨을 거칠게 몰아쉬며 진용을 뚫어지게 바라보았다.

진용은 그런 정광의 눈빛을 한쪽으로 흘리며 몸을 일으켰다. 그러자 정광이 심각한 말투로 물었다.

"말해보게, 그게 뭐였지?"

뭘 묻는 걸까? 실피나? 아니면 마법?

"계곡 안에서 싸울 때도 그랬는데, 이곳에서도 마치 바람 귀신이 싸우는 것 같았어. 그게 뭐지? 자네 몸속에 들어 있다는 그것인가?"

반응은 세르탄이 먼저 보였다.

'흥! 나를 덜떨어진 정령 따위로 알다니, 멍청한 인간!'

'세르탄, 오십보백보라는 말 알아?'

'……'

말뜻을 모르는 세르탄은 입을 다물었다. 괜히 물어봐야 좋은 말이 나올 것 같지도 않았다. 시르가 좋은 뜻으로 그런 말을 했을 리가 없을 테니까.

그때 진용이 정광의 물음에 간단하게 답했다. 뒤통수를 빠르게 툭툭 쳐서 미리 세르탄의 입을 막아놓고.

"예, 맞습니다."

'시. 시. 르. 르. 르……. 아이고, 어지러!'

'그냥 뒤집어써. 대신 도장님이 가지고 있는 책 보여줄게.'

그걸로 모든 것이 해결되었다. 세르탄이 조용해졌다. 뒤통수에 열도 안 나는 것이 그 거래에 만족하고 있는 듯했다.

정광도 만족한 듯 고개를 끄덕이며 물었다.

"역시 그랬군. 그런데 그것이 밖으로 나와서 그렇게 싸우다니, 정말 굉장하구만."

진용이 조금은 어색한 표정으로 말했다.

"좀 그런 편이……."

한데 무엇 때문인지 뒤통수에 살짝 열이 솟는다. 일전에 세르탄이 수상한 말을 하며 얼버무렸을 때처럼, 그런 느낌으로…….

요것 봐라? 이게 왜 이러지?

8

진용이 정광과 천제성의 사람들이 죽은 곳으로 되돌아왔을 때는, 이미 그곳에 남아 있던 사람들이 대부분의 시신들을 가매장한 후였다.

팽기한도 주위를 뒤져 팽호중의 시신을 찾아냈는지 그가 마무리를 짓고 있는 가묘에는 두 개의 봉분이 있었다.

진용이 돌아오자 유태청이 먼저 입을 열어 물었다.

"어떻게 됐나?"

"놈들의 꼬리를 잡고 한바탕 싸우긴 했습니다만, 놈들의 수가 워낙 많아서……."

"음, 대체 어떤 놈들이……?"

"제가 그들이 하는 이야기를 조금 들은 것이 있습니다."

"응? 그들이 하는 이야기를 들었다고?"

"많은 것은 아닙니다만, 어쩌면 적의 정체를 밝히는 데 많은 도움이 될 거라 생각합니다."

사람들의 눈이 일제히 진용을 응시했다.

"혹시…… 엽시랑이라는 이름을 아시는 분이 있습니까?"

기대감으로 번들거리던 눈들이 일제히 곤혹스럽게 변했다. 그러면서도 잊어버릴까 사람들은 각자의 머리에 그 이름을 새겨 넣었다. 지금 당장은 몰라도 이름을 아는 이상 언젠간 찾을 수 있지 않을까 하는 마음으로.

"그럼 상관이라는 성을 쓰고 단주라는 직위에 있을 만한 사람에 대해 조사해 봐야겠군요."

"상관 단주……."

위지홍이 이맛살을 찌푸리며 뇌까렸다.

상관이라는 성은 그리 흔한 성이 아니다. 단주라면 그 조직의 수뇌부에 있다는 말. 게다가 천제성의 무인들을 죽일 정도의 실력과 배짱을 가진 문파는 그리 많지가 않다. 아니, 천하를 통틀어도 서넛에 불과하다.

어쩌면 상관 단주라는 이름은 엽시랑이라는 이름보다 더 구체적인 정보가 될 수 있었다. 하지만 아쉬움은 여전했다.

"그게 단가?"

위지홍이 아쉬움 가득한 눈빛으로 물었다. 그러자 진용은 고개를 끄덕였다.

"아쉽게도 그게 답니다."

아니다. 한 가지가 더 있다!

그러나 진용은 그 마지막 한 가지만큼은 말하지 않았다. 천제성의 정보력이라면 조금 전에 말한 두 가지 정보만으로도 적의 정체를 밝힐 수 있을 것이다. 아니면 회의인의 시신을 가지고서라도. 어떤 식으로든. 다만 시간이 걸릴 뿐.

그와 달리 마지막 정보는 그들을 바로 움직이게 할 것이다. 자신조차 짐작하는 것을 그들이 모를 리 없을 테니까.

사실 천제성이 움직이면 자신이 하고자 하는 일이 쉬워질 수도 있다. 하지만 아직은 아니다, 아직은.

결국 진용이 원하는 것은 시간이었다. 시간.

'아무래도 강호의 움직임이 심상치 않아. 잘못하면 아버지가 강호의 일에 휘말릴지도 모르는 일⋯⋯.'

그랬다. 진용에게는 강호 문파 간의 싸움보다 아버지의 안전이 더 중요했다.

건곤흡정진혼결을 익히고 북경을 떠난 아버지다. 더구나 밀옥의 벽을 그렇게 부수고 나갔다는 것은 분명 신중한 성격인 아버지에게 뭔가 변화가 있었다는 것. 건곤흡정진혼결의 폐해를 어느 정도 느낀 진용으로선 그것이 걱정이었다.

구양 할아버지의 부탁을 들어줘야 하는 일이 있기는 하지만 그것은 별개의 일.

그러니 천제성의 복수는 늦춰져야만 했다, 얼마간만이라도.

팽기한은 팽호중의 시신에서 찾아낸 목갑을 가지고 직접 호가를 찾아가겠다고 했다. 팽무중과 팽호중의 복수를 하는 것도 중요하지만 손녀의 목숨을 살리는 것이 우선이라는 것이었다.

다만 한 가지만큼은 분명했다. 팽가가 계속 침묵하고 있지만은 않을 것이라는 사실.

위지홍과 교은형은 각자 회의인의 시신을 한 구씩 짊어졌다. 그들은 태원으로 가지 않고 바로 하남성 노군산에 있는 천제성으로 가기 위해 남하하겠다고 했다. 복수의 염이 머릿속을 가득 메운 그들에게 중요한 것은 오직 하나였다.

─적이 누구냐!

"나중에 낙양에서 봤으면 싶군. 이월 초하루를 전후해 낙양의 성화객잔에서 기다리겠네. 찾는 것은 그리 어렵지 않을 것이네."

한 가지 의아한 일은 유태청이 위지홍을 따라가지 않고 진용을 따라가겠다고 한 것이었다.

정확한 이유는 유태청만이 알 일이었다. 진용도 어렴풋이 그 이유를 짐작하긴 했지만 그리 염두에 두지는 않았다.

9

두충은 단 하루였지만 세상이 온통 분홍빛으로 보였다.

정광이 없는 세상이 이렇게 밝을 줄은 생각조차 하지 못했다.

태원에 남아 있게 된 것이 자신이 지금까지 살아오며 얻은 행운 중 가장 큰 행운 같았다.

"음하하하! 따르라니까?"

그래서 한잔 걸쳤다, 기분이 너무 좋아서. 솔직히 마음에 걸리는 것이 없지는 않았지만, 까짓것 술 좀 마셨다고 설마 패 죽이랴 하는 심정이었다.

그러다 보니 어느새 옆구리에는 분단장한 기녀까지 끼워져 있었다. 보드랍고 나긋나긋한 데다 만지면 분이 묻어나올 것 같은 살결, 미치도록 기분 좋은 날이었다.

하얗고 가느다란 손가락이 장포를 비집고 들어와 가슴의 꼭지를 간지를 때면 두충은 하늘로 둥실 떠오르는 것만 같았다.

그냥 정광이 천암산에서 콱 뒈져 버렸으면 얼마나 좋을까. 그럼 눈물 한 방울 흘려주고, 불행 끝 행복 시작이 아닌가 말이다!

"호호호! 공자님은 정말 멋진 몸을 가지고 계시네요."

기녀의 목소리가 간드러진다. 초희라고 했던가? 부벼대는 가슴이 제법 단단하다.

옷 밑으로 살짝 손을 넣어봤다. 호박보다는 작지만 조롱박보다는 큰 것 같았다.

이게 바로 세상 사는 맛이거늘, 그 미친놈의 도사 때문에 황사 바람을 씹어 먹으며 마부를 해야 하다니…….

"내가 누군지 아느냐? 내가 바로…….''

"아주 중요한 일을 하시는 분이다, 그 말씀이시죠?"

여인이 말을 끊는데도 밉지가 않았다. 밉기는커녕 알아주는 것이 대견하기만 했다.

"음하하하! 그럼! 어이구, 이쁜 것!"

"아이, 너무 세게 주무르면 터져요."

"우흐흐흐, 걱정 말아라. 아무리 세게 눌러도 터지지 않는 것이 세상에 딱 하나 있다는 것쯤은 나도 아니까."

"으흥! 그렇게 중요한 일을 하신다면 공자님은 아주 높으신 분…… 아이…….''

"그럼 높으신 분이지……. 우흐흐흐, 내가 바로…….''

그때 문이 제법 세차게 열리는 소리가 들렸다.

"남들은 죽을 둥 살 둥 일하러 다니는데 술이나 퍼마시는 돼먹지 못한 놈이지. 그렇지?"

정신이 반쯤 이 세상을 떠나 천국을 노닐던 두충은 그 말을 금방 알아듣지 못했다.

"그럼! 내가……. 어떤 놈이냐?!"

나중에야 이상함을 느낀 두충은 고개를 확 돌리며 소리쳤다. 감히 대금의위의 위사에게 개가 풀 뜯다 재채기하는 소리를 하는 놈이 있다니!

순간, 그는 고개를 돌린 그대로 툭 때리면 깨져 버릴 것 같은 석고상처럼 굳어버렸다. 그리고 석고상 같은 얼굴은 숨 한 번 쉴 동안에 색깔이 열두 번도 더 변했다. 팔색조가 울고 갈 정도로 빠르게.

하루 동안의 행운은 그것으로 끝이었다. 그리고 악몽의 시간이 도래했다.

"도, 도, 도, 도장님."

"내가 네놈 때문에 기루엘 다 와보는구나."

여기저기 피가 묻어 있고, 찢어진 곳이 멀쩡한 곳보다 더 많아 보이는 정광의 도복. 흉신악귀가 따로 없었다.

그것이 아니라도 두충에게는 아무리 무서운 흉신악귀도 정광의 발끝을 따라오지 못했다.

"흐.흐. 어떻게……."

"벌써 왔냐고?"

"그게 아니고…… 켁!"

정광의 손바닥이 두충의 뒤통수를 내갈겼다.

"가서 죽었으면 펄펄 날아다닐 정도로 기분이 좋았겠지?"

"제가 감히 어떻게 그런……."

'귀신이 따로 없네.'

속마음이야 정광이 귀신처럼 보였지만 겉으로까지 표를 낼 수는 없었다. 두충은 재빨리 얼굴에 웃음을 지었다.

"헤헤, 이제나저제나 적들을 물리치고 오시기만을 기다리며 술상을 봐놨는데, 안 오시기에 제가 그만 먼저……. 그러지 마시고 앉아서 술이라도 한잔……."

하지만 정광은 여름날 쉰 옥수수에 날아다니는 파리를 쫓듯이 손을 내저었다.

"아아, 냄새나는 입 그만 벌리고, 일단 이리 와봐라."

그러더니 옆에서 떨고 있는 여인을 바라보았다.

"여기 조용한 데 없나, 여도우?"

여인은 겁먹은 얼굴로 정신없이 고개를 끄덕이더니 한쪽을 가리켰다.

"저, 저기…… 뒤쪽이 조용…… 밤에는 조금 시끄럽지만, 아직은 조용할 것입니다요, 도사님."

잠시 후, 정광이 두충의 뒷덜미를 잡고 안으로 들어왔다. 겉으로 봐서는 아무런 일도 없었던 것처럼 보였다. 단지 얼굴색만 혈색 좋던 붉은 얼굴이 지붕 위에 쌓인 눈보다 더 하얗게 변해 있고, 다리를 약간 절 뿐이었다.

안으로 들어선 정광이 두충을 향해 말했다.

"비밀 엄수. 알지?"

"당연합죠!"

"그럼 알아서 해. 내가 여기 들어오느라고 힘 좀 썼더니 기운이 많이 빠졌거든."

두충이 절대명령이라도 받은 양 벌떡 일어섰다. 그리고 밖을 향해 소리쳤다.

"밖에 누구 없나? 술! 그리고 여기서 제일 예쁜 아가씨!"

"둘."

두충의 하얗던 얼굴이 다시 환해졌다.

"둘!"

"어젯밤에 왜 그렇게 늦었습니까?"

진용이 태원부를 나서며 물었다. 정광이 대답했다.

"몸이 안 좋아서 보신 좀 하느라고……."

"두 위사랑 같이요?"

"어, 두 위사가 내 상처를 보더니 울면서 그러더군. 자기가 놀고 있는 사이 하마터면 죽을 뻔한 도장님을 보니 눈물이 난다고. 그러면서 자신이 몸보신을 시켜주겠다고 하더군."

"그런데…… 왜 옷에서 이상한 냄새가 납니까? 여인의 분 냄새 같은데……."

'개코같이 냄새도 잘 맡네.'

킁킁거리며 도복에 코를 갖다 댄 정광이 고개를 갸웃거리며 말했다.

"어제 어떤 여자가 나에게 넘어졌는데, 그때 묻은 것인가?"

"그 여자, 분을 제법 많이 발랐더라구요."

두충이 마부석에서 한마디 거들었다. 그러자 진용과 나란히 앉아 있던 유태청이 지나가듯이 입을 열었다.

"분 냄새가 아니라 향내 같군. 몸에 바르는 유향 말이야."

'진짜 개코는 따로 있었군! 이십 년 넘게 혼자 살았을 텐데 그 냄새를 기억하고 있다니……'

정광이 재빨리 말을 바꿨다.

"나에게 넘어지면서 엉덩이가 내 발에 걸렸으니 그런가 보죠, 뭐."

고개를 갸웃거린 진용이 의아한 어투로 중얼거려다.

"두 위사의 손에서도 그런 냄새가 나던데……?"

"……."

진용의 말에 모두가 입을 닫았다. 심지어 유태청까지.

그사이 두 마리 노마가 끄는 마차는 두충이 특별히 고삐를 잡아끌지 않아도 알아서 걸음을 옮겼다. 남쪽으로 남쪽으로. 따뜻한 곳을 향해.

"정주에 마침 내가 아는 사람이 살고 있네. 그러면 뭔가 알고 있을지도 모르겠군."

유태청이 태원부를 떠나기 전 말한 정주를 향해서.

그리고 그 와중에 진용의 나이 스물이 되는 원단이 지나갔
다.

第五章

풍림장(風林莊)

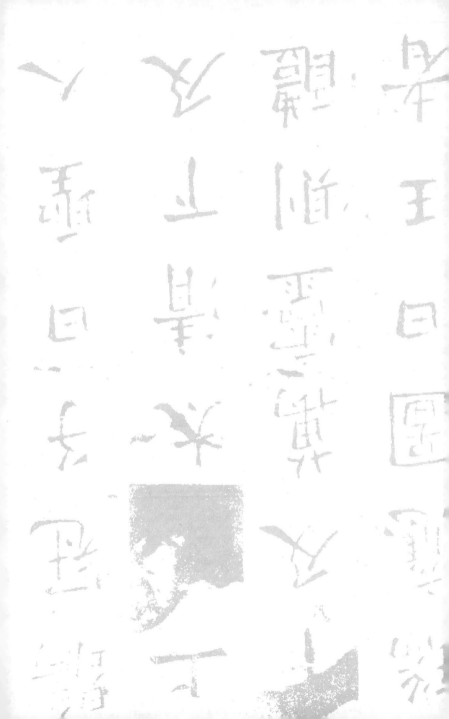

1

백매화 가지는 낙엽마저 다 떨어져 앙상한 가지만 남아 있었다.

그러나 그 나무를 바라보는 구양무경의 눈 속에서는 두 달 후에 필 백매화가 미리 피어나고 있었다. 서리서리 하얀 백매화가.

"네 명이 죽고 두 명이 부상을 당했다? 척천단원도 한 명이 죽고 한 명이 중상이고 말이지?"

구양무경의 뒤에서 무릎을 꿇고 있던 상관욱은 부르르 어깨를 떨었다. 죽인 자에 대한 것은 둘째 문제였다. 희생이 없었다면 그것은 대단한 전과가 되었을 것이다. 하지만 지금은 아니었다.

"그렇사옵니다."

"그중 무영천귀 두 명과 척천단원 두 명은 한 명에게 당했고?"

"다른 두 명의 협조자가 있었사옵니다."

구양무경은 백매화 가지를 하나 끊어냈다. 나뭇가지는 벌레가 먹어 울퉁불퉁 홈이 파이고 썩어 있었다. 그는 눈도 돌리지 않고 나직이 입을 열었다.

"가지에 벌레가 먹었군. 네 생각에 벌레 먹은 가지는 어떻게 하는 것이 좋다고 생각하느냐?"

벌레 먹은 가지는 누구를 말함인가. 나? 아니면……

이를 악 다문 상관욱은 잠시 망설였다. 그러나 자신의 주군은 망설이는 수하를 좋아하지 않는다. 그걸 누구보다도 잘 알고 있는 그이기에, 그는 구양무경이 화를 내기 전 입을 열어야 했다.

"잘라 버려야 합니다."

나뭇가지를 만지작거리던 구양무경이 무심히 고개를 끄덕였다.

"그래, 맞아. 잘라 버려야지! 단호하게!"

구양무경의 손에 들린 나뭇가지가 가루가 되어 흩날렸다. 그가 창백하게 질린 상관욱에게로 고개를 돌렸다.

"하지만 말이야, 그보다 먼저 해야 할 일이 있지."

으스러져라 쥐어진 상관욱의 손에서 핏물이 배어 나왔다.

기회를 주겠다는 말씀이신가?

"먼저 벌레를 잡는 게 순서가 아니겠느냐?"

"주군!"

"너는 무영천귀 여덟 명과 척천단 다섯이 있는 곳에 쳐들어와서 살아나갈 자가 몇이나 된다고 생각하느냐? 그것도 세 명을 죽이고 두 명에게 부상을 입힌 채 말이다."

등줄기로 흥건한 땀이 흘러내린다.

"많아야 스물 정도라 생각합니다."

"스물……."

구양무경은 상관욱의 말을 되뇌이며 다시 백매화 나무 쪽으로 몸을 돌렸다.

"틀렸다. 잘 해야 열 정도야."

뚝! 또 하나의 가지가 끊어졌다.

열! 십천존을 말함인가? 어쩌면 그럴지도 모른다. 하지만 상관욱은 인정할 수가 없었다.

"결코 그 정도는 아니었습니다."

"그렇겠지, 당연히……. 그러니 네가 쓸데없는 일로 방심하지만 않았다면 더 이상의 희생자는 나오지 않았을 게야. 놈도 빠져나가지 못했을 것이고. 무슨 말인지 알겠느냐?"

십천존만이 빠져나갈 수 있는 곳에서 놈이 빠져나갔다. 바로 너 때문에!

역시 알고 있었다, 자신과 엽시랑과의 신경전을. 어떻게……

"예, 주군!"

"이번에는 네가 공격자가 되어라. 인원의 충원은…… 없다."

죽이지 못하면 죽으라는 말. 그만큼 각오를 하란 뜻.

상관욱은 비장한 표정으로 머리가 땅에 닿도록 허리를 숙였다.

"반드시! 죽이겠사옵니다, 주군!"

구양무경은 습관인 것마냥 고개를 두어 번 끄덕거리고는 손을 털고 돌아섰다. 그리고 걸어가며 말했다.

"어쨌든 임무는 훌륭히 수행했다. 공과는 분명히 해야겠지."

"감사하옵니다, 주군!"

2

일월 열이틀, 태양이 천공의 한가운데 걸친 정오 무렵, 하남성 정주의 북문으로 네 사람이 들어섰다.

한 명의 노인과 한 명의 중년 도사, 그리고 무복을 입고 등에 커다란 봇짐을 멘 젊은이와 그보다 더 젊어 보이는 서생. 바로 태원을 떠난 진용 일행이었다.

지난 보름 동안에 그들의 행색은 그리 달라진 것이 없었다. 기껏해야 정광이 찢어진 도복을 벗고 새 도복으로 갈아입었다는 것, 그리고 마차가 없다는 것 정도였다.

마차는 황하를 건너기 전 반값에 팔아버렸다. 마차 값보다 마차가 황하를 건너는 도선비가 더 비쌌으니 하는 수 없었다. 마차 도선비를 자신더러 내라는 정광의 말에 두충은 두말도 않고 마차를 팔아버렸다. '내가 미쳤수?' 하는 말과 함께.

그들은 북문을 통과하자마자 마치 목적지가 정해지기라도 한 것처럼 빠르게 대로를 따라 남쪽으로 내려갔다. 그리고 일각, 그들은 작은 현관이 달린 한 채의 작은 장원 앞에 멈추어 섰다.

풍림장(風林莊).

유태청은 정문 위에 달린 작은 현관을 바라보고는 작은 한숨을 내쉬고 장원의 문을 두드렸다.

문사복 차림의 중년인과 부인으로 보이는 중년의 미부가 나란히 절을 했다.

깊숙이 절을 하는 중년인의 어깨가 잘게 떨렸다. 감격으로 인한 떨림이었다. 생전에 다시는 보지 못할 줄 알았던 사람을 만난 기쁨이었다.

누군가가 자신을 찾아왔다는 말을 들었을 때만 해도 꿈에도 생각을 하지 못하고 있었다. 손님을 맞이하기 위해 방을 나서면서도 오랜만에 개인적인 일로 손님이 찾아왔구나 하는 정도였다.

누굴까? 어떤 친구가 나를 찾아왔을까?

하지만 그는 정문이 보이자마자 얼어붙어 버렸다.

거기에 꿈에서조차 잊지 못한 사람이 서 있었던 것이다.

절을 하고 일어선 그는 감격에 찬 얼굴로 유태청을 바라보았다. 그때까지도 그의 어깨는 여전히 떨리고 있었다.

"숙부님을 다시 뵐 수 있다니…… 그저 하늘에 감사할 뿐입니다."

유태청은 아무런 말도 않고 중년인을 향해 고개를 끄덕였다.

"아버님은 지병으로 이 년 전에 돌아가셨습니다."

유태청의 눈이 잘게 떨렸다. 친구가 죽었다는 사실에 만감이 교차했다.

"돌아가시기 전에 꼭 숙부님을 뵙고 싶어했었습니다."

"그랬… 나? 그 친구… 조금만 더 살지……."

"그래도 숙부님 같은 분을 친구로 두었으니 생에 후회는 없다 하셨습니다."

그랬을 것이다. 밤새 함께 술을 마신 그날도 그랬었다.

"자네가 나같이 별 볼일 없는 사람을 친구로 생각해 주다니, 당장 죽어도 여한이 없네!"

그는 결코 별 볼일 없는 사람이 아니었다. 가진 능력이 대단함에도 결코 남 앞에 드러나는 것을 원치 않던 사람이었다. 천제성의 군사로 소개시켜 주겠다는 말에도 일언지하에 거절한 사람이었다. 그러면서도 자신과 친구가 된 것을 그렇게 좋아했던 사람이었다.

그는…… 그런 사람이었다. 그런 사람이 자신보다 먼저 죽다니…….

잠시 눈을 감았다 떴다. 눈물은 나오지 않았다. 그러나 가슴이 아픈 것은 다른 누구와 다르지 않았다.

'운 형, 정말 미안하오.'

유태청은 속으로 한숨을 내쉬며 고개를 내저었다.

"그래, 아이들은 몇이나 되느냐?"

"아들이 둘, 딸이 하나. 셋을 두었습니다."

"허허허, 그 사람 그래도 손자 복은 나보다 훨씬 낫구나."

유태청이 고졸한 웃음을 흘리며 고개를 주억거릴 때였다.

"아버님, 소자 현이옵니다."

문밖에서 나직하면서도 청량한 음성이 들려왔다.

"들어오너라."

운가명의 말이 떨어지자 문이 열렸다. 그리고 이제 스물이 조금 넘어 보이는 청년과 먼저 들어온 청년보다 체구가 훨씬 커 보이는 소년이 들어왔다.

두 사람은 조심스럽게 아버지와 어머니를 바라보았다. 대체 무슨 일로 불렀는지 모르겠다는 표정이다. 그때 운가명이 차례대로 두 아들을 가리켰다.

"이 아이는 문현이라고 합니다. 그리고 이 아이는 문강이라고 합니다."

그사이 운가명의 부인인 소씨가 두 아들을 향해 말했다.

"그리 서 있지만 말고 숙조부님께 인사 올리거라."

형인 운문현이 먼저 절을 했다. 그러자 운문강도 분위기에 휩쓸려 멋도 모르고 절을 했다. 그 모습에 뭔가를 눈치 챈 듯 유태청이 조용히 웃으며 말했다.

"아이들에게 내 이야기는 하지 않았나 보구나."

"아버님께서 그리하라 하셨습니다. 자칫 숙부님의 이름에 누가 될까 해서……."

"원, 운 형도……."

절을 마치고 고개를 든 운문강이 운가명을 바라보았다, 뭔가 설명을 기다리는 눈빛으로.

그때 유태청이 운문강을 보며 입을 열었다.

"산운팔검(散雲八劍)을 얼마나 익혔느냐?"

운문강이 얼떨떨한 표정으로 유태청을 바라보았다.

"표연산광(漂燕散光)은 익혔느냐?"

운문강이 얼떨결에 대답했다.

"예, 숙조부님. 그런데 어떻게……?"

그 모습에 운가명이 슬며시 나서서 말했다.

"이 아이들은 그 무공이 십절검존의 열 가지 검학 중 하나라는 것도 모르고 있습니다, 숙부님."

"흠, 그래? 조금 서운하구나. 나 유태청의 무공을 익히면서도 나에게 조금도 고마워하는 눈치가 아니지 않느냐?"

그제야 뭔가를 눈치 챈 운문현과 운문강이 뜨악한 표정으로 유태청을 바라보았다.

십절검존? 그리고 유태청?!

맙소사! 자신들의 숙조부라는 분이 그럼……?!

운문현과 운문강이 제정신을 차리지 못하고 멍해 있을 때였다.

"아버님, 차를 가져왔습니다."

밖에서 가녀리면서도 차분한 목소리가 옥쟁반에 옥구슬 굴러가듯이 들려왔다.

순간, 두충과 정광의 고개가 동시에 문 쪽으로 돌아갔다. 실피나의 옥구슬 굴러가는 목소리에 한 번 데인 진용만 그러려니 있을 뿐.

마침내 문이 열리고, 스무 살 정도 되어 보이는 여인이 안으로 들어서자 두충과 정광의 눈이 왕방울만 해졌다. 그리고 진용의 눈도 커졌다.

세상에……!

얼굴은 목소리만큼이나 예뻤다. 그런데 키가 컸다. 그것도 많이! 자신들 중 제일 큰 두충보다 더 커 보였다. 거기다 마치 전쟁이라도 치르러 가는 장수처럼 날 선 기세. 그리고 결정적으로, 입고 있는 옷이 무복이었다.

그들은 똑같이 생각했다.

'어째 보통 여자가 아닌 것 같다.'

세르탄만 조금 다르게 생각할 뿐.

'진짜 멋진 여자다!'

운아영은 방 안으로 들어서다가 자신을 바라보는 세 사람의 눈빛에 놀람이 담겨 있자 싸늘하게 그들을 바라보았다. 그러자 거의 동시에 세 사람의 눈동자가 번개처럼 제자리로 돌아갔다.

'남자들이란…… 똑같다니까. 흥!'

운가명이 그런 운아영을 가리키며 곤혹스런 표정으로 말했다.

"이 아이가 아영입니다, 숙부님."

"아! 그래?"

표정을 보니 유태청도 놀랐나 보다. 그가 알까, 운아영이 조금 전에 한 생각을? 결국 그도 똑같은 남자 중에 하나가 되었다는 것을.

운아영은 아버지가 노인에게 숙부라 칭하자 재빨리 무릎을 꿇었다. 눈치로 봐서 아버지나 어머니도 그렇고, 오빠나 동생이 긴장한 표정으로 숙연하게 있는 것이 예사롭지 않게 보인 것이다.

"아영이에요, 숙조부님."

그래도 목소리만은 애교 만점이었다. 유태청은 정말 즐겁다는 투로 고개를 끄덕였다.

"허허허, 정말 아이들을 잘 키웠구나."

잠시 후.

운문현에게서 넌지시 앞에 있는 숙조부가 바로 십절검존이라는 말을 귓속말로 들은 운아영은 기절할 듯이 놀랐다.

"예에?! 수, 숙조부님이…… 십.절.검.존…… 요?!"

그러더니 잠깐 나가 있으라는 운가명의 말에도 애걸복걸하며 남아 있게 해달라고 졸랐다. 평소의 그녀 모습을 알고 있는 운가명은 도대체 눈앞에 있는 아이가 자신의 딸이 맞는지조차 의심스러울 정도였다.

그러자 결국 유태청이 나섰다.

"내 조금 있다 너희들을 따로 보고 싶구나. 그러니 잠깐만 나가 있거라."

누구의 명인데 듣지 않으랴. 더구나 따로 만나겠다는 말에 숨은 뜻을 나름대로 짐작한 그녀는 환한 표정으로 방을 나섰다.

"호호호! 그럼 할아버지, 아버지하고 얘기 나누세요. 어머니, 오빠, 강아, 뭐 해? 빨리 나가지 않구."

자식들이 모두 나가자 운가명은 식은땀을 닦아내며 머리를 조아렸다.

"죄송합니다, 숙부님. 평상시에는 절대 저러지 않는 아인데……."

"아니다. 정말 이런 기분을 느껴본 것이 얼마만인지 모르겠구나. 허허허허……."

유태청이 진심으로 즐거워하는 것 같자 운가명은 가슴을 쓸어내렸다.

천하의 절대자가 즐거워한다. 그것도 자신의 자식들을 보고서.

자신이 자식을 잘못 키우지는 않은 것 같다.

"사실 내가 이곳을 찾아온 것은 운 형의 지혜를 빌릴까 해서였다. 돌아가신 것도 모르고 말이다. 허…… 참으로 민망하구나."

유태청의 씁쓸해하는 표정을 바라보며 운가명이 물었다.

"그리 생각해 주신 것도 아버님의 능력을 높이 봐주셨기 때문이 아니겠습니까. 숙부님께선 너무 자책하지 않으셔도 됩니다. 그리고……."

운가명은 조용히 고개를 들고 말을 이었다.

"무엇을 알고자 하시는지 모르지만, 소질에게 말씀해 보시지요."

"너에게?"

유태청의 눈빛이 깊은 곳에서 빛을 발했다. 자신이 아는 운가명은 매우 뛰어난 서생이었다, 이십수 년 전에도. 그리고 지금은 풍림장의 대를 이어받은 풍림장주이다.

당금 재야의 유문 중에서 가장 그 세력이 크다는 풍림당의 본산, 풍림장의 장주.

"내가 깜박했구나. 네가 바로 당금의 풍림당주인 풍림장주라는 것을……."

"소질이 미욱해서 숙부님을 도울 수 있을진 모르겠으나, 최선을 다한다면 아니 한 것보다는 나으리라 생각되옵니다."

곁에서 유태청과 운가명의 대화를 듣고 있던 진용은 그제야 왜 유태청이 정주로 가자고 했고, 정주에 들어서자마자 곧바로 이 고색이 창연할 뿐 별다른 특색도 없는 자그마한 장원으로 왔는지 이해할 수 있었다.

풍림당(風林堂)!

고가장도 학자의 가문이었기에 진용도 그 이름 정도는 들어 알고 있었다. 비록 어릴 때 들어서 가물거리기는 했지만.

그리고 조금 더 알게 된 것은 문연각에 있을 때였다. 그들 중에도 풍림당에 관심을 가지고 있는 학자들이 몇 있었으니까.

'놀랍구나, 저 유순해 보이는 사람이 풍림당주라니.'

그때 유태청이 진용을 돌아보았다.

"자네가 이야기해 보게, 무엇을 어찌해야 할지."

유태청이 진용을 돌아보며 하는 말에 운가명은 가볍게 놀란 표정을 지었다.

일행이라고 해도 크게 염두에 두지는 않았었다. 그다지 특별해 보이지는 않았으니까. 오히려 정체를 알 수 없는 도사가 조금 신경 쓰였을 뿐.

그런데 유태청은 도사가 아닌 젊은 서생에게 말을 넘기지 않는가. 그리고 옆의 두 사람, 특히 자신이 나름 주시하고 있던 도사조차 당연하다는 듯한 표정이다.

두 사람의 눈빛이 마주쳤다.

진용의 눈빛이 더욱 깊어졌다.

'이런 사람을 그저 평범한 장원의 주인 정도로만 봤다니. 진용아, 진용아… 아직 멀었구나.'

반면에 운가명은 하마터면 경악성을 내지를 뻔했다.

한없이 깊어 보이는 눈. 자신의 능력으로도 그 깊이가 얼마나 되는지 감이 잡히지 않을 지경이다. 기껏해야 자신의 아들 나이밖에 되지 않는 젊은이이거늘.

내심 놀라움과 자책이 뒤섞여 혼란스러워하고 있는 운가명에게 진용이 물었다.

"혹시 십이 년 전, 고씨 성의 학자가 동창의 밀옥에 갇혔던 사건에 대해 아시는 게 있으신지요?"

흠칫, 정신을 차린 운가명은 진용의 물음을 곱씹어봤다. 그때 문득 떠오르는 생각.

"십이 년 전이라면, 삼왕과 양 태감에 의해 학자 한 사람이 무고하게 갇혔던 그 사건을 말함인가? 그 사건은 몇 달 전 밀옥이 부서지고 학자가 사라지면서 끝난 것으로 알고 있네만."

풍림당의 정보력이 얼마나 되는지 직접적으로 알아보기 위해 던진 질문이었는데, 과연 알고 있었다. 말하기가 좀 더 쉬워졌다.

그러나 그전에 밝혀야 할 것이 있다. 상대는 풍림당의 당주. 자신조차 드러내지 않는 사람을 얼마나 도우려 할 것인가. 문제는 어디까지 드러낼 것인가이다.

그때다. 속으로 헛웃음이 나왔다.

상대는 풍림당의 당주임을 서슴없이 드러냈다. 유태청을 믿고서. 그런데 자신은?

'잘못되면 그건 그때 가서 해결하면 될 일…….'

진용은 조금은 편해진 마음으로 입을 열었다.

"우선 저를 정식으로 소개하지요. 저는 금의위의 천호, 고진용이라 합니다."

순간 운가명의 크게 뜨인 눈이 일시지간 흔들렸다.

금의위의 천호라고? 저렇게 젊은 사람이?

"그리고 밀옥에 갇혔던 분이 바로 저의 아버님이 되십니다."

흔들리던 눈빛에 더할 수 없는 놀람이 곁들여졌다.

"어찌 그런……?"

그런 운가명을 바라보며 진용이 마지막 쐐기를 박았다.

"또한…… 임시로 수천호령사의 지위를 가지고 있습니다."

쿵!

그 말에 운가명이 벌떡 일어섰다.

경악으로 물든 눈은 벌겋게 충혈되어 격렬히 흔들리고 있었다, 뭔가 중대한 결정을 내려야만 하는 그런 눈빛으로.

결정이 쉽지 않은 듯 그는 입술마저 깨물었다.

주위에 있던 사람들은 어리둥절한 채 두 사람을 바라보았다. 유태청조차 상황이 이상하게 흐르자 자신이 이곳으로 온 것이 혹시 잘못된 결정이 아니었나 곤혹한 마음이 들 정도였다.

잠깐의 시간이 억겁처럼 흘렀다.

진용은 기다렸다.

자신은 모든 것을 내놓았다. 당신은 어떻게 할 것인가?

반 각이 지났다. 진용은 찻잔을 들어 잠시 식은 찻물의 향기를 음미하고는 천천히 입술을 축였다. 조금도 흔들림없는 태도.

운가명은 그런 진용을 뚫어지게 바라보더니 결국에는 입술을 깨물며 무릎을 꿇었다.

자신의 모든 것을 밝혔다는 것은 결국 전(全), 무(無), 둘 중에 하나를 택하라는 말. 운가명으로선 택할 길이 하나밖에 없었다.

"신 운가명, 삼가 수천호령사를 뵈오이다."

뜻밖의 상황에 진용이 당황한 표정으로 손을 내밀었다. 어떠한 결정을 내리기 위해 고심한다는 것은 알았지만, 설마 무릎을 꿇을 줄이야…….

"이러지 마시고 앉으십시오. 이러시면 제가 유 노선배님을 뵐 면목이 없습니다."

운가명의 무릎이 절로 펴졌다. 진용이 내력을 뿜어내 운가명의 몸을 억지로 일으켜 세운 것이다.

운가명의 눈이 휘둥그레졌다. 남들은 모르지만 자신도 유문에서 대대로 내려오는 내공을 익혔다. 그것도 제법 강호의 고수들 못지않게.

그런 자신을 강제로 일으켜 세우다니. 오기로 버텨보려 해도 아무런 소용이 없었다.

'대체…… 어떻게 이런 일이…….'

상황을 짐작한 유태청이 내심 가슴을 쓸어내리며 입을 열었다.

"허허허, 고 천호는 내가 정상이었다 해도 쉽지 않은 사람이라네."

"원, 유 노선배님도. 유 노선배님이 부상만 당하지 않으셨다면 제가 어찌 유 노선배님의 상대가 될 수나 있었겠습니까. 가당치도 않은 말씀이십니다."

운가명으로선 더 이상 놀랄 기력도 없었다. 진용의 겸손도 귀에 들어오지 않았다. 유태청이 결코 헛소리를 할 사람이 아니란 것을 누구보다 잘 알고 있는 자신이 아니던가.

'분명 뭐가 잘못된 걸 거야.'

이야기를 나누기 전 운가명이 말했다.

"도움은 드릴 수 있으나, 풍림당의 안위에 관계된 것은 저의 목을 벤다 하셔도 들어드릴 수 없습니다."

진용은 한마디로 자신의 마음을 드러냈다. 수천호령사의 지위를 나타내는 수천금령을 꺼내 들고.

"그럼 이까짓 금패, 황궁으로 돌려보내고 남자 대 남자로서 이야기를 나누죠."

지위를 버리겠다는 뜻. 어이가 없는지 와중에도 운가명은 웃지 않을 수 없었다. 이까짓 금패? 수천호령사의 지위가 이까짓 거라고?

'제정신 아닌 사람이 제일 상대하기 까다로운 법인데……'

공연한 걱정이 태산처럼 쌓이는 운가명이었다.

어쨌든 순순히 고개를 끄덕인 운가명과 진용은 그 후로 반 시진에 걸쳐 이야기를 나누었다.

과연 풍림당의 정보는 결코 진용을 실망시키지 않았다. 강호의 정보라면 모를까, 황궁과 유림에 관계된 정보는 모르는 것이 없었다. 진용이 금의위의 천호라는 것을 몰랐던 것이 오히려 이상하게 생각될 정도였다.

"삼왕이 강호의 문파에 몸을 숨겼다는 소문은 저희도 들었습니다, 그리고 그곳이 천혈교라는 것도. 하나 천혈교라는 곳이 워낙 신비한 곳이라 그곳에 대해선 정확히 아는 바가 없습니다."

다행이라면 동창에 대해서 보다 많은 것을 알고 있다는 것이었다.

"동창의 몇몇 당두들이 강호에서 움직이고 있다는 말을 들은 적이 있습니다."

"그곳이 어딘지는 밝혀지지 않았습니까?"

"일단 천제성의 하부 조직인 백인검문이라는 곳에 그들이 있다는 것은 알고 있습니다만, 그곳 말고도 또 다른 곳이 한 군데 더 있는 것 같았습니다."

백인검문! 마침내 그들이 있는 곳이 밝혀졌다. 뜻밖의 소득이었다. 그런데 천제성의 하부 조직? 한 군데 더 있다고?

"알아봐 주실 수는 있겠습니까?"

"알아는 보겠습니다만, 강호의 문파에 접근한다는 것이 워낙 위험해서⋯⋯. 더구나 흑도 쪽인 것 같으니 조금 시간을 주셔야 할 것입니다."

그 정도만 해도 어디인가.

"시간이야 당연히 걸리겠지요. 게다가 흑도라면 따로 일을 시킨 사람들도 있으니 너무 마음에 부담은 갖지 마십시오. 그리고 혹시⋯⋯ 밀옥을 탈출한 제 아버지에 대해 들은 말은 없습니까? 아니면 조금 광기를 띤 고수가 새로 나타났다는 이야기라든지⋯⋯."

운가명은 말뜻을 눈치 채고 놀란 표정을 지었지만, 곧 고개를 갸웃거리며 말했다.

"글쎄요. 그건 아직……."

안타깝게도 그런 정보는 들은 적이 없는가 보다. 그래도 진용은 실망하지 않고 운가명에게 부탁을 했다.

"혹시라도 그런 정보를 얻거든 즉시 저에게 연락을 해주십시오."

"반드시 그리하겠습니다, 수천호령사."

일단 두 가지는 풍림당의 도움으로 일이 쉬워질 것 같았다.

천혈교에 대한 조사, 그리고 동창의 비밀 고수들에 대한 것. 더 깊은 것은 어차피 유문인 풍림당의 힘으로는 무리일지도 몰랐다.

그리고 삼존맹에 대한 것을 물었지만 풍림당 역시 일반적인 것밖에 아는 것이 없었다. 그래도 힘이 닿는 데까지는 알아봐 주겠다고 했으니 혼자 움직이는 것보다는 훨씬 나을 터였다.

우선은 그 정도에 만족하기로 했다. 어차피 하루아침에 모든 것을 해결할 수는 없을 테니까.

다음날 아침, 진용은 밤새 쓴 두 통의 서신를 운가명에게 부탁했다.

비문으로 쓴 한 통은 공손각에게 보내는 편지였고, 다른 한 통은 초연향에게 보내는 서신이었다.

첫 번째 서신을 쓰는 데는 일각도 걸리지 않았다. 날밤을

샌 이유는 두 번째 서신 때문이었다.

킬킬거리는 세르탄 때문에 뒤통수를 때려가며 쓰다 보니 아침이 되자 머리가 멍할 지경이었다.

3

그가 사람을 보내온 것은 의외의 일이었다.

한편으론 황궁 권력의 정점에 선 그가 자신을 잊지 않고 있다는 것이 반갑기도 했다.

"어인 일이시오, 공사에 바쁜 분이 강호의 무부를 다 찾아주시고?"

구양무경은 수염을 쓰다듬으며 마주 앉은 하얀 얼굴의 중년 환관을 바라보며 사람 좋은 웃음을 지었다.

동창에 단 두 명뿐이 첩형 중 한 사람이 바로 눈앞에 앉은 정환이었다.

한때는 아랫사람처럼 취급했던 사람이다. 그러나 이제는 천하의 권력을 쥐고 흔드는 동창 제독의 명을 받고 온 자. 더구나 첩형이다. 허투로 상대할 수 있는 신분이 아닌 것이다.

간단한 인사가 오가고 나자 정환이 본론적인 이야기를 꺼내 들었다.

"제독께서 대맹주의 능력을 빌리고 싶어하십니다."

"호! 일인지하 만인지상의 몸이 된 분께서 대체 무슨 일로?"

"은밀히 한 사람을 납치해 주시면 되는 일입니다."

"한 사람? 납치?"

"만일 납치가 어렵겠거든 죽여도 상관은 없습니다. 물론 그 가치는 좀 다르게 평가되겠지만 말입니다."

구양무경의 눈매가 가늘어졌다.

자신에게 누군가를 납치해 달라는 청부라니. 아무리 권력의 정점에 섰다 해도 자신을 어떻게 보고 감히 그런 부탁을 한단 말인가!

그러나 그런 부탁을 할 때는 그만한 이유가 있을 터. 구양무경은 감정을 가라앉히고 정환을 뚫어지게 직시했다.

"대단한 사람인가 보구려, 천하를 주무르는 동창에서 그런 부탁을 하다니."

쏘는 듯한 말투에 그의 기분 상한 심정이 고스란히 담겨 있다. 그러자 그럴 줄 알았다는 듯 정환은 무안한 표정으로 입을 열었다.

"그는 금의위의 천호외다. 또한 황태자의 신임이 각별한 자이기도 하지요. 문제는 우리가 했다는 표식이 나지 않아야 하는데, 금의위가 우리의 움직임을 예의 주시하고 있어 우리가 당장은 움직이기 힘든 상황입니다."

그 말에 구양무경의 표정이 굳어졌다.

금의위의 천호? 황궁의 사람을 납치해 달라고?

'대체 무슨 꿍꿍이속이지?'

그때 정환이 말을 이었다.

"게다가 대단한 고수인지라……."

일은 급한데 상대가 고수라 표시나지 않게 일을 처리할 자신이 없다는 말.

"고수? 제독이 그리 판단했다면 보통 인물이 아니겠구려."

"적어도 절정에 이른 고수라 판단하고 있습니다. 대맹주께서는 많은 사람을 부리고 계시니, 그 일을 비밀리에 처리할 수 있는 적절한 사람이 많을 거라 생각합니다만……."

정환의 말에 구양무경은 생각을 달리했다.

별것도 아닌 일로 자신을 번거롭게 한다 생각했었다. 아무리 예전에 도움을 받은 일이 있고, 권력의 정점에 선 동창 제독의 부탁이라 해도 기분이 나쁜 것은 사실이었다.

그러나 곰곰이 생각해 보니 자신에게도 그리 해가 될 일이 아니었다. 아니, 많은 득을 가져올 만한 일인 것이다. 동창이 급해한다는 것은 그만큼 중요한 일이라는 뜻.

구양무경의 입가에 가느다란 웃음이 걸렸다.

"사람이야 많지요. 그러잖아도 제독께 부탁드릴 일이 하나 있었는데 잘되었구려. 먼저 대가를 치를 수 있게 되었으니……."

정환이 조용히 웃으며 말했다.

"대맹주께서 그리 생각해 주시니 감사할 따름입니다."

"허허허, 별말씀을. 한데 그가 누구기에 그리도 고민하시는 거요?"

"그는 고진용이란 잡니다."

정환은 일각에 걸쳐 고진용에 대한 설명을 마쳤다. 그리고 구양무경이 내민 조건을 머릿속에 담고 천붕전을 나갔다.

얼마가 지난 후, 생각에 잠겨 있던 구양무경이 혼잣말을 하듯 조용히 입을 열었다.

"암군(暗君)을 불러라."

뒤에서 나직한 목소리가 떨려 나왔다.

"암군을……?"

"그리고 상관욱에게 사람을 보내 잠시 기다리라고 전해라."

"존명……."

구양무경의 입가로 희미한 웃음이 떠올랐다.

"재미있는 일이야. 정보가 틀리지 않았다면, 그놈이 그놈인데…… 그놈의 정체가 금의위였다니. 그것참……."

그러다 무슨 생각이 들었는지 구양무경의 눈빛이 곤혹스럽게 변했다.

"도대체 동창 놈들은 그놈의 실력을 어떻게 알고 있는 거야? 제대로 알고 있기나 한 것인지 원……."

얼마 전과는 상황이 달라졌다.

놈을 죽이기 위해 사람까지 보냈지만, 설령 죽이지 못한다 해도 자존심만 상하면 될 일이었다. 그리고 그것은 상관욱의 몫이었다.

그러나 이제는 죽이든 납치를 하든, 어느 쪽으로든 끝장을 봐야 할 일이 되어버렸다.

"그놈, 나이도 어린 놈이 꽤나 인생 복잡하게 사는군. 후후후……."

하지만 그는 몰랐다. 이 일로 진용과 그의 관계가 좀 더 적극적인 관계로 변했다는 것을. 그리고 그의 인생도 꽤나 골치가 아파졌다는 것을.

4

밤이 깊어가자 황금빛으로 물든 달이 중천으로 떠올랐다. 구름도 없고 안개도 끼지 않아 달은 더욱 찬란한 황금빛 가루를 쏟아냈다.

진용은 살짝 이지러진 황금 쟁반을 바라보다 조금은 힘없는 목소리로 세르탄을 불렀다.

'세르탄.'

'어.'

'마계에도 저런 달이 떠 있어?'

'아니. 달은 있는데 조금 달라. 두 개거든.'

마계는 마곈가 보다. 달이 두 개나 되다니.

'가족이 몇이야?'

'…….'

한참이 지나도록 세르탄이 말을 하지 않았다.

'없어?'

'아니, 많아. 셀 수 없을 정도로.'

'혼자 이곳에 있으려니 마음이 많이 아프겠군.'

'조금. 이곳에 있다 보니까, 인간들이 왜 울적해하는지 알 것 같아.'

'나도 좀 그래. 아버지도 보고 싶고 초 소저도 보고 싶고. 에이, 모르겠다. 세르탄, 그런 울적한 생각 떨치기 위해서라도 우리 시작하자.'

'뭘?'

'마안을 배워보자고.'

'…….'

'왜, 싫어? 매도 먼저 맞는 게 나은 법이야. 다른 것은 나중에 배우고 먼저 마안부터 해보자고.'

'다, 다른…… 것?'

'아니면 폭공지부터 먼저 할까?'

'이, 이…….'

그때 진용이 가슴속에서 한 권의 책을 꺼냈다.

'정광 도장님이 이거 오늘 밤만 보라고 했는데…… 그냥 갖다 줄까?'

세르탄의 말투가 급변했다.

'뭐, 어차피 가르쳐 주기로 약속했으니까……. 하지만 마안만 가르쳐 줄 거야.'

글쎄, 누구 맘대로.

진용이 눈을 뜬 것은 인시가 거의 다 지나갈 무렵이었다.

눈을 감은 것이 해시가 되기도 전이었으니 네 시진이 훌쩍 지나간 후였다.

마안을 익히는 방법은 생각보다 복잡했다. 마나, 즉 기를 연약하기 그지없는 눈에 집중시켜야 하는 만큼 환타지를 배울 때보다 배는 힘이 들었다. 더구나 육체적인 움직임으로 펼치는 것이 아니라 정신을 감응시켜 펼쳐야 하니 그러한 것이 쉬울 리가 없었다.

하지만 배워놓으면 제법 쓸모가 많을 것 같았다.

원할 경우 눈빛만으로도 심지가 약한 자는 제압할 수 있을 것이고, 자신을 심안공으로 제압하려는 자에게는 거꾸로 막대한 타격을 줄 수 있을 것이다.

그리고 자신은 남을 속일 수 있지만, 남은 절대 자신을 속일 수 없을 것이다. 그것은 귀계가 난무하는 강호를 행보하는 데 있어서 엄청난 이득을 가져다줄 것이 분명했다.

하지만 진용은 모르고 있었다. 마안의 능력에는 또 하나의 효능이 숨겨져 있다는 것을. 그리고 그것은 세르탄도 미처 생각하지 못하고 있던 것이었다.

아마 알았다면 절대! 가르쳐 주지 않았을 것이다.

'세르탄, 며칠 배워서는 안 되겠는데?'

'당연하지! 아마 십 년은 배워야 할걸?'

'십 년은 무슨. 일 년이면 될 것 같은데.'

'그렇게 생각처럼 쉽지가 않아. 정신을 집중시켜야 하거든.'

'그러니까 세르탄은 십 년이 걸려도 나는 일 년이면 된다는 거야. 나는 세르탄처럼 말도 많지 않고, 말썽 피우느라 딴 짓도 잘 하지 않거든.'

'그래도…… 오 년은 걸릴걸?'

'세르탄이 머릿속에서 좀 도와주면 일 년이면 충분해. 앞으로 하루에 세 번씩만 외워, 또박또박. 알았지?'

'싫……'

'이제 들어가서 책 보자. 날도 찬데 노인 양반 병들라.'

'어? 어……'

돌아서 방으로 들어가려던 진용은 건너편 어둠 속을 바라보며 빙그레 웃음을 지었다.

"제가 아는 어떤 분도 늙으면 새벽잠이 없다는 말씀을 자주 하셨는데, 유 노선배님도 그러신가 보군요."

"그런 면이 없잖아 있긴 하지."

유태청이었다. 그는 한 시진 전부터 그 자리에 서 있었다.

운가의 자식들에게 붙들려, 정확히는 운아영에게 붙들려

자정이 다 되도록 무공에 대한 강론을 해야만 했다. 그런 이후 한차례 대주천을 행하고 잠을 청하려 했지만, 이런저런 감흥으로 잠도 잘 오지 않았다. 그러던 차에 밖에서 흐르는 미묘한 기의 흐름을 느낀 것이다.

그는 결국 자리를 털고 방을 나설 수밖에 없었다. 그러한 기의 흐름이 누구에게서 나오는 것인지를 짐작한 까닭이었다.

운가명이나 그의 자식들이 흘려내는 기와는 그 성질 자체가 달랐다. 또한 곳곳에서 알게 모르게 풍림장을 보호하고 있는 암중인들에게서 흘러나오는 기와도 달랐다.

어떤 때는 밝은 햇살과도 같고, 어떤 때는 끝없는 어둠의 미로처럼 느껴지는 기운. 그런 기운을 간직한 사람은 그가 알기로 이곳에 한 사람밖에 없었다.

아니나 다를까, 그가 본 것은 그저 가로세로 다섯 자 크기의 암반에 조용히 앉아 있는 진용이었다.

특별한 것은 없었다. 그런데도 그는 움직일 수가 없었다.

자신조차 곤혹스러웠다. 대체 어떤 무공을 익혔기에 밝음과 어둠을 동시에 지니고 있단 말인가. 분명 자신보다 강하지 않은 것만은 확실하거늘, 왜 자신의 의지는 저 젊은이에게 다가가는 것을 어려워하고 있는 걸까.

모든 것이 의문이었다. 그런 한편으로 내심 가졌던 결심이 더욱 확고해졌다.

─일단 지켜보자, 어디까지 얼마나 변하는지······.

심심하지 않을 것 같다. 아니, 재미있을 것 같다.

'재미라… 허허, 내가 생각해도 우습군. 나 유태청이 이리
도 변하다니.'

조금 전의 일을 회상하고 있을 때다. 귓전에 진용의 목소리
가 들려왔다.

"요즘 제가 익히려고 하는 무공이 있는데, 노선배님이 한
번 봐주시겠습니까?"

난데없는 청이었다. 유태청은 얼떨떨한 표정으로 진용을
바라보았다.

자신이 익히려는 무공을 보여주겠다니, 더구나 봐달라는
말은 가르침을 청하는 말이 아닌가?

"뭔데 그러나?"

"제가 얼마 전에 아버지의 물건을 정리하다 얻은 것이 있
는데, 너무 난해해서 말입니다."

유태청을 쳐다보는 진용의 눈빛이 반짝반짝 빛을 발했다.
영락없이 스승에게 가르침을 구하는 제자의 눈빛.

물론 연구하며 혼자서 익힐 수도 있다. 그러나 무공이 혼자
책 보고 깊이 있게 익힐 수 있는 거라면 누가 무엇 때문에 좋
은 스승을 만나려 하겠는가.

한계가 있는 무공, 어설픈 무공은 독이 될 수도 있다는 것
을 잘 아는 진용으로선 유태청과 함께할 수 있다는 것이 천고

의 기회였다.

유태청은 최고의 스승이 될 수 있는 사람. 무공이나 경륜이나. 그러니 기회가 닿았을 때 한 가지라도 배울 수 있으면 그게 득이었다.

그런 진용에게 세르탄이 질린다는 투로 말했다.

'어휴, 그놈의 욕심은……'

'세르탄, 배움에는 한계가 없는 거야.'

'많은 것보다 한 가지라도 파고들어서 깊이 있게 배워야지.'

'기왕이면 많이, 그리고 깊이 배우는 게 좋지 않겠어?'

'끄응……. 시르한테 그런 말을 하는 내가 미쳤지.'

세르탄이 졌다는 듯 입을 닫아버리자 진용은 유태청과 이 장 거리를 두고 섰다.

"단순한 장법 같기도 한데, 흐름을 보면 그것도 아닌 것 같고…… 아무래도 연륜이 깊은 노선배님이라면 보다 더 정확히 알 것 같은데요."

말의 여운이 사라지기도 전에 진용이 숨을 천천히 들이쉬었다.

멈추라 하기에도 늦은 상황. 유태청은 안력을 집중하고 진용이 움직이는 모습을 관찰했다.

어쩌면 잘된 일인지도 모른다. 진용의 무공이 지닌 본질을 알 수 있을지도 모르니까.

숨을 멈춘 진용은 미끄러지듯 왼발을 내딛으며 가만히 우

수를 뻗어 가볍게 비틀었다. 동시에 왼발을 축으로 몸을 반쯤 틀고 우수를 끌어당겼다. 순간,

팡!

어느새 내질러진 좌수가 허공을 움켜쥐었다.

천천히 비틀어지는 어둠. 그곳을 향해 우수가 보이지 않는 속도로 다시 뻗어나가며 휘돌았다.

그때다! 비틀리던 어둠에 휑하니 구멍이 뚫렸다.

유태청 정도가 아니더라도 절정의 맛을 본 고수라면 누구나 볼 수 있는 구멍!

마지막으로 쌍장이 구멍을 향해 번갈아 뻗어나갔다.

순간 진용의 다섯 자 앞에 형성된 기막에 구멍이 뻥 뚫리고, 그 구멍 속으로 주위의 공기가 빨려 들어간다. 마치 깔때기 속으로 빨려드는 것처럼!

고오오…….

하지만…… 그걸로 끝이었다.

진용이 조용히 손을 내리자 구멍도 사라졌다. 그리고 빨려들던 기운도 언제 그랬냐는 듯 고요해졌다.

짧은 시간, 동작이라고 해봐야 다 해서 열 동작 정도.

자신이 그동안 틈틈이 가다듬어 왔던 무명의 초식을 간단하게 펼치고 자세를 바로 한 진용은 고개를 돌려 옆을 바라보았다.

유태청이 깊은 생각에 잠겨 있었다. 떠오르려던 생각이 뭔

가에 가로막혀 있는 것처럼, 답답한 표정으로 고개를 살짝 모로 틀고서.

진용이 물었다.

"혹시 벽공이라는 이름을 들어보신 적이 있으십니까?"

"벽공?"

모르는 눈빛이다.

"아니면 혈수의 주인이나 북천의 하늘이라는 말에 대해선……."

유태청의 이마에 진 주름이 더욱 깊어졌다.

"천 년 전의 이름으로 알고 있습니다만……."

그제야 유태청의 주름이 펴졌다. 그가 어이없어하는 눈빛으로 진용을 직시했다. 머리마저 앞으로 내민 채.

"그러니까, 지금 나한테 천 년 전의 이름을 알고 있냐고 물은 건가?"

진용이 슬쩍 고개를 뒤로 뺐다.

"예……."

내가 못할 말을 했나? 공연히 미안해지는 마음이다.

진용의 그런 마음과는 상관없이, 유태청이 또박또박 끊어진 어조로 말했다.

"미안하네만, 나는 옛날 일에 대해선 잘 모른다네. 자네는 내가 그 수수께끼 같은 이름을 알아봐 주길 원하는가, 아니면 자네가 펼친 무공에 대해서 말해주기를 원하는가?"

"그야 당연히 후자…… 죠."

"그럼 엉뚱한 소리 말고 조용히 좀 있게. 겨우 실마리를 잡아가고 있는데……. 심심하면 저 바위 위에 다시 앉든지."

할 말이 없어진 진용은 다시 본래 앉아 있던 바위로 다가가 철푸덕 엉덩이를 붙였다. 그러자 세르탄이 웃으며 넌지시 말했다.

'크크크크……. 시르, 그러지 말고 우리 그 책이나…….'

뭐가 어째?

진용은 이를 지그시 깨물고 손가락으로 뒤통수를 찍었다.

딱!

'켁!'

'쪽팔리게, 저 양반 앞에서 어떻게 그런 책을 보라고…….'

너무 세게 쳤는지 뒤통수가 조금 아팠다.

진용은 고개를 쳐들고 가볍게 머리를 두어 바퀴 돌렸다.

하늘에선 별빛이 싸리눈처럼 흩어져 있었다. 황금빛으로 물든 달도 은하수 물결에 휩쓸려 흘러가고 있었다.

문득 엉뚱한 궁금증이 고개를 내밀었다.

'마계고 이계고, 대체 어디 있다는 거야?'

『마법 서생』 4권에 계속…